河原理子
Michiko Kawahara

戦争と検閲

石川達三を読み直す

岩波新書
1552

私は小説を書く前に、何を目的に書くかということを考えずにいられない。何のために書くのか。何が言いたいのか。書くことの社会的な意義がはっきりしなくては、作品に着手できない。これは私の癖である。作家としては邪道であるかも知れない。目的がはっきりし、書くことの意義を強く感じたときに、私の意欲は燃えあがる。〔略〕時代の流れが私を刺戟し、刺戟に反応して私は創作意欲をおこす。したがって私の書こうとする事はしばしば、時代の風潮にさからって行こうとするようなことになる。抵抗の文学と言えば立派にきこえるが、要するにいささか臍曲《へそまが》りである。「生きている兵隊」で筆禍を受けたのはむしろ私の宿命的なつまずきであった。しかし私は後悔はしなかった。処罰を受けても、やはり私にとっては書かなくてはならない作品であったし、書いたことに満足感があった。

（石川達三『経験的小説論』より）

凡　例

〈　〉は日本語文献からの引用、《　》は外国語文献の翻訳、引用文中の〔　〕は、引用者注を意味します。

引用にあたっては、原則として新字・新かなを使いました。ただし、法令などは、原則としてカタカナで旧かな遣いのままにしました。

また、読みやすさを考えて、引用文には適宜、ルビを補い、逆にルビを削除し、句読点がない文章には句読点を補いました。傍点は、断り書きのないものは、原文のままです。

判決文の「禁錮四月」などの表記は、「四カ月」と書きました。

新聞記事の引用は、原則として、最終版（全国紙は東京本社発行の最終版）からの引用です。

戦前の日刊紙の夕刊は、一部で、発行日の翌日の日付がつけられています。たとえば、朝日新聞夕刊の日付は、東京朝日、大阪朝日ともに、夕刊発行開始から一九四三年十月十日まで、翌日の日付がつけられています。四月二日付夕刊は、四月一日に発行されています。

『　』は書名、「　」は作品名などにつけていますが、新聞名は『　』を省略しました。

はじめに

カチリ、と音がして、時計の針が動いた、そんな感じがするときがある。

これから、石川達三という社会派作家の作品を手がかりに、戦争と検閲について書いていく。達三は、一九〇五年に秋田県で生まれ、一九八五年に東京で亡くなった。二〇一五年は、生誕百十年、亡くなってから三十年になる。

なぜいま石川達三なの？　そう問われれば、冒頭のように答えるしかない。ご縁がつながり、時が満ちたのだろう。

石川達三の名を文学史に残したものは、少なくとも三つある。

一つは、第一回芥川賞受賞者であること。

不況に見舞われた昭和の初め、達三は、東北の農民たちとともにブラジル移民船に乗り込み、その体験をもとに「蒼氓《そうぼう》」という小説を書いた。同人誌に載ったその作品が、一九三五年、第一回芥川賞に選ばれた。三十歳のときのことである。達三は、どこかジャーナリスティックな好奇心の持ち主で、その時々の〝現代の群像〟を描くことが得意だった。

風貌は長身で骨太。「馬鹿正直で実直な性格」と自分で書いている。

二つ目は、ベストセラーをいくつも生み出したこと。

戦後の新聞連載小説の旗手だった。

戦中戦後の風圧のなかで生きる言論人たちを描いた「風にそよぐ葦《あし》」は、一九四九年から五一年まで、毎日新聞で連載。理不尽な退職勧告を受けた女性教師を主人公にすえ、教師の理想と葛藤、組合活動や幹部の堕落、教育界への圧力を描いた「人間の壁」は、一九五七年から五九年まで五百九十三回にわたって朝日新聞で連載された。これだけ長い連載を読ませるのは並大抵ではないが、「人間の壁」は、最近も「好きな新聞連載小説」の第十位に入っていた（朝日新聞be二〇一五年一月三十一日付）。敗戦で失業した元軍人を描いた「望みなきに非《あら》ず」や、契約結婚する若いカップルを描いた「僕たちの失敗」は読売新聞での連載だった。

達三の連載は読者をひきつけ、時には物議を醸した。

「稚《おさな》くて愛を知らず」「四十八歳の抵抗」など、チャーミングな題名をつける人でもあった。

愛読者層は私より上の世代だ。私にとって達三は、萩原健一と桃井かおりが主演した映画

「青春の蹉跌《さてつ》」（神代《くましろ》辰巳監督、一九七四年公開）の原作者だった。戦前戦後で映画化された達三作品は二十を下らない。遺された原稿を見ると、直しが少ない。ぐいぐい書くタイプだった。

そして、三つ目。「筆禍《ひっか》事件」によって、彼の名は歴史に刻まれることになった。

これがこの本の本題である。

日中戦争当時、新進気鋭の芥川賞作家だった達三は、総合雑誌『中央公論』の特派員として中国へ渡った。内地では「南京陥落」を提灯《ちょうちん》行列で祝っていた一九三七年の暮れのことである。年明けに上海や南京で日本兵らを取材。帰国して一気に書き上げた長篇小説「生きている兵隊」は、『中央公論』一九三八年三月号の目玉になるはずだった。

「生きている兵隊」は、中国北部から南京に転戦するある部隊を描いていた。教師や僧侶や医学者だった日本兵が、戦地の現実に自分をなじませ、あるいは破綻していく様子をつづった長篇だ。老婆からの掠奪、女性殺害、慰安所、錯乱した日本兵の発砲事件などの場面もあり、このままでは検閲を通らないと判断した編集部の手で、まず、〈他の兵も各々……………まくった〉などと意味不明になるほど伏字をほどこされた。全十二章のうち最後の二章を削除して、代わりに末尾に〈…………〉を二行置いた。

それでも、雑誌の発売前夜、内務省により発売頒布禁止処分、いわゆる発禁処分にされた。さらに、達三と、『中央公論』の編集長や発行人が、警視庁の取り調べを受け、「安寧秩序を紊乱《ぶんらん》」したとして新聞紙法違反の罪で刑事裁判にかけられ、有罪判決を受けたのだ。

「筆禍」と当時は呼んだが、取り締まる側の分類によれば、思想事件のなかの「出版犯罪」。今日の観点からいえば言論弾圧事件である。

新聞紙法は、新聞のみならず、雑誌などの定期刊行物も対象にしていた。この法律により、新聞・雑誌は発行時に内務省や検事局などに納付することが定められ、内務大臣は、掲載内容が安寧秩序を紊《みだ》したり風俗を害したりすると認めれば、発禁や差し押さえができた。そのうえ、こうした行政処分のみならず、刑事事件として発行人などの罪を問い処罰する規定があった。

七十年以上前に開かれた、その「生きている兵隊」事件の一審裁判の記録と、裁判に提出されたとみられる警視庁の「聴取書」や「意見書」を、ある縁から私は読むことになった。そしてやりとりの細部に引き込まれていった。

東京地方裁判所内の謄写館《とうしゃかん》で当時つくられたそれらの写しは、達三の長男である石川旺《さかえ》さんが保管してきた。旺さんによれば、お父さんが暮らした東京・田園調布の家の書斎にずっと置かれていたもので、家を引き払うときにほかの荷物ともども引き取ったという。

上智大学名誉教授である旺さんは、ジャーナリズムや世論の研究者であるが、この裁判資料は自分の代限りで廃棄するつもりでいた。

達三は最晩年、故郷である秋田県の青年会と交流していた。文学碑を建てたいという提案を達三が断り、資料室をつくることになった。そして秋田市立中央図書館明徳館につくられた「石川達三記念室」に、原稿や蔵書、自筆の絵など多くのものを寄贈した。裁判資料も、いったんは寄贈すべく目録に入れたが、内容が「愚劣である」として、結局出さなかった。そんな経緯があった。

当時の田口清克・秋田県青年会館事務局長が、収蔵する資料の確認のために、達三を田園調布の家に訪ねたときの記録に、こうある。

前に石川先生からいただいた目録に裁判記録(依託)のことが書かれていたので『生きている兵隊』の話に及ぶと「あの裁判は愚劣であった」と手を挙げて力説する。軍部のいうことを聞かなければ、いかなることもできない。あの本の発禁も私の裁判も軍部におべっかを使うために行われたものだ。

(『あきた青年広論』一九八五年第二十九・三十合併号)

さらに、図書館長の問い合わせの手紙に、達三はこう返信した。

裁判記録、一冊あるが愚劣である。その他当時の記録は無し

亡くなる前年のことだ。裁判資料は出さない、ということが遺志になった。

（同右）

二〇一一年初夏。私は別の取材で知恵を借りるため石川旺さんに会って、雑談していた。なぜジャーナリズム研究を志したのですかとたずねていると、ふとお父さんの話が出た。旺さんとは勉強会でご一緒してきた縁があり、お父さんのことは、私はなんとなく知っていた。が、ご本人の口から語られるのを聞いたことはなかった。話題となるのを避けておられたように思う。

そのとき聞いたのは、「人間の壁」連載当時の話で、国の教育政策を批判した連載には圧力がかかったらしい。だが、当時の新聞社の担当者も幹部も著者に注進したりせず、達三は連載を書ききった。連載中、上巻が本になったとき、愛読者であるお母さんたちが銀座で筆者の激励会を開いてくれたという。そして一年後に今度は達三が愛読者を招いて東京駅八重洲口の大

丸食堂で、出版記念会を開いた。そのことを達三は何より喜んだという。

石川達三の話をもう少し聞かせてほしいと、改めてお願いした。けれども旺さんにかわされ、私もあれこれの仕事をしているうちに日が過ぎた。

だいぶ経ってからのこと。出張先の路面電車で旺さんに出くわした。嘘みたいだが本当だ。そこから話は動き始めた。

委細は略すが、「生きている兵隊」事件の裁判記録を旺さんが保管していることがわかり、読ませてもらえることになった。発禁になったはずの掲載誌『中央公論』一九三八年三月号も持っておられた。出版社から著者に送られたものだろう。読んで、調べて、わからなくてまた聞いて……。そのうち旺さんは、裁判記録を処分するのではなく、後世に託すことを決心した。まず、一審の判決謄本と公判調書を二〇一三年夏、秋田市立中央図書館明徳館に寄贈した。

判決はすでに知られていたし、公判のやりとりも研究者により断片的に明かされていた。

ほかに、警察の「聴取書」と「意見書」があったが、これには、おそらく達三の手により、赤鉛筆で「ウソ」と書き込みがあった。〈白供シ居レリ〉なんていう記載も「聴取書」にあったのだ。父親にとって不名誉なものを出すかどうか旺さんはなお迷った。だが、達三が生前に研究者に裁判記録を貸したときに作られたとみられるコピーを同志社女子大学が所蔵していることとがわかり、それなら説明をつけた上で公共図書館に託そうと、警察の「聴取書」「意見書」も、二〇一四年夏に明徳館に寄贈した。

寄贈を決心させたものは何だったろう。旺さん自身が七十代になろうとしていたこと、姉の竹内希衣子《きえこ》さんが保管していた第一回芥川賞受賞記念の懐中時計を二〇一三年春に明徳館に寄贈したことなど、いくつか要因がある。けれども最大の要因は、「世の中が何だかきな臭くなってきた」ことだったと思う。

「戦争への過程で、真実を伝えようとする言論は必ず弾圧される。こういう事件が昔あったことを知ってほしい」。そう話していた。

調べ始めて私は思ったが、石川達三は一筋縄ではいかない。

「戦後、達三は自由主義者としてメディアに取り上げられたようですが、自由主義者というわけじゃあない」。そう旺さんは話していたし、私もその通りだと思う。

何らかの主義や党派性ゆえに弾圧されたわけではない。冤罪《えんざい》、というわけでもなかった。戦争のある種の真実を小説の形で伝えようとしたことは確かだが、日本軍の非道を暴こうと意図したわけではなかったようだ。

ただ、ほんとうのことは、たぶんわかりにくいものなのだと私は思う。

かつて私がもっと若い記者で検閲や戦時下の新聞などについて取材していたころ、私の耳や目に入りやすかったのは、検閲でやられたという話と、抵抗したという話だった。けれども日々の現実はもっと多様な灰色のなかにあったのではなかろうか。

〝へそまがり〟の達三は、検閲で、たびたび痛い目にあっている。

この本は、そんな〝へそまがり〟社会派作家の書いたものと裁判記録を手がかりに、新聞紙法を中心に検閲／言論統制の流れをさかのぼり、逆にその終焉までをたどる、無謀な調査の記録である。

その時々でわかったことを新聞や雑誌に書きながら、いつも「途上」の感じがして、私はだらだら調べ続けてきた。このテーマが私にとって、切実なものになってきたからだと思う。日本社会において、検閲は遠い昔の歴史的出来事だと思ってきた。言論統制を我が身に引き寄せて考える日が来るとは思わなかった。

「戦後五十年」のころ、戦時下で記者だった大先輩たちを取材したことがある。やりとりは時にかみあわなかった。「書けなかった」という大先輩に、なぜそう判断したのか、まだ書けたんじゃないか、書けないかどうか議論すらしなかったのはなぜなのか、何度か聞いた。温厚な大先輩もいささかうんざりしたのか、「あんた、若いから、周りから攻めあげてくる、体に迫ってくる、警察国家のあの感じが、わかんないんだ」と言った。

その感じがわかんなくて、本当によかった、と今は思う。ただ、未来もずっとそのままでいられるのかどうか。気がついたらまた、この道を歩いていた、ということにしないためには、過去に学ぶしかない。自分で調べるしかないのだ。

なぜどのように言論抑圧が進んだのか、その下でものを書いた人や編集者はどのような思いを抱いていたのか、私は知りたかった。

非力を承知で森に分け入っていくと、自分がいかに知らないかが見えてきた。だいたい私は新聞記者なのに、戦前の新聞や雑誌の発行を縛っていた新聞紙法について、ろくに知らない。いや、いま私は「戦前の」と書いたが、一九四五年に日本が戦争に負けて、連合国総司令部(GHQ/SCAP)の指令により、治安維持法などが廃止され、特高警察や日本の検閲組織が解体されても、実は新聞紙法はすぐ廃止にはならなかった。しばし「停止」とされたのである。効力をなくしても、残されたのはなぜか。そして、それはいつどこへ着地したのだろうか。

目　次

第二章　××さ行きてくねえ……125

なお、今日の観点からは不適当と思われる表現がありますが、もとの作品が書かれた時代背景や元著者がすでに故人であることなどを考慮して、当時のままの表現を採用しました。ご了解ください。

石川達三氏召喚
中央公論の雨宮編輯長(休職)も

内務省ではさきに中央公論三月號に掲載された「生きてゐる兵隊」なる作品を時局柄不穩當として發禁處分に附し同社では削除して發行したが現下の非常時局において反軍的内容の作品が掲載されたことを遺憾とし、その間の事情を聞くため數日前からこれの筆者石川達三氏及び中央公論の當時の編輯長雨宮庸藏氏(目下休職中)を警視廳に不拘束のまゝ召喚、檢閲課で事情を取調べてゐる

石川達三氏

吉田大使令孃婚約

【ロンドン廿二日發同盟】駐英帝國大使吉田茂氏次女和子孃(二三)は目下兩親と共にロンドンに滯在中だが、今回福岡縣の鑛業家麻生太吉氏令孫太賀吉氏(二七)と婚約が整つた旨廿二日當地にて發表された、和子孃は近く歸國の上華燭の典を擧げる豫定【寫眞は和子さん】

使節の贈物傳達

イタリー國民使節團一行の小橋東京市長への贈物は二十三日午前十一時イタリー大使館員が市役所を訪れ正式贈呈の手續をとつた

大ローマの建設者レムス兄弟が乳を飲んでゐる重量二十貫の「牝狼」石合鑄製の像は一先づ市役所玄關に安置、近く親善使節を招いて日比谷公園で正式受領式を擧行、日比谷公園にローマ傳說風景を添へることゝなつた

社大黨の坐込み

から尾崎翁 安部黨首 麻生書記長

…委員室に闖…込み戦術で頑…進展もどきで…な情景を描いた

―この日から特に小山…いつて委員を自ら買…ために西尾とともに殉死…かり、靜かに委員室に來…つん入室出來ず、傲哭で…る、その後から廊下を闊…進む

西尾が死刑を宣告されん…尾崎翁、何ともいへ…る

…をもつて公務執…の理由で廿三日…し土倉氏外一名…狀を提出した

太田胃散

達三らの召喚を報じる東京朝日新聞(1938年3月24日付夕刊)

第一章
筆禍に問われて

1 「生きている兵隊」事件はどう報じられたか

創作に事故あり

まず、「生きている兵隊」事件が同時代の人たちにどのように伝えられたのか、新聞記事をたどるところから始めたい。

一面トップ、といえば、その日一番のニュースが座る場所だが、日中戦争のころは、広告が、東京朝日新聞の第一面を飾っていた。その日――一九三八年の二月十九日――は、月刊誌『中央公論』と『日本評論』の発売日だったのだろう。第一面に、この二誌の広告がドンドンと載っている。

『中央公論』の特集は「戦時第二年の日本」。前年から日中戦争が本格化していた。

『中央公論』の執筆陣を見ると、谷川徹三が思想統制について、石橋湛山が戦時インフレについて書き、鳩山一郎が欧州で政治家に面会した印象記を、牧野富太郎が春の花について書い

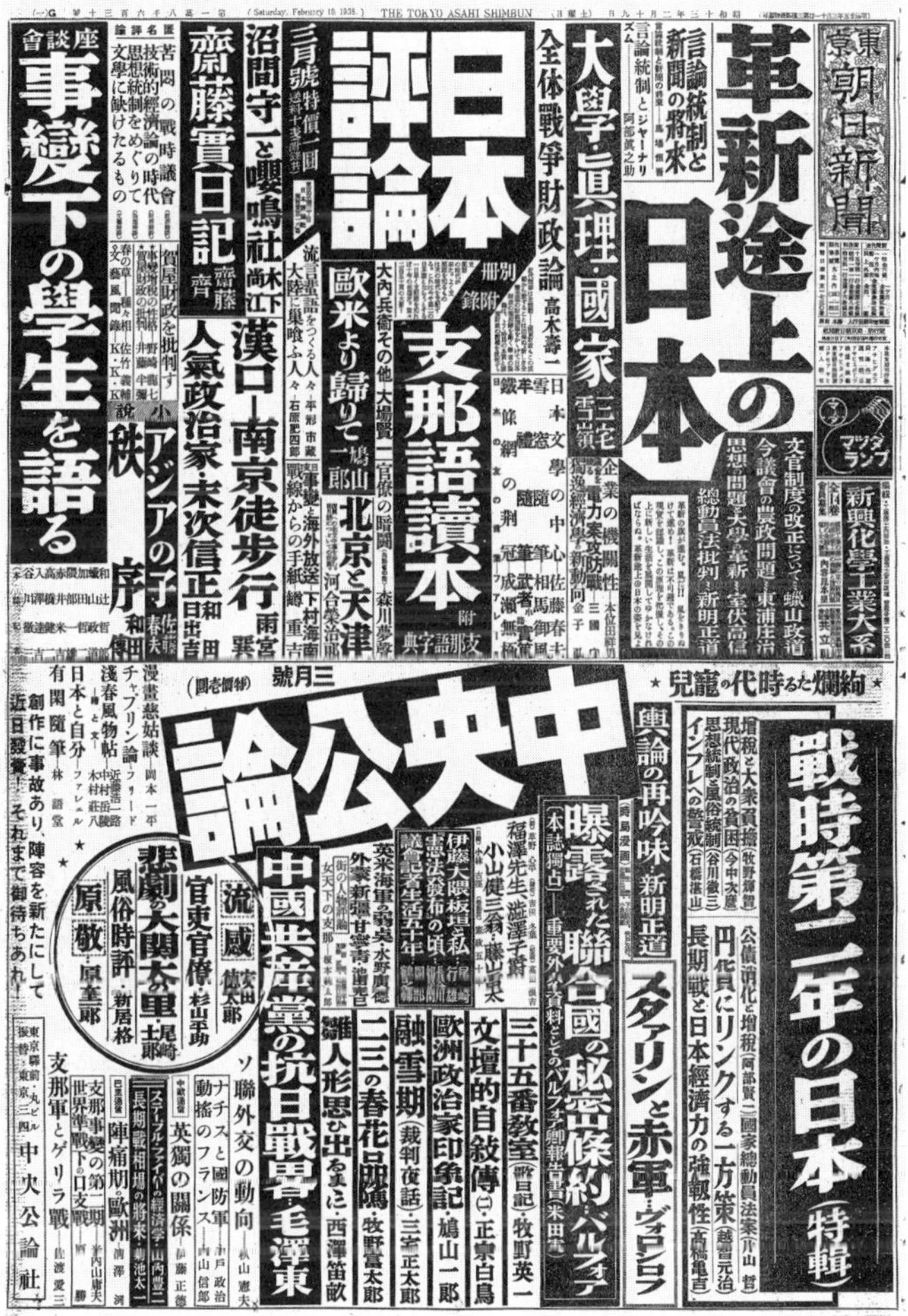

東京朝日新聞(1938 年 2 月 19 日付朝刊)．下段左端に「創作に事故あり……」と見える

ている。正宗白鳥や清沢洌《きよし》が連載。口絵は小林古径、詩は草野心平。毛沢東インタビューの転載や、チャップリン論もあり、豪華で充実している。雑誌名の横には〈絢爛《けんらん》たる時代の寵児《ちょうじ》〉とうたい文句が並び、『中央公論』がそのころ総合雑誌の中心だったということは私にものみこめる。

その出版広告をよく見ると、目玉作品の題名を入れるはずの左端に、こんな文句がある。

創作に事故あり、陣容を新たにして
近日発売！　それまで御待ちあれ！

『中央公論』発禁

創作に事故？　事情は別のページの記事でわかる。前日の二月十八日に、『中央公論』三月号は、発売頒布禁止、いわゆる発禁になったのだ。広告から、問題とされた作品の題名を削って、あわただしく差し替えたのだろう。

問題とされた作品、それが石川達三の「生きている兵隊」だった。

新聞のなかの方のページにそれに関する記事がある。

中央公論を発禁
『生きている兵隊』等忌諱《きき》に触《ふれ》る
日本評論も一篇削除

非常時局の下に出版物の禁止処分は相当の数に上っているが、三月号の発行を前に十八日中央公論の発売禁止並《ならび》に日本評論の一部削除が内務省から通達された。中央公論では同誌から南京に特派された石川達三氏の長篇小説『生きている兵隊』が当局の忌諱に触れて、新聞紙法第二十三条により発売禁止の処分となったもので、

日本評論は『大内兵衛その他』と題する大場賢一氏の評論一篇が削除を命ぜられた。中央公論では取敢《とりあえ》ず指摘されたものを全部削除して発行すべく当局と交渉の結果近日発売を許される模様である。

（東京朝日新聞一九三八年二月十九日付朝刊）

記事には、「生きている兵隊」がいかなる小説なのか、いったい何が〈忌諱に触れた〉のかは書かれていない。わかるのは、達三が中央公論から中国・南京に特派され書いた小説が、当局の忌諱に触れた、つまり、当局が忌み嫌うことを書いて問題にされたということくらいだ。

その結果、掲載誌の『中央公論』三月号が発禁になったのだ。

情緒的な戦争報道

この日の新聞は、ほとんどが戦争関連の記事で占められている。

どのような記事だったか。

おりしも、国会では国家総動員法案をめぐる激論の最中だった。〝一面トップ〟にあたる東京朝日の二面トップ記事は、〈原案を一部修正削除／総動員法案決定す〉。

この年に誕生したばかりの厚生省が、除隊兵の復職について万全の対策を講じている、という記事もある。オーストリアに雛人形を贈る話は、〈防共の春に贈る佳話〉と見出しにある。

非常時ではあるけれど、紙面上は、まだどこか、のどかに感じられる。

〈〝空の鬼部隊長〟凱旋／部下殉難の地に涙の袂別《べいべつ》〉という記事は、南京攻略戦などの指揮官として活躍した部隊長が内地に帰る前に、戦死した部下の霊前に額《ぬか》ずいて、煙草と新たな涙を供えたという話。本文の書き出しは、〈久々で一片の雲もなく快晴を迎えた江南の野辺に早くも新芽が芽ぐむのではないかと思われる暖かさが訪れた〉と文学的だ。

一方で、この記事は発信地が【〇〇にて】と伏字にされ、肝心のところはわからない。

〈戦友を偲ぶ〉という特集もある。〈烈々たる闘志に燃えて戦場の露と散った勇士を偲ぶ血の手記〉とうたわれている。「天皇陛下万歳」とかすかに叫んで戦死した上等兵は、前の月、どこからか牛を手に入れて陣中で牛鍋をふるまってくれた、などなど。

こういう記事に読者は胸ふるわせたのだろうか。

それとも突き放して読んでいたのだろうか。

戦地のことならどんな断片でも知りたいと思っていただろうか。

新聞記者である私は、いわゆる「いい話」、流麗な文章の危うさを思う。

警視庁に召喚される

「生きている兵隊」事件は、掲載誌が、発禁処分を受けただけでは済まなかった。

三月には作者や編集者らが警視庁の取り調べを受けた。警視庁特別高等警察部検閲課の担当である。前年十二月の名簿によれば、特別高等警察部には、外事課、特高第一課、特高第二課、労働課、内鮮課、検閲課などがあり、検閲課には課長以下十七人が在籍している。

達三たちが警察に出頭を命じられ、取り調べを受けていることを伝える東京朝日新聞の記事（第一章扉）は、三段見出しで、達三のポートレート付き。目をひく扱いだ。

石川達三氏召喚
中央公論の雨宮編集長(休職)も

内務省ではさきに中央公論三月号に掲載された「生きている兵隊」なる作品を時局柄不穏当として発禁処分に附し、同社では削除して発行したが、現下の非常時局に於いて反軍的内容の作品が編集されたことを遺憾とし、その間の事情を聞くため数日前からこれの筆者石川達三氏及び中央公論の当時の編集長雨宮庸蔵氏(目下休職中)を警視庁に不拘束のまま召喚、検閲課で事情を取調べている。

(東京朝日新聞一九三八年三月二十四日付夕刊)

四月以降は、もっぱらベタ記事である。

四月二十九日付同紙夕刊(二十八日発行＝当時の同紙夕刊は翌日の日付をつけていた)の記事〈書類を送局／〝生きている兵隊〟の処置〉によると、警視庁の調べが一段落して、達三や、掲載当時の『中央公論』編集長・雨宮庸蔵、『中央公論』発行人・牧野武夫と、担当編集者だった松下英麿が、陸軍刑法と新聞紙法違反のかどで二十八日、東京地方検事局へ書類送検された。〈造言飛語の点で陸軍刑法に触れたものである〉と説明がある。

これらの記事からわかるのは、「反軍的」な小説を書いた作家とそれを載せた編集者らが、陸軍刑法と新聞紙法の二つに違反した疑いで警察の取り調べを受けた、ということだ。どこが反軍的とみなされたのか、作家は何を描こうとして出版社はどう判断したのか、発禁処分やさらなる捜査は適正な判断だったのか、問うような記事は見あたらなかった。

新聞紙法違反の罪で起訴される

八月五日付同紙夕刊〈石川達三君ら三名起訴〉の記事によると、思想検事の取り調べを経て、八月四日、達三、雨宮、牧野の三人が起訴された。罪名は新聞紙法違反に絞られた。裁判が開かれ、判決は〈石川達三氏ら執行猶予〉(九月六日付夕刊)。東京区裁判所で九月五日、達三と雨宮に禁錮四カ月執行猶予三年(求刑禁錮四カ月)、牧野に罰金百円の判決が言い渡された。検事が達三と雨宮の執行猶予は不当だと控訴して、二審まで続いた。

出版犯罪として訴追されたのはなぜか。何がいけなかったというのか。

かすかな手がかりが、起訴を伝える記事のなかにある。

石川達三君ら三名起訴

中央公論三月号に石川達三氏(三四)〔実際は三十三歳〕が執筆した『生きている兵隊』の筆禍事件は、かねて東京地方検事局井本検事係りで取調べ中だったが、この程東京区検事局に移送、岡本検事が更に取調べた結果「虚構の事実を恰《あたか》も事実の如くに空想して執筆したのは安寧秩序を紊《みだ》すもの」との理由で、四日朝新聞紙法違反として同氏並に中央公論元発行人牧野武夫氏(四三)同元編集人雨宮庸蔵氏(三六)三名は何《いず》れも起訴された。

〔東京朝日新聞一九三八年八月五日付夕刊〕

虚構の事実をあたかも事実の如く? 読売新聞夕刊にもそう書いてあったが、小説家に対してずいぶんなもの言いである。虚構のなかにリアリティがあるのが小説ではないのか。

たしかに、新聞紙法第四十一条に〈安寧秩序ヲ紊シ又ハ風俗ヲ害スル事項ヲ新聞紙ニ掲載シタルトキハ発行人、編集人ヲ六月以下ノ禁錮又ハ二百円以下ノ罰金ニ処ス〉とあり、安寧秩序を紊す事項を掲載すると罰せられる。しかし、虚構うんぬんという条文はない。

これは虚構だ、ほんとうではないと、主張する必要が当局にはあったのではなかろうか。

2　達三、日中戦争を取材する

戦場への誘惑

石川達三はなぜ、戦地の取材に出かけたのか。

本人が行きたいと望んで、『中央公論』にもちかけたらしい。

一九三七年七月七日夜から八日にかけて、北京郊外の盧溝橋付近で演習中の日本軍に向け何者かが発砲した事件をきっかけに、日中両軍が衝突した。日本ははじめ不拡大方針を掲げたものの、八月には撤回。九月二日に、「支那事変」と呼称を統一することを閣議決定している。理由は、盧溝橋付近での両軍の衝突が〈今ヤ支那全体ニ及ブ事変ト化シタル〉ため。

宣戦布告なき戦争状態であった。

そのころ達三は「伏字作家の弁」と題して二回、読売新聞文芸欄に寄稿している。同世代の作家、丹羽文雄が〈今日のような混沌とした時代には作家であることは冥利《みょうり》至極だ〉と書いた〈読売新聞一九三七年九月八日、十日付夕刊〉のに呼応したもので、高揚感があふれている。

先日の本紙で丹羽文雄は、こうした時代に産れた果報ということをいい、作家としての仕事がうんと沢山に与えられている緊張を感ずるといっていた。羨ましい張り切り方だ。いかにもこの時代には作家のみが始めて解決し得る様な問題も多いようだ。時代の歩みを見逃さない為には殆《ほと》んど日夜眼を皿のようにしていなければならない位《くらい》の時代だ。作家は張り切らなくてはウソだ。

しかしながら、一方では言論の統制があり文学国策なるものがあって作家の観照も解釈もそれを発表するのには首を賭《と》してかからなければならない時代も来つつある。

そして他方ではこういう荒々しい時局の風が吹いて来る。その時局は作家を決してひっそくせしめるものではなくて、うんと緊張させる。戦争ルポルタージュにも野心が出るし、新しい人間性を発見する機会も多くなる。何といっても戦争は人間の魂の素晴しい燃焼で、文学の対象として野心を感ぜざるを得ない。

（読売新聞一九三七年九月十八日付夕刊）

わからないことは気にかかる

二回目の「伏字作家の弁」は、さらに熱い。

作家たち評論家たちにとっては目下伏字との戦いだ。しかし、伏字は何も物を書く人たちばかりの話ではない。世はいまやあげて伏字時代であるのだ。

事変に関する新聞記事はまるまる、、、まるに続くまるまる、、、まるで事変写真の説明などは「〇〇方面に進む〇〇軍」では何のことかさっぱり分らない。そしてこの伏字が今は一種凄愴《せいそう》な感じを与えて一つの効果をさえもたらして来た。

わからないことは気にかかる。気にかかるというのは一つの魅力だ。

〔略〕機会があったら僕は従軍記者にでもなって戦いの終りまで見て来たい。静観はいつだってできる。渦中《かちゅう》に入らずして静観しろというのは逃げて居れというに近い。

（読売新聞　一九三七年九月二十一日付夕刊）

伏字つまり検閲には異議をはさんでおらず、後世の人間としては少々疑問を感じるけれど、ともかく、達三は現地に行きたかったのだ。それは、戦時下に身を置き、戦時下の人間を直に知りたいという、もの書きとしての欲望だったようだ。

ここにもあるように、当時の新聞記事は、「我〇〇部隊」「海軍航空部隊〇〇機」などと部隊名や数量が伏せられたり、「〇〇方面に敵前上陸を敢行」などと肝心のところがぼかされたり。隔靴掻痒《かっかそうよう》だし、〇〇で余計に好奇心が掻《か》き立てられたかもしれない。たしかに、わからないことは気にかかる。

軍機軍略の掲載禁止

紙面の裏事情を調べてみた。

内務省警保局図書課が発行していた『出版警察報』で、盧溝橋事件が起きた一九三七年七月から、達三がまるまるばかりの戦争報道に好奇心を募らせた九月までの状況をさぐると、内務省は矢継ぎ早に、記事差止に関する指示を出していた。

盧溝橋事件の直後、退営期にある現役兵に退営延期の命令が出されたのだが、最初は、この退営延期命令を受けた部隊に関する記事を一切掲載させないようにという、記事差止事項の示達《じたつ》(通達)を、各庁府県に出していた。当時、検閲事務を担うのは各庁府県長官(東京では警視総監)であった。動員命令が出ても掲載させないように、といった注意が続く。

七月三十一日に陸軍省令、八月十六日には海軍省令が発令されて、軍隊の行動など軍機軍略に関する事項の掲載は、あらかじめ陸軍大臣、海軍大臣の許可を得たもの以外は、禁止された。新聞紙法第二十七条に〈陸軍大臣、海軍大臣及外務大臣ハ新聞紙ニ対シ命令ヲ以テ軍事若《もし》ハ外交ニ関スル事項ノ掲載ヲ禁止シ又ハ制限スルコトヲ得〉とあるのにもとづく命令だ。

「新聞掲載禁止事項ノ標準」がそれぞれの省で定められ、さらに実務のために「新聞掲載事項許否判定要領」が決められ、時折変更された。これらを根拠として、時々刻々と記事差止事項がつくられた。それらを、内務省が、レベルに応じて、各地方長官（東京は警視総監）、警察部長（警視庁は特高部長）、特高課長（警視庁は検閲課長）に伝えた。

こうした「標準」や「判定要領」に従えば、兵力が集まる拠点の地名は書けなかったし、数や部隊の移動を推知させるものも不可だった。規模がわからないように、小隊も中隊もすべて「部隊」と表記し、「長谷川部隊」であろうと「原部隊」であろうと、伏字は〇二ツで「〇〇部隊」と表さなければならなかった。

軍機というとものすごい秘密かと思うけれど、網をかける範囲は広いのだ。飛行機搭乗中に戦死した場合も、どこの空で戦死したのか、掲載することは不可とされた。

そもそも、海軍の「判定要領」には〈我軍ニ不利ナル記事、写真ハ掲載セザルコト〉、陸軍は〈我軍ニ不利ナル記事写真〉は不許可とあり、都合のよいことしか掲載を認めなかった。

勝っているのは秘密ではないが、負けているのは秘密なのだ。

「一般治安記事」も制限

軍機以外の「一般治安」に関する記事についても、内務省は枠をはめようとした。これは、おかしな話ではないか。新聞紙法は、内務省に対して、陸軍省や海軍省のような記事掲載の禁止命令を出す権限を与えていない。発禁や差し押さえについては、左記の条文がある。

第二十三条　内務大臣ハ新聞紙掲載ノ事項ニシテ安寧秩序ヲ紊シ又ハ風俗ヲ害スルモノト認ムルトキハ其ノ発売及頒布ヲ禁止シ必要ノ場合ニ於テハ之ヲ差押フルコトヲ得

前項ノ場合ニ於テ内務大臣ハ同一主旨ノ事項ノ掲載ヲ差止ムルコトヲ得

ただ、この第二項は、『現代法学全集』(一九三〇年)の解説によれば、〈この差止命令は禁止処分を受けたその新聞紙に対するものであって、他の一般新聞紙に対するものではない〉。

ではどうやって、一般治安の記事を制限するのか。

「新聞と其取締に関する研究」(一九三六年)という、検察官が書いた司法研究報告に、内務大臣が行う「事実上の記事差止」の説明があった。これを掲載すると新聞紙法第二十三条違反になるという事項について、内務大臣はあらかじめ新聞紙の発行業者らに掲載なきよう注意喚起する手段を講じている、というのだ。これによって、新聞紙を発行する側は、曖昧《あいまい》な「安寧秩序」の具体的基準を理解し、発禁による経済的損失を防ぐことができるし、当局としては不穏記事の掲載を防ぐことができるので、〈新聞紙法上認められた処分ではないが、〔略〕出版警察上有効且《かつ》適切なものと認められる〉という。

そして、「示達」「注意」「懇談」の三つの方法が挙げられている。

これは、禁止の程度の大中小によるもので、「示達」は、記事を掲載しないよう伝え、もし掲載すれば行政処分の対象になると予告するものであり、「注意」は、掲載したら行政処分があるかもしれないと予告する方法。そして「懇談」は、〈新聞社の徳義に訴え当該記事を掲載せざる様希望する方法〉だという。

軍機軍略以外の記事をコントロールするのに、この「懇談」も活用されていた。

たとえば、盧溝橋事件のあと、〈一部の新聞紙、通信中には、今次の我対支政策に対し、根本的に誤謬《ごびゅう》ありとか、又は領土的野心或は好戦的実力行使の発露なるかの如き妄説を掲ぐるもの在《あ》りたる〉ため(『出版警察報』第百七号)、内務省は七月十三日付で「時局ニ関スル記事取扱ニ関スル件」を各地方長官に出して、次のような項目について管内の新聞社、通信社、雑誌社の責任者と懇談するよう求めている。

二、其ノ他一般治安ニ関スル記事取扱ニ付テ

一般治安ニ関スル記事取扱ニ付テハ左記各項ニ特段ノ留意ヲ払フハ勿論苟《いやし》クモ我ガ国益ヲ害シ又ハ国際信望ヲ毀損《きそん》スルガ如キ言説ヲ為サザル様特ニ自制セラレタキコト

(一)反戦又ハ反軍的言説ヲ為シ或ハ軍民離間ヲ招来セシムルガ如キ事項

(二)我ガ国民ヲ好戦的国民ナリト印象セシムルガ如キ記事或ハ我ガ国ノ対外国策ヲ侵略主義的ナルガ如キ疑惑ヲ生ゼシムル虞《おそれ》アル事項

(三)外国新聞特ニ支那新聞等ノ論調ヲ紹介スルニ当リ殊更《ことさら》ニ我ガ国ヲ誹謗《ひぼう》シ又ハ我国ニ不利ナル記事ヲ転載シ或ハ之等ヲ容認又ハ肯定スルガ如キ言説ヲ為シ延《ひい》テ一般国民ノ事変ニ対スル判断ヲ誤マラシムル虞アル事項

(四)前各項ノ外時局ニ関シ徒《いたずら》ニ人心ヲ刺激シ延テ国内治安ヲ攪乱《こうらん》セシムルガ如キ事項

反戦はNGなのである。

また、八月十三日付で、「時局ニ関スル出版物取締ニ関スル件」を出して、次のような「一般安寧禁止標準」を重視して出版物取り締まりにあたるよう、内務省が警視庁特高部長と各庁府県警察部長に求めている（『出版警察報』第百八号）。

北支事変ニ関スル一般安寧禁止標準

一、我国ノ対支方針ニ関シ政府部内特ニ閣僚間ニ於テ意見ノ対立シ居レルガ如ク揣摩《しま》臆測《おくそく》スル論議

二、国民ハ政府ノ対支方針ヲ支持シ居ラズ或ハ民心相離反シテ国論統一シ居ラズト為スガ如キ論議

三、国民ノ対支強硬決意ハ当局ノ作為ニ依リ偽作セラレタルモノニシテ国民ノ真意ハ戦争ヲ恐怖シ又ハ忌避セントスルノ傾向アリト為スガ如キ論議

〔略〕

七、事変ニ関連シテ国内殊ニ農村ノ窮乏ヲ特ニ誇張シ或ハ今次ノ戦時財政ハ国民生活ヲ蹂躙《じゅうりん》スルモノナリト断ジ依テ反軍若ハ反戦思想ヲ鼓吹シ又ハ軍民離間ヲ企図スルガ如

キ論議

〔略〕

農村の疲弊も、戦時財政が生活を圧迫することも公知のことで、軍機とは言えない。そうした事柄の掲載を制限するのに「安寧」が使われていた。

美談は明朗に

禁止するだけではなく、「こういう記事、写真ならば掲載を認める」という形で、書き方を誘導するものがあった。銃後の美談などである。

はじめ、動員や派兵に伴う部隊の移動については、これを推知させる記事や写真も、一切、掲載不可とされた。家族との面会、送別会、見送りの記事までダメだった。しかし、八月十五日になって陸軍省は、国民の愛国心を保つため、召集美談、銃後の美談、応召者や部隊の出発見送りの状況の掲載は、条件付きで解禁した。部隊の行き先や見送りの日時、場所を明示しないなどの条件を満たし、すでに中国に渡った部隊に関する記事に限っての解禁だった。これを内務省が、警視庁特高部長や各庁府県警察部長に伝えた文書には、陸軍省からのこんな念押しがついていた（「陸軍省令第二十四号ニ依ル記事掲載許可取扱ニ関スル件」八月十六日）。

召集及銃後ノ美談等ノ紹介ニ当リテハ明朗ナル記事ヲ主トシ徒《いたずら》ニ感傷的ニ流レ或ハ国家又ハ社会施設ノ欠陥ヲ裏書スルガ如キ記事ヲ避クル様

この「明朗なる美談」掲載の許可は、いったん反古《ほご》にされたのち整理され、九月九日付で陸軍省の「判定要領」が全面改訂されたときに、中国にすでに渡った部隊に限らず解禁とされた。

こうした当局の命令や要請をすべて聞いていたら、事実を公正に報道することはできない。都合のよいことだけを伝える広報宣伝になってしまう。

九月までの状況をざっと調べただけでこんな具合だから、石川達三でなくとも、○○の向こう側を知りたいと思っただろう。

このあと、戦死傷者の名前を新聞紙上に多数羅列することも禁止され、いや、全国分の掲載はダメだが地元の戦死者だけ掲載するならばよい、と方針変更された。

十二月には新聞紙法にもとづく外務省令も発令されて、〈国交ニ影響ヲ及ボスコトアルベキ事項〉で外務大臣が個別に指定したものの掲載を禁止することになった。

戦争とはそんなおめでたいものではない

達三は、中国に出征した友人からの手紙により、戦地の現状を少し知っていたという。戦後に発表した「ろまんの残党」という小説に、それらしきことを書いている。この小説は、石川達三とみられる「私」を主人公に、文学修行時代の仲間たちのことをふりかえってつづったもの。そのなかに、一九三七年八月に召集令状を受け、まもなく上海に渡った「宮木草雄」から届いた手紙の話が出てくる。

こうして次々と宮木のたよりをもらいながら、私の心は次第に激していた。内地の新聞報道は嘘だ。大本営発表は嘘八百だ。日本の戦争は聖戦で、日本の兵隊は神兵で、占領地は和気《わき》藹々《あいあい》たるものであるというが、戦争とはそんなお芽出度《めでた》いものではない。痛烈な、悲惨な、無茶苦茶なものだ。戦争とは何か。それを究明したい欲望に私は駆り立てられた。

（石川達三『ろまんの残党』）

達三は、現地を見たいと中央公論社に伝えた。このとき三十二歳。長女が生まれたばかりである。

十二月十三日には、日本軍が敵国の首都、南京を占領したとして内地は祝賀ムードにつつまれ、東京でも提灯行列に大勢の人が繰り出した。

派遣が決まったのは十二月二十五日——そう警視庁の「聴取書」には書いてある。

達三のこのときの旅と執筆の日程は、関係者が書いたものや記録に多少のずれがある。

ここでは、旅程がひとまとまりに示されたものとして、警視庁検閲課・清水文二警部が一九三八年三月十六日付で作成した石川達三の「聴取書」からたどる。

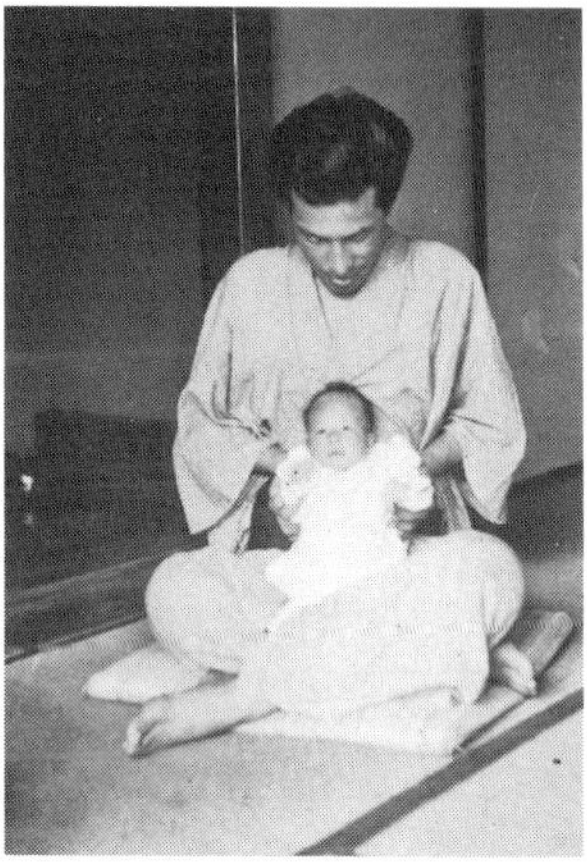

生後20日の長女・希衣子さんを抱く達三(1937年，竹内希衣子氏所蔵)

中央公論社が達三の派遣を決定したのが一九三七年十二月二十五日。達三は嶋中雄作社長に面会し、「現地報告よりも小説を書く目的で行って貰いたい」という社長の要望を聞いた。出発は十二月二十九日。「聴取書」にはないが、神戸港から軍用船に乗ったという。

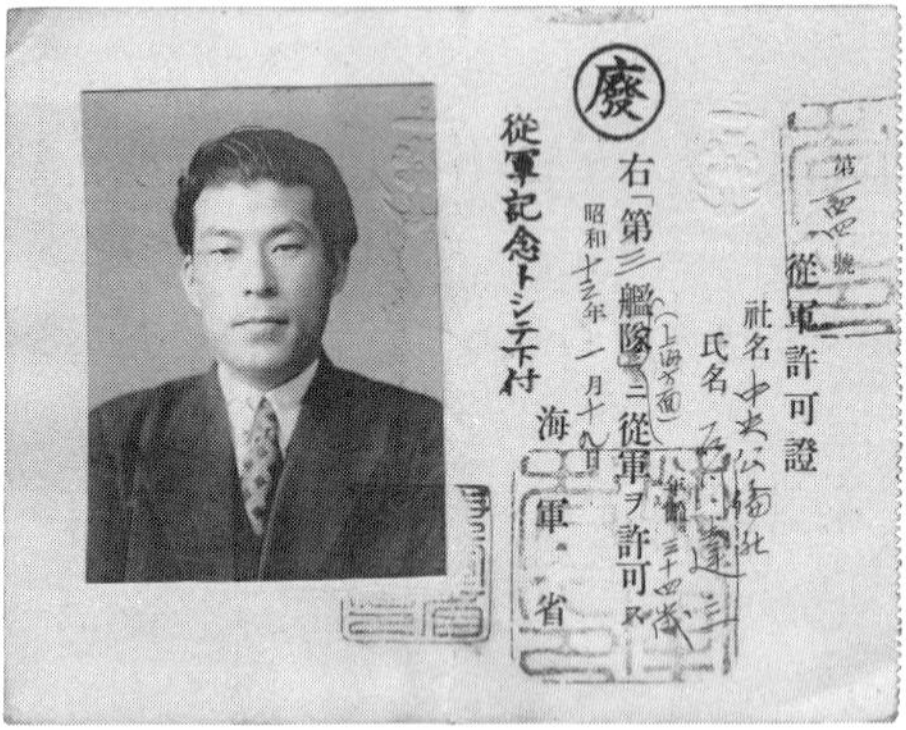

海軍省発行の従軍許可証（竹内希衣子氏所蔵）

一月五日　上海上陸
　七日　蘇州着一泊
　八日　南京著《ママ》
　十五日　南京発上海着
　二十日　上海発
　二十三日　東京着

海軍省発行の従軍許可証の写しが秋田市立中央図書館明徳館の「石川達三記念室」にある。実物は、長女の竹内希衣子《きえこ》さんが持っている。〈右「第三艦隊」（上海方面）ニ従軍ヲ許可ス　昭和十三年一月十九日〉とあり、「廃」「従軍記念トシテ下付」と赤いスタンプが押してある。帰りの乗船のためのものだろう。右の行程とほぼ一致する。

従軍取材の日程はおよそこのようなものだったようだ。中国滞在が二週間強。うち南京が一週間ほど。

東京の家に戻ったのが翌一九三八年一月下旬。法廷でのやりとりを記録した公判調書によると、『中央公論』三月号に間に合わせたいという中央公論社の要望だったそうだから、あわただしい。三月号が発売されるのは二月十九日だ。締め切りまで、二週間くらいしかなかったのではなかろうか。

達三は、しゃにむに書いた。脱稿したのが「紀元節」、つまり二月十一日。これまた細かい時間になると、十一日なのか十二日未明なのか、両説あるが、ともかく、待ち受ける『中央公論』の編集者にとってみれば、それは締め切りに滑り込んでくる原稿だったらしい。

3　これはとても通らない

編集者の気概と商魂

石川達三は、三回にわけて原稿を編集部に渡したと、法廷で述べている。公判調書によれば、脱稿したのは二月十二日未明。

それを編集部は、実際は二月十九日に発売する『中央公論』三月号に間に合わせなければならない。
『中央公論』の当時の編集長は雨宮庸蔵。達三より二歳年上だから、三十代半ばである。戦後は読売新聞社に入り、ジャーナリストとして活躍した。回想録『偲ぶ草　ジャーナリスト六十年』（一九八八年）で、「生きている兵隊」事件をふりかえっている。伏字の時代の編集長の〝気概と商魂〟をつづった文章を、引用したい。

戦後の編集者には理解しがたいであろうが、検閲制度があったころは、エロチシズムから思想面にいたるまで、検閲をとおるか通らぬかのギリギリの線まで編集の網をなげることによって、よい雑誌、売れる雑誌がつくれる、という気概と商魂とが一貫していた。同じ検閲であっても、これは共産圏のそれとは本質的にちがう点であるが、同時に、こういう在り方は、進歩的な総合雑誌編集者の神経を必要以上にすりへらすものであった。からだを張ってのこれにくらべれば「言論の自由」の保証の上にあぐらをかいて仕事のできる現在の編集は、ままごとに近いものがある。といって悪ければ羨ましい限りである。良識と時代感覚と編集技術と商魂とを以《もっ》て思う存分振舞えるからである。

この苦闘を軽減する意味で、事前検閲ということも、ないではなかったが、それは制度化されてはいなかった。編集者としても事前検閲は言論統制に直結するものとして警戒していたし、実際問題としても原稿が締切間際に殺到するケースが多いので、それは実行不可能であった。「生きている兵隊」にしても三百三十枚の原稿が手許にとどいたのは出張校正の間際であった。

（雨宮庸蔵『偲ぶ草』）

三百三十枚、というのは原稿用紙の枚数であろうが、いまなら文庫本一冊になる長篇小説を、石川達三は一気に書き上げ、編集者はただちにそれをゲラにして、点検し、伏字の手当てをしなければならなかった。『中央公論』では、危ないと思う原稿は、複数の人で読み合わせをしながら校正したらしい。雨宮は別のところで、そう書いている。

検閲制度のために頭を痛めたことは、今の時勢では想像もできないほどだ。河上肇博士など要注意人物の原稿については、先代社長とよく読み合せ校正をやった。黒島伝治の小説「氷河」のときは、これがシベリヤ出兵もので内閣首班が出兵の責任者田中義一であったので、読み合せながら相当の伏字をしたものの、掲載は危険であることを進言したが、はたして発売即日発禁。しかし、新聞には「軍閥の弾圧」と元気のよすぎる広告をだし、世論の支持を期待するとともに次号に対する読者の購買欲をも計算にいれたものだ。

（「歴代編集長の回想」『中央公論』一九五五年十二月号）

頁をあけて待っていた

ただ、「生きている兵隊」については、時間の余裕がなかった。

当時、中央公論社取締役で出版部長、『中央公論』の発行人であった牧野武夫は、こう回想している。

「中央公論」から特派されて従軍した石川氏は、契約期間いっぱいを現地に取材し、帰ってからもその報告作品を書き上げるために、骨をけずるような努力をした。原稿が届けられたのは締切を三日も過ぎていたということである。頁をあけて待っていた編集部では、誰ひとり生《な》まの原稿に目を通すものもなく、そら来たとばかり、組み指定だけをして印刷所へ廻したそうである。そういう点にも無理な行き違いはあったと思われるが、雑誌の編集製作途上には往々にしてこういうことがあるのである。

（牧野武夫『雲か山か』）

しかも、滑り込むように届いた原稿は、ただならぬものだった。牧野の回想は続く。

組み上った初校に眼を通したとき編集部では当然、問題になった。校了ゲラを見せられて驚いた私のショックと同じように、校正室ではすでに編集全員が初校のときから揉みに揉んで来たそうである。伏字、削除、能《あた》う限りの手段が講じられた。○○や××をどんなに加えても、何もかもがハッキリと分るのである。それを隠蔽するためには文章の体をなさぬまでの大削除をしなければならない。それでは作品の価値がなくなる。つきつめればこれを取るか取らぬかということにまでなってしまう。（同右）

出版部長である牧野が読んだのは、編集部で伏字をほどこして、これでおしまいという校了刷が出てからである。すでに、危ないところは「○○」や「……」にされていたはずだ。それでもショックに見舞われた、と牧野はいう。

もちろんその時、本文はすでに輪転機にかかって囂々《ごうごう》と印刷されていたのである。読み出すと私の目は原稿に吸いつけられたようで、完全に魅了されてしまった。エネルギッシュで野心的な新進作家は、直接戦場を馳駆《ちく》して、その生ま生ましい現実を心にくいまで的確に把握している。〔略〕戦争について、こういう報道と描写を見たこともない私は、憑《つ》かれたもののごとくに一気に読み了《お》えた。そして吾にかえって愕然とした。これはとても通らない。

（同右）

牧野はこうつづる。

「生きている兵隊」は、強くて勇ましい日本兵の生態を如実に描くとともに、戦争に伴う罪悪、汚辱、非道をもえぐり出していた。戦争の本体は殺し合いであり、戦場に送り出しておきながら手をきれいにして帰ってこいなどと求める方が無理だ。しかし、日本兵だけはそのようなことはしないのだと言い張るのが、当時の軍部の態度であり宣伝だった。指導者は、戦争賛美の報道により「正戦あるいは聖戦」のイメージを国民に植え付ける懸命の努力をしていた。そんな情勢のなか、「生きている兵隊」は大胆といおうか無謀といおうか、戦場の風景を率直に描写したのである。軍部がだまって見すごすはずはない……。

掲載の決断

たしかに、もう、この作品を取るか取らないか、という選択しかなかっただろう。そして編集長の雨宮は、現場のおそらくは瞬時の判断で、これを載せる決断をした。

その作品が当時の検閲をスムースに通るとは考えられなかったが、石川達三氏をわざわざ南支に派遣し、その作品をコマーシャル・ジャーナリズムの呼びものと予定していたのであるから他誌との競争上からも、これをおろして他の作品で小説欄をうめるという消極策はとれなかった。

むしろ、昭和三年の黒島伝治の、シベリア出兵をテーマにした「氷河」掲載にあたって危惧したが結局発禁となったこと、昭和四年小林多喜二の「不在地主」掲載の際、大鉈《おおなた》をふるって発禁を免れたことなど思いだしながら、その自信の上に「生きている兵隊」は既定方針どおり掲載することにした。

（前掲『偲ぶ草』）

大鉈をふるった上で、掲載することにしたのである。

そのときの緊張感を、「生きている兵隊」の担当編集者だった佐藤観次郎（戦後の社会党衆院議員）は、のちに社会新報に記している。東京駅前の丸ビルにあった中央公論社とは別の場所（おそらくは印刷所）にある校正室に、編集長以下、籠城したまま、議論し、伏字にし、読み返す作業を続けていたらしい。

石川氏が南京から帰国、原稿を中央公論社にもってきたのは、二月の始めであった。三百三十枚にわたる大作であり、その内容もなかなかたいしたものである。さっそく、編集部で討議したのであるが小説であると前にことわってあるが、内容にあぶない所があるので、相当に伏字を用いる必要がある。けれども、これだけの大作だから、小説は三月号はこれを一作にして、現地の内情を表明し、天下に問うべきであるということで一同張り切っていた。

（「あのころ　生きている兵隊事件②」社会新報一九六〇年三月二十日付）

戦争の姿が達三のたくましい筆で表現されるという期待もあったという。しかし……。

とてもこのままでは発表できないので、ゲラ刷を二十通もとり、あぶない所は伏字にして、できるだけ危険な所はさけ、最少限まで削除することによって、検閲にひっかからないように、隅々まで注意を払った。

（同右）

これだけ伏字にしたらもう文句も言われないだろうという者、これは小説であると断り書きがあるので心配あるまいという者、それでもまだ心配する者もいて、〈慎重の上にも、慎重をとることで、最後まで油断もせず、皆、校正室に頑張って、一字一句もゆるがせにしないというのが、正直編集部の空気であった〉。

私は、まな板に乗った魚のような気持ちで、決意を堅めたのである。こんなに決意したのは、荷風先生の小説「ひかげの花」以来始めてのことであった。（同右）

鉛版を削る

伏字をほどこした校了刷を見て、牧野は愕然とした。「これはとても〔検閲を〕通らない」。嶋中雄作社長に進言して、まだ印刷所にいた雨宮編集長を電話で呼び出したという。すでに輪転機は回り始めていた。その輪転機を止めながら、さらに鉛版《えんばん》を削った。そのため、のちに『中央公論』はさらなる窮地に陥ることになる。

関係者の回想などから推測すると、少なくとも三種類の刷があったと思われる。

原稿そのまま印刷した初校刷。

編集部で○○などの伏字や削除をほどこして、いったんはこれでおしまいとした校了刷。

校了刷をもとに、大量印刷のための鉛版をつくり、刷り始めたわけだが、ここからさらに鉛版を削るという荒技を加えた。削られた部分は　　と空白になる。

その結果、〝完成品〟は、たとえばこんなふうになった。


「　　居たら俺だぞ」

「馬鹿、じゃんけんだ」


空白三文字は「姑娘《クーニャ》が」。

先に編集部が加えた伏字と、最後の削りの空白が混在しているところもある。


「ああ、帰りてえなあ」

「帰りてえなあ。俺の嬶《かかあ》どうしてるだろなあ」

「馬鹿、心配するな、〔以下空白〕

「何をぬかす、…………………………」

「馬鹿、のろま、すッとぼけ。今頃お前なんかちゃんと仏壇の隅っこに押しこめられてらあ。あははははは。その証拠には見ろ、手紙が来ねえだろう」

空白部分は、「ちゃんと色男こさえてらあ」。先に……で伏字にされたのは、「俺の嬶は朝に晩に俺の帰りを待ちくらしてるよ」。伏字ですでに意味不明なのに、さらに削った場面もある。

たとえば中国娘を殺害する場面。弾丸にあたって瀕死となった母親を抱いて泣き続ける娘を、日本兵たちははじめかわいそうに思いながら、夜通し泣き続ける声に次第に苛立ってくる。ひとりの一等兵が銃剣を抱いて駆け出す。

「えい、えい、えいッ！」

まるで気が狂ったような癇高い叫びをあげながら平尾は…………………………あたりを…………………………………………まくった。ほと…………。他の兵も各々………………………………

んど十秒と…………………………。……平たい一枚の　のようになってくたくたと…………………、興奮した兵のほてった顔に…………………むっと温く流れてきた。

空白二文字は「蒲団」。

彼女は平たい一枚の蒲団のようになってくたくたと暗い土の上に横たわり、興奮した兵のほてった顔に生々しい血の臭いがむっと温かく流れてきた、という文章で、最後にだめ押しで削ったのが「蒲団」の二文字だったのだ。

ほかに、日本兵が慰安所に繰り出す場面などに、空白がある。すでに編集部がほとんどの伏字をほどこしていたこと、そして最後にどんなところに気を遣ったのかが、うかがえる。

二色の「生きている兵隊」発覚

ここで不測の事態が生じた。

念には念を入れて、鉛版削りまでしたのであるが、輪転機を途中で止めて削ったため、空白がある刷とない刷ができた。鉛版削り自体も複数回なされたようである。そして、刷りあがった紙を裁断し、綴《と》じていく製本の過程で複雑に組み合わされて、数通りの「生きている兵隊」ができてしまったのだ。

　しかも、故意か偶然か、当局に納本したものは削りが多いバージョンだった。それが判明したとき、当局の心証はすこぶる悪くなった。削りの少ない早い刷がいち早く地方などに発送されたためというが、わざとやった悪質な検閲目くらましだと、みなされたのだ。

　この数通りのバージョンについては、白石喜彦『石川達三の戦争小説』や、牧義之「石川達三『生きてゐる兵隊』誌面の削除に見るテキストのヴァリアント」が、詳しい。牧の研究は、十七の鉛版削除箇所について、現存する『中央公論』発禁版や、当時の『出版警察報』に引用された部分を比較した。それによると、日本近代文学館が所蔵する『中央公論』と、神奈川近代文学館が所蔵する『中央公論』と、国立国会図書館の『中央公論』マイクロフィッシュは、それぞれ空白箇所が異なる。さらに、『出版警察報』が引用したものは違うバージョンの可能性がある。つまり少なくとも四種類の「生きている兵隊」を載せた『中央公論』が存在した、ようなのだ。

　ちなみに私がこの新書で引用する「生きている兵隊」は、達三の長男である石川旺さんが保管してきた『中央公論』をもとにしている。白石、牧の研究と照合すると、石川家所蔵本は、国会図書館のマイクロフィッシュと同じ削り具合である。
また、空白と伏字部分の判読については、私は、この両研究および中公文庫の『生きている兵隊(伏字復元版)』に依拠している。

その年、一九三八年三月二十四日付の東京朝日新聞朝刊は〈納本用と販売用／二色の「生きている兵隊」発覚〉という記事を載せている。三段で、比較的大きい扱いである。

取調中意外にも問題の「生きている兵隊」は、納本用と販売用とを二様に印刷して発行していることを発見。この二様印刷は納本用のものに伏字になっている個所も、販売用では立派に活字を生かして居り、而《しか》も全文中この偽装は十数ページに及んでいる事が判明。発行には相当面白からざる編集意図が裏書きされ、書類送局〔送検〕は新聞紙法の他、陸軍刑法或は軍機保護法にも抵触するのではないかと見られている。

(東京朝日新聞一九三八年三月二十四日付朝刊)

いかにも悪そうに書いてある。軍機保護法は前年夏に全面改定され、拡大強化されてはいるが、本件がただちに軍機保護法に抵触するとは考えられない。実際、警視庁の石川達三「聴取書」などを見ても、新聞紙法と陸軍刑法に違反した容疑では調べているが、軍機保護法は出てこない。フレームアップである。

東京朝日の特ダネだったようだが、この時代、新聞紙法により検事は、公判前の捜査中の事件などに関する記事差止の権限を持っていた。この記事が検事から聞いて書かれたものかどうかはわからないけれど、少なくとも、検事も書いてもらって構わないたぐいの記事であったことは、私にも想像がつく。

捜査当局は悪質な事件だとみなした、ということだ。

4　ちぎりとられた『中央公論』

発売前夜のささやかな祝宴

実はもう一つ、当局の心証を決定的に悪くしたものがあったが、その話は後でする。

くだんの『中央公論』三月号は、規定通り二月十九日に発売される手はずとなった。牧野武夫の回想によれば、発売日は毎月十九日で、これは動かすことができなかった。

取次《とりつぎ》、輸送の関係から総合雑誌四社間に発売日の協定があり、毎月寸分のくるいもなくこれは厳重に守られていた。〔略〕もしもそれがチグハグになると、国鉄輸送の配車準備に手違いを起して、全国の販売ルートが混乱するのである。（前掲『雲か山か』）

発売前日の二月十八日、担当編集者だった佐藤観次郎によれば、中央公論社に達三が来たので、佐藤と、もうひとりの担当編集者の松下英麿と、三人で銀座に繰り出して、ささやかな祝宴をはった。

とはいえ、不安はぬぐいきれなかったらしい。

〈雑誌の見本が出来てきた。それを読みながら、考えれば考えるだけ正直、不安の念を禁ずることも出来なかった〉と佐藤はふりかえっている（「あのころ　生きている兵隊事件③」社会新報一九六〇年三月二十七日付）。

『中央公論社の八十年』によれば、配本は二月十七日。発売二日前である。おそらくほぼ同時に、内務省や検事局など、新聞紙法で決められた先に納本したはずだ。

発売前夜になってもどうにか注意も来ないようなので、達三の慰労をかねて銀座に繰り出した、というわけだ。そして達三から現地の話を聞いて、〈この戦禍の拡大が結局泥沼に入るのでないかと大きな危憂が生れてきた〉と佐藤はつづる。

発禁処分の報せ

その夜、三月号が内務省から発禁処分を受けたという報せが、中央公論社には届いていたはずだ。この章の冒頭に書いたように、翌朝の新聞に出る広告から、そこにあったはずの石川達三の名と「生きている兵隊」の題名が消されて、代わりに「創作に事故あり」のお知らせが組まれているのだから。『出版警察報』によれば、発禁処分の日付は二月十八日である。

しかし、携帯電話もない当時のこと。外に出てしまった編集者と作家に、連絡は届かなかったようだ。翌朝早くに警視庁から電話で出頭を命じられ、佐藤は発禁を知ったという。

行ってみると正しく発禁の書状であり、且《か》つ、各書店からぞくぞくと中央公論が警官によって押収されていった。編集者にとって自分の作った雑誌がこうした運命になることは、本当に痛ましい気持である。

（同右）

編集長はいまでも時々発禁にあった夢を見るという、と佐藤は書いている。

警察が雑誌を差し押さえ

雑誌が発禁にあうと、どうなるのか。

新聞紙法は、内務大臣に発売頒布禁止の権限を与えるとともに、差し押さえの権限も与えている。実行するのは警察である。

すでに書店に出回った雑誌が、各警察署に押収される。出版社は雑誌を売らなければ収入が得られない。それで、問題の作品だけを切り取って、残りを発売するための「分割還付」申請をする。認められれば、警察署に行って当該雑誌から問題とされたページを切り取って、雑誌をもらい受け、それを発売するのである。

『中央公論新社　120年史』は、一九三一年に入社してすぐ『中央公論』の発禁、切り取りを経験した宮本信太郎の、左記の回想を引用している。

発禁になると雑誌は全部警察に押収されます。そこで分割還付願いを出して許可になると、問題箇所だけを切りとるため、全社員が数人ずつ各警察署を廻ってその記事を切りとり、『改訂版』のハンコを押してもらい下げて来るのです。

（「出版クラブだより」二〇〇〇年六月）

また、雨宮庸蔵のあと『中央公論』の編集長になった小森田一記は、発禁作品を切り取る小道具があったと書いている。

いまの若い編集者たちは、知らないことだろうと思うが、僕たちの時代には、雑誌が発禁になった場合、削除するのに便利な名もない小道具（四分板の、長サ一尺二、三寸、幅三、四寸位で片方が薄く削られて、刃になっている）ができていた（一尺は約三十センチ、一寸は約三センチ）。

発禁になると、雑誌は書店の店頭から、各警察に押えられてゴッソリ引上げられてしまう。

すぐ削除再頒布願を出して、許可になると、全社員が出動して、押えられた雑誌の削除すべき頁を、初めの中は、モノサシをあてがって切り取っていたのである。が、何千、何万の部数を、一時間でも早く切りとって、再び店頭で陽の目をみせるのは、並大抵のわざではなかった。

この発禁が、時々、やってくるのである。僕たちの切り取り作業も、経験をつんで、次第に手なれたものになってはいたが、モノサシでは、いかにも非能率で、削除のスピードがでない。そこで、ある時、ヒョウキンな桜井君だったと思うが、とうとう発禁雑誌削除専用の至極便利な小道具を考案して、イザ鎌倉の場合に備えるようになったのである。

その当時、僕たちは、いい雑誌をつくるためには、発禁のボーダー・ラインすれすれの編集をしていたのであった。覚悟のほどは、この削除専用の小道具が示している。

(「歴代編集長の回想」『中央公論』一九五五年十二月号)

このなかで小森田は、「生きている兵隊」のときは、一部削除というわけにはいかず、この小道具は活用できなかった、と書いている。同じ年の六月号で尾崎秀実《ほつみ》の「長期戦下の諸問題」が発禁になったときは、削除専用小道具が役に立った。が、それが最後で、以後は小道具の役立つような生やさしい情勢ではなくなった、と。

切除して分割還付が許可される

『出版警察報』によれば、くだんの『中央公論』一九三八年三月号は、二月二十一日に、〈〔当該の〕各頁切除ノ上分割還付許可〉とされている。

少し整理すると、二月十七日が配本。

二月十八日金曜の夜に、達三たちは銀座に出かけ、『中央公論』は発禁処分にされ、新聞広告は差し替えられた。

発売日だった十九日土曜の朝、佐藤は警視庁からの電話で発禁を知る。雑誌はすでに店頭に出ていたが、警察に押収された。

日曜をはさんで、二十一日月曜に〈切除ノ上分割還付〉が許可された。

それから、中央公論社の〝切除チーム〟が出動したものと思われる。

達三が雨宮に出したお詫びの手紙には、〈改訂版発行が出来なくなりはせぬかと心配して居ました。〔略〕火曜の夜書店で出ているのを発見。漸《よう》く少しく安堵の思いでした〉と書かれていたという（前掲『偲ぶ草』）。

達三が見て安堵したという『中央公論』は、どのようなモノだったか。

改訂版のありさま

「改訂版」の青紫のスタンプが表紙にうっすら残る『中央公論』一九三八年三月号に、私は、山梨県立文学館で出会った。

山梨県立文学館が所蔵するこの『中央公論』は、表紙に、

　戦時第二年の日本(特集)
　長篇小説　生きている兵隊(石川達三)

と、目玉企画二つのタイトルが刷られている。だが、裏表紙を開けると、「編集後記」を一枚残して、巻末にあるはずの「生きている兵隊」はない。

しるしはかすかに残っている。

目次に「生きている兵隊」が残っているし、「編集後記」にも、次のような作品紹介がある。

　小説は特に南京まで石川氏を特派して成る二百五十枚の大力作。群小ルポルタージュを圧せる文学的な一大問題作たることを自負する。

だが、その〝一大問題作〟は、ごっそり、ない。

雑誌の天地を見ると、頁がごっそり切り取られた痕《あと》が見える。

裏表紙を手でそっとなぞると、背から一センチくらいのところで、ぼこっとへこむ。

三月号は、全体で六百頁近い。四百八十五頁から「創作」の一頁となる。そして「創作」百五頁までが「生きている兵隊」で、その裏が健康器具の広告。ここまで百六頁分が切り取られている。

切り取ったというより、破ったように見える。モノサシをあてててちぎったのか、真ん中はまっすぐ切れているが、端がはみ出して残っている。

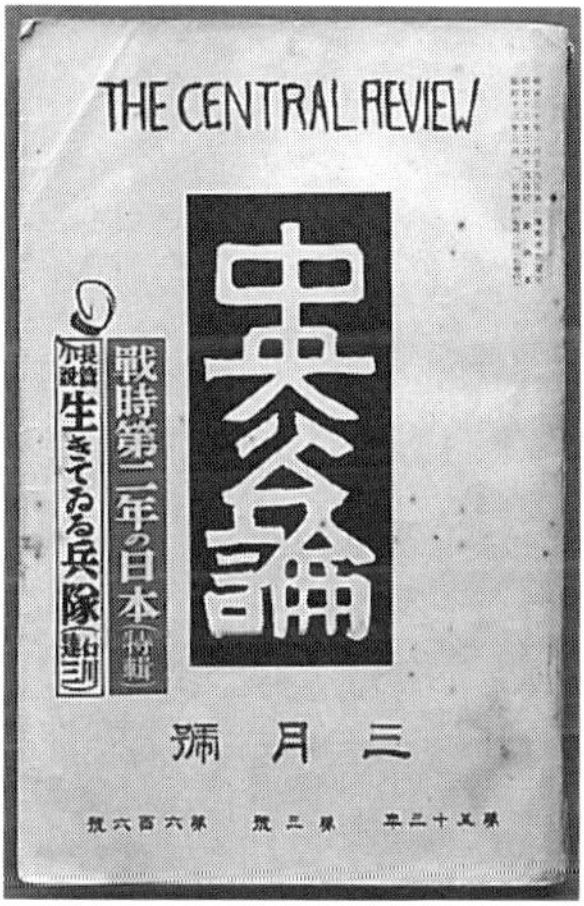

『中央公論』1938年3月号
表紙(石川旺氏所蔵)

念のため、同じ一九三八年の『中央公論』一月号も見た。

この号では、大森義太《よした》郎《ろう》の「映画時評」が発禁とされ、切り取られていた。大森は経済学者で、「労農派教授グループ」の一員として前年十二月に検挙されている。そんな人間の書くものは映画の話でも載せてはいかん、ということか。

この「映画時評」の顚末を、宮本百合子が書き残していた。「一九三七年十二月二十七日の警保局図書課のジャーナリストとの懇談会の結果」という題で原稿用紙に書かれ、生前は公表されなかった。内務省警保局図書課は懇談会で、宮本や中野重治らに執筆させないように、雑誌関係者に要請していた。宮本と中野は年明けに内務省に事情をききに出かけた。そのとき、図書課の事務官が大森義太郎の「映画時評」を例に最近の検閲基準を説明したという。

従って映画時評であっても人によっていけないというわけで云々《うんぬん》。「内容による検閲ということは当然そうなのですが、人民戦線以来、老狡《ろうこう》になって文字づらだけではつかまえどこがなくなって来たので……」云々。「一番わるく解釈するのです」

この「映画時評」の破り方は、ひどいものだった。背から三、四センチはビラビラと残っている。残ったところが、部分的に読める。よほど切り取り担当者がずさんだったのか、怒りにまかせて引き裂いたのか。あるいは……もしかしたら……、わざとそうしたのだろうか？

において、決して明《ママ》いものではなさそうで〔途中、破られている〕例外をなさない。どう眺めても、その遥かな地平線に薔薇色の雲がたなびいているとは見えないのである。／まず、外国映画が姿を消す

いろいろうるさいことを言ったが、一九三八年の日本映画がどうか発展するようにとひたすら望んでやまない。そして、僕らでできるかぎりは、それに協力を惜まないつもりでいる。

残されたビリビリ部分から、大森がジャン・ルノワール監督の映画「どん底」をとりあげていることもわかる。

この「映画時評」は四百十九頁で終わり、その裏が、短歌の一頁目だった。そのため短歌の冒頭を飾る斎藤茂吉の五首も破られている。わずかにビリビリ部分に、この歌が残っている。

ゆくりなく蒙古の天《そら》の映りしに近々として雁ぞわたれる

検閲が、このような暴力の痕跡を形として残すものだとは、私は想像していなかった。ただし、その暴力を加えて雑誌を破ったのは、直接的には出版社の人間である。つくった雑誌に手をかける編集者の思いは、いったいどのようなものであったろうか。

5　生命とはこの戦場にあってはごみ屑のようなものである

自由な創作を試みた

「生きている兵隊」は、石川達三が上海、南京などで従軍取材し、見聞きしたことを元に、登場人物をつくり、構成した小説である。本文の前に、短いお断りがある。

（前記）　日支事変については軍略その他未だ発表を許されないものが多くある。従ってこの稿は実戦の忠実な記録ではなく、作者はかなり自由な創作を試みたものである。部隊名、将兵の姓名などもすべて仮想のものと承知されたい。

まず、達三が書こうとした内容を、一九九九年に出された中公文庫の『生きている兵隊（伏字復元版）』を元に紹介する。この伏字復元版が底本にした『中央公論』は、比較的削りの少ないバージョンのようで、私がこれまで引用した石川家に伝わる『中央公論』とは違いがある。とはいえ、伏字などを補った全体を紹介するのに差し支えはない。

部隊が中国・天津近くの港に上陸するところから話は始まる。書き出しは、こんな具合だ。

高島本部隊が太沽《タークー》に上陸したのは北京陥落の直後、大陸は恰度《ちょうど》残暑の頃であった。汗と埃《ほこり》にまみれた兵の行軍に従っておびただしい蠅《はえ》の群が輪を描きながら進んで行った。

のっけから、蠅が飛ぶ。

ふた月後、敵を追って南下した部隊は次の命令を待っている。すでに歩兵の十分の一を失っているが、補充兵は来ない。作戦は秘密なので、兵たちは次にどこに行くのかわからない。今度は列車で北上する。ソ連国境まで行くのか、それとも凱旋帰国か。兵たちは一喜一憂し、大連に到着すると、安堵して酒をのみ故郷への土産物を買う。だが、敵前上陸の訓練をして、今度は船で南下する。行き先は上海。兵たちは、船上から故郷への土産物を投げ捨てる。ここまでが第一章。

全体は十二のパーツから成り、1、2などの番号がつけてあるだけだが、仮に「章」と呼ぶ。第二章で、部隊は上海から小舟で揚子江をさかのぼって上陸。敵と戦いながら次第に南京に迫り、第八章でいよいよ南京総攻撃、そして南京入城式に加わる。

こうした移動や戦闘や休養日を書きながら、内地では商人だったり農民だったり、教師や僧侶であった日本兵たちが、いかに変容していくかを達三は描こうとした。ブラジル移民を描いた出世作「蒼氓《そうぼう》」と同じような群像小説だといえる。違いは、戦争のほうが過酷だということだろうか。人を殺し、奪い、火を放つ。あっという間に仲間も死ぬし、自分もそうなるかもしれない。生きていること自体が不確かなのだ。しかし、とりあえず生きていて、動けるならば、また行軍しなければならない。

教師や僧侶が戦場に

主な登場人物をあげてみる。

北島中隊長　四十過ぎの田舎町の運送店の主人。雨の日の激戦で突撃して、戦死。

倉田小隊長　毎日日記をつける規則正しい男。小学校の先生をしていた。次第に戦場ではめを外す術を身につけ、北島のあとの指揮をとる。
笠原伍長　農家の次男。勇敢で、乱暴。こういう環境に、最も揺らがない。
片山玄澄　従軍僧。左手に数珠《じゅず》をまき、右手にショベルを握り、相手をなぐり殺す。寺を出てくるときは、敵の戦死者も弔《とむら》ってやるつもりだったが、戦地ではそういう気になれない。
平尾一等兵　都会の新聞社で校正係をしていたロマンティックな青年。戦線に出るようになってから大言壮語することを覚えた。暇になると繊細さが戻り、支離滅裂になる。
近藤一等兵　医科大を卒業して研究室に勤めていた。生命というものが戦場でいかに軽蔑され無視されているかを感じとり、それなら医学研究は何だったのか、と混乱する。
なお、師団も連隊も、伏字バージョンでは「部隊」と書き直されている。
これらの登場人物が、故郷ではしないようなことに手を染めながら、進軍していくのである。老婆から水牛を奪ったり、拳銃を持ったスパイらしき女の服をはいで殺したり、貴重な砂糖を盗んだ炊事係の中国人青年を殺害したり。戦闘になれば、教師だった倉田は、壕のなかで無茶苦茶に敵兵を斬り、「久しぶりに、気持よく働きました」と言ってのける。
のちに警察で「掠奪、放火、強姦、殺戮などを描いているが、軍紀弛緩を暴露することにならないか」と問われ、達三は「やむを得ない行為として理由をつけて描いた」と答えている。なるほど、南京総攻撃が近づいて捕虜を連れ歩くわけにはいかないから捕えたらすぐ殺すことになった、という〝理由〟も書かれているし、中国兵が軍服を捨てて庶民に紛れ込むため戦闘員と非戦闘員の区別がはっきりしない、という状況も書かれている。

姑娘がくれた指環

「やむを得ない」とは言いにくい光景も、描かれている。

南京に日本軍人のための慰安所がつくられて行列しているありさまや、「姑娘《クーニャ》探し」に日本兵が出かけるさまも、達三は書いた。

慰安所については、〈彼等壮健なしかも無聊《ぶりょう》に苦しむ肉体の欲情を慰めるのである〉と理由らしきことが書いてあるから、達三のなかでは、やむを得ないことに分類されていたのかもしれない。慰安所の切符の料金や時間まで書かれていたが、『中央公論』掲載当時は編集部の手で早々にカットされ、慰安所がつくられたという一文程度しか残らなかった。

「姑娘探し」は、女性を襲うような場面は描かず、直接的表現を避けて注意深く書いている。最初に出てくるところは、こんな具合だ。

非番の兵たちがにこにこして出かけるので、ほかの兵が「どこへ行くんだ」と問うと、彼らは野菜の徴発に行ってくるとか生肉の徴発だとか答えた。やがて……。

やがて徴発は彼等の外出の口実になった。その次には陰語のようにも用いられた。殊に生肉の徴発という言葉は姑娘を探しに行くという意味に用いられた。彼等は若い女を見つけたかった。顔を見るだけでもいい、後姿でもいい、写真でも絵でもいい、ただ若い美しい女を象徴するものでさえあればよかった。

この〈生肉の徴発〉という五文字は、掲載当時は伏字だった。次に「姑娘探し」が登場するのは、笠原が銀の指環をはめているのを倉田が見つけて、それは何だね、と聞く場面である。

「これは少尉殿、姑娘《クーニャ》が呉《く》れたんですわ！」

するると兵ががやがやと笑った。

「拳銃の弾丸と交換にくれたんだろう。なあ笠原」

「そうだよ！」と彼は応じた。〔略〕

支那の女たちは結婚指環に銀をつかうらしく、どの女も銀指環をはめていた。あるものは細かい彫りがあり、また名を刻んだものもあった。

「俺もひとつ記念にほしいなあ」少尉は笑ってそう言った。すると笠原は一層元気づいて叫ぶのであった。

「そりゃあ小隊長殿御自分で貰って来んとあかんです。無錫へでも入ったら早いとこ姑娘を探すと呉れるですよ。常熟はもう遅いです。どッこにも居らしまへんわ。みんな何とかなっちもうたです。あはははは」

大切な結婚指環を「弾丸と交換にくれた」とは、どういうことか。あとの想像は読者に委ねられている。〈拳銃の弾丸と交換にくれたんだろう〉の一文は、掲載当時は、石川家版では削除されて空白になっている。鉛版を削ったのだろう。

三番目に出てくるときは、こう描かれている。激戦のあいまの休養日の光景だ。

彼等は大きな歩幅で街の中を歩きまわり、兎を追う犬のようになって女をさがし廻った。この無軌道な行為は北支の戦線にあっては厳重にとりしまられたが、ここまで来ては彼等の行動を束縛することは困難であった。

彼等は一人一人が帝王のように暴君のように誇らかな我儘《わがまま》な気持になっていた。そして街の中で目的を達し得ないときは遠く城外の民家までも出かけて行った。〔略〕いうまでもなくこのような感情の上には道徳も法律も反省も人情も一切がその力を失っていた。そうして、兵は左の小指に銀の指環をはめて帰って来るのであった。

「どこから貰って来たんだい？」と戦友に訊ねられると、彼等は笑って答えるのであった。

「死んだ女房の形見だよ」

知りたかったのは個人の姿

こういう場面ばかり抜き出すと、達三が日本軍の非行を暴こうとしたように受けとられるかもしれない。しかし、達三は、中国人の側に心を寄せて書いてはいない。日本兵については、困難な進軍や、負傷して運ばれながら「もう少し撃たしてくれ」とうめく姿も描いている。

これは反戦小説ではなく戦争小説である。

私が一番知りたかったのは戦略、戦術などということではなくて、戦場に於ける個人の姿だった。戦争という極限状態のなかで、人間というものがどうなっているか。平時に於ける人間の道徳や智慧や正義感、エゴイズムや愛や恐怖心が、戦場ではどんな姿になって生きているか。……それを知らなくては戦争も戦場も解るわけはない。殺人という極限の非行が公然と行なわれ、それが奨励される世界とはどのようなものであるか。その中で個人はどんな姿をして、どんな心になってそれに耐えているか。これを書くことはやはり作家の仕事だった。

（石川達三『経験的小説論』）

ただ、これは晩年の述懐であり、若干きれいにまとめてあるようにも感じる。当時は、兵隊たちと寝食を共にして話し、上海から南京まで進軍の行程をたどり、街を見て歩き、衝撃を受けたことを、憑かれるように書いたのではなかったただろうか。

生命とはなんぞや

この小説の主人公をあえてあげれば、一人は、迷いなく人を斬る笠原伍長で、もう一人は医学者だった近藤一等兵だろう。近藤はたびたび、生命とはなんぞや、と考える。迷える近藤の述懐には、掲載当時は伏字にされたこんな言葉すらある。

〈生命とはこの戦場にあってはごみ屑のようなものである〉

近藤は、感傷にフタをすることで戦場に順応しようとするが、破綻していく。

南京を占領しても、戦争は終わらない。部隊は暇な正月を迎え、近藤は、遺骨を運ぶ従軍僧について上海に行き、にぎわう街で遊んで、医学に没頭できたころの愉《たの》しさを甦らせてしまう。血なまぐさい南京に戻って、近藤の混乱は深まる。自ら手にかけた女の幻影にとらわれ、芸者に発砲してしまうのだ。翌日憲兵隊に連行され、部隊は近藤を置いて出発していく……。

「生きている兵隊」の胆《きも》は南京陥落のあとにあると私は思う。万歳で終わらないからこその小説なのだが、その発砲事件を描いた第十　、十二章が、掲載当時はすべてカットされた。

それゆえ、伏字版を読むと、何やら間が抜けた印象なのだ。

記述が残ったのは、もっぱら日本兵の英雄的行為。姑娘探しなどは伏字にされている。ただ、中国人青年や女性を殺害する場面は、前後の脈絡から、殺したということは何となくわかる。〈………〉ばかりになって、原文以上の妄想を生んだところもあるように思える。

そしてそれが、取り締まる側の目に止まった。

6　それは造言飛語なのか

春の気配を知る

〈戦争小説。書こうとなるとやはりもっと詳しく見て来ればよかったという悔いが多かった〉石川達三は、筆禍のあとの〝謹慎中〟に書きおろした『結婚の生態』（一九三八年）に、そうつづっている。

『結婚の生態』は「ほかにすることがなかったので書いた、と父は言っていました」と長女の竹内希衣子さんがいう。〈或る大切な生涯の一時期を最も正確に記録しておきたいと思う〉と自序にあるが、記録なのか小説なのか判然としない。のびやかな女性と知り合い、結婚し、妻として教育し……娘が生まれ、作家の「私」が従軍して筆禍を受けるまでをつづっている。

妻・代志子は、「其志子」と、名前を一文字変えて出てくる。

「私」が「ある雑誌社」の特派員となり、帰国して戦争小説を書くくだりは、こう続く。

〈修善寺温泉にこもって〉八日目に帰宅してから二月十二日の夜明けまで、ほとんど毎日の徹夜であった。雑誌社の方は印刷所に詰め切って原稿を待っている。あらゆる努力の末に最後の間にあって仕事を終ると、私はがっかりして昏々《こんこん》と眠った。何ともいい様のない辛い期間であった。

それからまた一週間すぎて、雑誌は刊行されると同時に、私の戦争小説のために発売禁止の処分をうけた。名状し難い混乱が雑誌社と私の家庭とを襲った。あらゆる創作の努力は一挙にして無駄になり、経済的な打撃も少くなかった。其志子は残念がって腹を立てた。「こんな馬鹿な話ってないわよ。毎晩々々徹夜をして痩せてしまって、そのあいだ私は私で障子ひとつ閉めるにもこっそりやっていたのに、返してくれ！」

しかしそれからは静かな休息の日がしばらく続いた。私は謹慎して仕事も休業状態にしておき、多少の読書のほかはする事もなくて、漸くゆるんで来た寒さから春の気配を知り、近所を散歩し、久しぶりにからだを休めることができた。

赤ちゃんに日光浴をさせたり、妻を久しぶりにデパートに行かせてやったり……。しかし、そんな春の日は長くつづかない。

ある予感

三月中旬のある朝はやく、私は床のなかで眼をさましたばかりであった。まだ八時だというのに玄関に訪問客の気配がした。こんなに早く客が来ることはない。私はふとある予感をうけた。

女中が名刺をもって入って来た。警視庁特高刑事の名が高圧的に用件を伝えていた。

私は急いで身じたくをしながら言った。

「多分いまから連れて行かれるんだが、心配する事はないよ。悪い事をしたわけではないんだから」

勿論《もちろん》、例の戦争小説の一件でとりしらべをうけるのに違いなかった。其志子は心配な顔をしていた。こういう心配をさせることを私は何とも済まなく思った。〔略〕

私はすぐに二人の兄と弁護士をしている弟とを指名して、もしも今夜帰らなかったならば明日になってから通知をするようにと言い置いた。さらに、貯金のことを思った。妻子だけならば半年くらいは食って行ける程度の貯えをもっていた。

これを妻の立場から回想すると、こうなる。達三の没後に、妻の代志子は雑誌のインタビューに応えて語っている。

二月下旬のある朝、寝込みを襲われたといいましょうか、早朝の五時頃、私服の特高ですか、刑事ですか、二人やって来ました。私は二十三歳でおくて手でポーッと生活しておりましたから、ほんとにびっくりいたしました。〔略〕ひょっとするとこんなこともあるかもしれない、と言っていたので、二人が見えて「ちょっと尋ねたいことがある」と、主人を連れていこうとしたとき、やっぱり、と思いました。私はすぐに肌着を着られるだけ何枚も着せるのがやっとでした。両腕をとられて連れて行かれるとき、主人は「もし今夜帰らなかったら、弟に連絡してくれ」と申しました。義弟が弁護士をしていたのです。
　私は玄関で呼び止めて刑事さんに「家族が待っておりますから、なるべく早くお帰し下さい」と頼みました。連れられて行ったあと、私はすぐに義弟に電話しました。今夜帰らなかったら連絡せよ、と言われたのですけれど、とても夜まで待ってられなかったのです。

（石川代志子「回想の石川達三」『オール読物』一九九二年二月号）

達三の日記

『結婚の生態』では〈三月中旬のある朝〉とされ、妻の晩年の回想では〈二月下旬のある朝〉というその日は、おそらく一九三八年三月十六日のことだ。警視庁検閲課の清水文二警部が作成した達三の「聴取書」に、日付が記されている。

そしてそれは、達三の日記とも一致する。

長女の竹内希衣子さんから私は関係部分のコピーを見せてもらった。

日記は、芥川賞を受賞した翌年の一九三六年元日から始まる。

〈宿志十年、今漸く文名四方に挙り来るに及び〉……と気負った文章。文学の深淵を探ることが自分の役割ではなく、人生とはなんぞや、という問いに説明を与えることが〈私の志す所〉だと年のはじめに書いている。

結婚、長女の誕生とつづき、一九三八年三月で、途切れる。

この日記は不思議な道筋をたどって、石川家に帰ってきた。希衣子さんによると、父親の死後に古書店から「日記が出ている」と連絡を受けて母親が買い戻した、という。特高は、その三月の朝だけではなく、以後、たびたび家に来ては本棚などを探った。「日記は特高が持ち出したのではないか」というのが、希衣子さんの推測だ。

三月十六日の日記は、ごく短い(□は判読できない文字。以下同)。

三月十六日
早朝寝込を襲われて警視庁にいき、夜八時半まで休みなしに取調べをうける。
□□検事局へ呼ばれるらしいが私に関しては大した事にはならぬらしい。

続けて、〈石川達三氏召喚／中央公論の雨宮編集長(休職)も〉の新聞記事が〈二十三日　朝日〉と書き込んだうえで貼りつけられている。次の頁には〈納本用と販売用／二色の「生きている兵隊」発覚〉の記事(東京朝日新聞三月二十四日付朝刊)が貼ってある。もう一つ、三月下旬の読売新聞の記事が貼ってあり、そこで日記は途切れている。

筆禍事件については三月五日に述懐がある。その前に、中国従軍取材の旅程が記されている。帰国後にまとめて書いたものだろうか(以下は、日記にあった句読点は省略する)。

十二月二十五日　中央公論社より派遣される事に成功して中支上海南京に行く事決定／

十二月二十七日　□□の為の準備／二十九日　夜東京駅出発　一路神戸へ／三十日　神戸より軍用船台南丸に乗る／三十一日　関門通過。

昭和十三年一月元旦　玄界灘／二日　夕方呉淞沖着　碇泊／三日　四日　碇泊／五日　上海上陸／六日　滞在／七日　上海発　蘇州泊り／八日　南京着——滞在／十五日　南京発——上海着／二十日　上海発／二十一日　長崎着／二十二日　岡山着　夜出発／二十三日東京着

二月一日　修善寺に行き滞在／二月七日　修善寺より帰宅

本章の第二節で「聴取書」から引いた旅程と一致する。

そして、三月五日に次のような記述がある。文字が乱れて——と言ってよいかどうかはわからないが、いつもにも増して文字が流れて、読みとりにくい。少し長いが全文を紹介する。

三月五日

中央公論の委嘱によって戦争小説を書いた。「生きている兵隊」二百四十枚。二月一日から昼夜兼行、十一日間で書き上げた。

三月号に掲載、文壇にセンセーションを起す筈《はず》であった。それが、三月《ママ》十八日夜、突如として検閲当局から発禁を命ぜられた。

中公社は大狼狽《だいろうばい》の末、遂に百六頁全部を切りとって創作のない雑誌を市場に出し、三万円位の損失を受けた。責任者として雨宮庸蔵、佐藤観次郎は休職となり松下英麿は譴責《けんせき》をうけた。検閲当局は原稿の提出を求めて持ち去った。

私は稿料七百余円を辞退した。そして早くも□□の申出のあった出版の約束一切は葬られてしまった。映画化もだめになった。
□に当分謹慎の意を表しなくてはならぬ事にさえもなった。
けれども差押もれの雑誌は心がけている人々の手から手へ廻覧されて、大きな賞讃を得つつある。

内田百閒《ひゃっけん》は「憂国の一大叙事詩だ」といった由。

斎藤茂吉は「事変関係文学として唯一つ後世に残るものだ」といった由。

武田麟太郎は感激したと語り、小川五郎は日本にはなかった文学だと称した。

しかし発禁は何とも致し方ない。あと十年を待たずには世に出す事の出来ないものとなってしまった。

いま、私は疲れ、休養している。ただこの時代にあっては、つまらない俗吏がどんなに大きな力をもって居るかを思う。

作家が受けた衝撃と、作品への矜持《きょうじ》が、伝わってくる。

この述懐を日記に書いた三月五日、達三は掲載誌の編集長だった雨宮に手紙を出していた。雨宮の『偲ぶ草』に紹介されている。三月五日付で達三から巻紙毛筆の手紙が届いたという。

責任を負い処分を受けられ候由、今日松下君より承知何とも申訳なき次第御許し下され度《た》く候。両三日中に是非とも御宅に参上御詫申上度とり急ぎ一筆微意を表する次第に候。今更ながら斯《かく》も重大なる結果を招来したる事につき恐縮自戒致居次第に候。一二ケ月中には再び復社せらるる事確実との由、その日の早からん事のみ願居申候。其後は社へも辱《はず》かしくて済まなくて出かけられぬ始末全く後悔致居候。唯読者評は益々良き様子にてそれのみ些《いささ》かの御詫の印しと存申候。とり急ぎ一筆御わびのみ申上候て御寛恕を得たく如斯に御座候。

この日に達三は、編集者の松下から、雨宮編集長と、担当編集者の佐藤が休職処分となったことを聞いたのだ。『偲ぶ草』によれば、「生きている兵隊」を直接担当したのが佐藤で、松下は校正を担当した。そして佐藤はこの事件後、〈不思議にも三月十日歩兵第一連隊に、主計少尉として召集されることになった〉という（佐藤観次郎「あのころ　生きている兵隊事件④」社会新報一九六〇年四月三日付）。達三より四つ年上の佐藤は、このときすでに三十六歳。二年余り戦地をかけめぐり、達三の小説のような場面がいたるところにあることを知ったと回想している。

雨宮の『偲ぶ草』には、一九三八年三月二十四日付の達三からの手紙も紹介されている。

三月二十四日は、朝刊に〈納本用と販売用／二色の「生きている兵隊」発覚〉の記事が載った日だ。前日夕刊には〈石川達三氏召喚／中央公論の雨宮編集長（休職）も〉の記事が出ており、達三はそれらの記事を日記に貼りつけている。

〈新聞で見ますと招喚をうけられた御様子、何とも御気の毒をかけました〉と始まる、これまたお詫びの手紙である。このなかに〈小生は去る十六日にまる一日中調べをうけて帰りましたが、反軍的意図ではなくて過失である意味は一応認めてくれたらしく、処分も大した事はあるまいと、おとなしく待って居ります。しかし社の方は新聞で見ると相当印象を悪くしている様に思われますが、大きな結果にならなければいいと思っています〉とある。〈罰金位の事で済むのでしょうか〉とも書いているが、甘い見通しだった。

収入を断たれる作家も大変だが、中央公論社はさらなる混乱に陥っていた。『出版警察報』によると、編集長だった雨宮と発行人だった牧野は、このころに別件でも書類送検されていた。前年十二月に東京帝国大学を追われたクリスチャンの矢内原《やないはら》忠雄の論文をその前の『中央公論』一九三七年九月号に掲載して安寧秩序を紊した、という新聞紙法違反容疑事件である。

軍刑法の処分をうけるかもしれない

取り調べの日に、話を戻そう。

『結婚の生態』によると、「私」は昼過ぎになって、弁護士をしている弟が警察に来て「今夜返してくれ」と頼んでいったことを、刑事から聞かされる。妻が弟に知らせたのだと直感する。

とり調べは朝の九時から夜の八時半までびっしりと続けられ、分厚い調書が出来あがった。その最後に拇印《ぼいん》を捺《お》して、私はようやく解放された。／自動車を急がせて帰って来ると其志子は駈け出して来て、よかったよかったと叫びつづけていた。〔略〕／要するに私の書いたものが戦争に関して造言飛語をなすものであるという問題であって、あるいは軍刑法の処分をうけるかもしれないというのが疑惑の中心であった。して見れば一応は解放されて帰ったが、これでいいわけのものではない。

達三や雨宮らは、最終的に、新聞紙法違反で起訴されて、「安寧秩序を紊乱《ぶんらん》」したとして有罪判決をうけたが、警視庁の取り調べでは、陸軍刑法違反にも問われていた。というよりも、「聴取書」を見る限り、陸軍刑法違反が追及の中心だった。

新聞紙法は、雑誌などの定期刊行物を含む「新聞紙」が掲載したものが「安寧秩序を紊乱」したと当局がみなせば違反に問える、取り締まる側には便利な法律だ。法定刑は、たとえば皇室を冒瀆する事項を掲載した場合で、二年以下の禁錮及び三百円以下の罰金。

一方の陸軍刑法は、罪を犯した陸軍軍人に適用するもので、「逃亡の罪」などを定めており、最高刑は死刑。そして次の条文は、陸軍軍人ではない人も対象にしていた。

陸軍刑法　第九十九条

戦時又ハ事変ニ際シ軍事ニ関シ造言飛語ヲ為シタル者ハ三年以下ノ禁錮ニ処ス
〔このあと一九四二年に、七年以下の懲役又は禁錮、に引き上げられる〕

造言飛語とは、つくりばなし、根拠のないデマ、うわさばなしのこと。

達三の「聴取書」は、七十頁近くある。一日でこれだけしゃべったら、たしかに疲れ果てるだろう。経歴、交遊関係、読んできた本や、これまで書いた作品、思想の推移、中国で見聞きした内容や感想について、達三の話を警察官がまとめて書いている。そしておしまいの方に、問答が書いてある。

問　小説中「日本軍ガ現地戦場ニ於テ掠奪、放火、強姦、殺戮等ノ場面」ヲ描イテアルガ之ハ日本軍ノ軍紀ガ弛緩セル状況ヲ暴露スルコトニナラザルヤ

答　私トシテ斯《かか》ル行為ガ已《や》ムヲ得ナイ行為トシテ理由ヲ附シテ描イタノデアリマス然《しか》シ読者ハ軍規弛緩ト感ズルデセウ

問　非戦闘員ヲ殺戮スル場面ヲ描イテアルガ日本軍ハ国際法ヲ無視シテ居ル事ヲ裏書スルコトニナラザルカ

答　ナリマス　書イタ当時ハ其ノ積《つも》リデ書イタノデハアリマセヌガ結果ニ於テ裏書スルコトニナリマス

問　北支戦線ヨリ上海戦線ニ軍隊ガ移動スル際兵士ガ凱旋スルモノト思ヒ土産ヲ買ツタガ大連カラ乗船シテ上海方面ニ移動スルコトヲ知リガツカリシテ土産ヲ海ニ投スル場面等ハ日本軍ノ士気阻喪セルヤニ読者ハ感セザルヤ

答　感ゼザルモノト思ヒマス

問　此ノ小説ヲ各国スパイガ悪用スル虞《おそれ》ガナイカ　其ノ場合我軍並我国家ニ不利益デナイカ

答　外国スパイノ悪用スル虞レノアル小説デアリ万一悪用サレタナラバ我軍ニ不利ナルコトハ勿論今後ノ外交ニモ不利ナルモノト考ヘラレマス

問　斯ル記事ハ造言飛語ニナルト考ヘナイカ

答　全ク気ガ付カナイデ居マシタ　小説ト言フモノハ元来仮定ノ事ヲ実際ラシク書キ表ハスコトヲ以テ建前トシテ居ル　今回事変ニ取材シタ仮定ノコトヲ事実ラシク書イタノモ其ノ要素ノ創作方法ヲ行ツタノミデアツタ
然シ此ノ場合ニ斯様《かよう》ニ事実ラシク書クコトガ造言飛語ニナルノニ気ガ付カナカツタノ

この問答は達三の言葉遣いとは思えない。長いやりとりを、捜査の筋に沿って簡潔にまとめればこうなるということだろうか。問題が、「造言飛語」にあたるかどうかということだけならば、最後の問答にあるように、小説とはそもそもそういうものだ、という話でおしまいだ。達三が「大したことにはならない」と踏んだとしても理解はできる。

戦後になってから、達三は家族に、このときの取り調べや裁判のばからしさについて、こんなふうに語っていたという。

「見たとおりを書いたのか、と聞くので、いや小説だから見たまま書いたわけではないと答えると、ならば造言飛語である、という」

犯罪事実とされたこと

清水警部が四月二十三日付でまとめた「意見書」は、厳しいトーンだった。

清水警部の「意見書」は、達三、編集長だった雨宮、発行人だった牧野、そして担当編集者だった佐藤と松下の計五人について、陸軍刑法第九十九条(造言飛語)、新聞紙法第二十七条

(陸軍大臣の禁止命令)、第四十条(上記に違反した場合の罰則)などを適用して、酌量の余地なく厳罰にすべきだと述べている。

ただ、「意見書」には、新聞紙法第四十一条の「安寧秩序紊乱」は出てこない。

「意見書」は達三に関する部分だけで百五十頁近くある。そのほとんどは「犯罪事実」の記述であり、「犯罪事実」とは、「生きている兵隊」にこんなことを書いたという引用だ。

達三については、「生きている兵隊」で軍の軍紀弛緩の状況、士気喪失の状況、非戦闘員を殺戮する状況、その他人心を惑乱させる事項など〈全ク虚構ノ事実ヲ恰モ事実ナルガ如ク本人ノ空想的想像ヲ加ヘテ記述〉し、『中央公論』三月号に掲載させて〈我軍ニ不利ナル造言飛語ヲ為シタルモノナリ〉と結論づけた。そして、牧野らについては、これを『中央公論』に掲載して〈造言ヲ飛語シタルモノナリ〉と指弾している。

小説を雑誌に掲載し発売することが、造言を飛語すること、なのだろうか？

どうも、〈我軍ニ不利ナル〉というところがポイントらしい。

達三も、腹に据えかねたのだろう。

石川家に保管されてきた「意見書」の写しには、五カ所、赤鉛筆の書き込みがある。達三が書き込んだのだろう。赤鉛筆で傍線を引いたり、囲んだり、カッコをつけたり、×をつけたりしていたのは、次の箇所だ。

等全ク虚構ノ事実ヲ恰モ事実ナルガ如ク本人ノ空想的想像ヲ加エテ記述シ之ヲ「中央公論」昭和十三年三月一日付第五十三年第三月号ニ掲載セシメテ我軍ニ不利ナル造言飛語ヲ為シタルモノナリ

云々ト描写シテ我軍ガ上海戦線ニ於テ掠奪ヲ欲ニシ恰モ之ガ我軍ノ方針ト為シタルガ如キ造言ヲ為シ

云々ト現地ニ於テモ如何ニモ我ガ軍ノ風紀ガ紊乱シテ居ルカノ如キ造言ヲ為シタリ

×

云々ト我軍ガ現地ニ於テ婦女子其他無辜ノ良民ヲモ殺戮シ殊ニ捕虜ニ対スル処置トシテ其ノ場デ殺戮スルコトガ軍ノ方針ナルガ如キ造言シタリ

そして最後の五カ所目は、上の余白に赤鉛筆で「ウソ」と書き込んである。

ウソ　「生きている兵隊」ト題スル創作ハ我ガ軍ノ士気並ニ軍紀ニ関

シテ我軍ニ不利ナルノミナラズ
相手国ニ悪用サルベキ造言飛語
ニ相違無キ旨自供シ居レリ

達三は、「聴取書」では、造言飛語になることには「気がつかなかった」と言い、それがうかつだと言っているだけだったが、「意見書」では自供したことにされている。

三月十六日の事情聴取のあとで、当局の心証をさらに悪くする出来事があったのだ。

それは、「意見書」のおわりの〈犯罪ノ情状〉のところにうかがえる。

尚石川ノ小説ハ英、蘇、並《ならびに》支那語ニ翻訳セラレ目下上海ニ於テ新聞ニ連載セラレタルヤノ状況ニシテ現地ニ於ケル軍ノ士気ニ悪影響ヲ及ボシ且《か》ツ我軍全体ノ威信ヲ失墜シタルコト甚シク又現実ニ敵国ニ悪用セラレテ逆宣伝ノ用ニ供セラレ仍《よっ》テ以テ敵国ヲ利スルノ結果トナレリ
国際関係ニアリテハ各国ニ対シ絶好ノ口実ヲ与ヘ国策遂行上一大支障ヲ来《きた》スベキコトヲ想像ニ難カラズ

警察の差し押さえから漏れた、くだんの『中央公論』は海を渡り、中国で翻訳されていた。

7　差し押さえから漏れた本が海を渡る

日記のおしまいに貼られた記事

達三の日記帳には、おしまいに三つの新聞記事が貼られていた。一つ目が〈石川達三氏召喚〉、二つ目が〈二色の「生きている兵隊」発覚〉の記事。そして三つ目は、切除前の『中央公論』が海を渡り、「生きている兵隊」が海外で翻訳されていると報じた読売新聞の記事だった。

生きている兵隊
米国で出版一歩前！
誤てる第二世の英訳

中央公論三月号に石川達三氏が執筆した創作〝生きている兵隊〟が問題になっている折柄、

意外や同小説がアメリカに亘り、日本人第二世の手によって同地で英訳され出版されようとするところをわが領事館で取押え、翻訳本数千部を押収したという情報が二十五日外務省にもたらされ関係当局を驚かせた〔略〕
なお石川達三氏は既報の如く書類送局されることになっているが、当局では心なき出版業者の作為がかかる重大なる派生的事件を惹起するに鑑み検閲の慎重を期するとともにこの際一層の注意を喚起するよう各出版業者に警告する筈である。

（読売新聞一九三八年三月二十七日付夕刊、二十六日発行）

まったくもって当局側に立った報道で、「心なき出版業者の作為」がこうした結果を生んだと非難している。中央公論社が意図的に流出させたといわんばかりである。
達三の日記はここで途絶えて、あとは巻末に原稿の予定や原稿料のメモがあるばかりだ。

奇怪！「未死的兵」

読売記事の数日後、今度は、中国の新聞に「生きている兵隊」の抄訳が連載されていると伝える記事が都《みやこ》新聞に載った。この記事を達三は知らなかったのか。あるいは誰かが日記帳を持ち出したか、達三が日記帳を提出させられたかして、もはや記事を貼ることができなかったのか。そのあたりはわからない。

見出しが四段以上ある派手な記事で、見出しの『未死的兵』に「生きている兵隊」とルビがふってある。達三の顔写真と、中国の掲載紙の写真がついている。

奇怪！　支那紙に『未死的兵』
発禁小説を故意に
翻訳して逆宣伝
原本移入コースに疑惑

【上海にて菊池特派員二十八日発】発禁となった「生きている兵隊」の作者石川達三氏や、中央公論編集者らが更に検閲当局の追及を受けつつある矢先、上海で発行されている米国系資本の一流漢字紙「大美晩報」に件《くだん》の「生きている兵隊」の翻訳が堂々と訳載され始め、上海日本側当局では事態を重大視し、居留邦人側でも問題としてこれを注視している。〔略〕「白木」というペン・ネームの男が「未死的兵」と題して抄訳しているのであるが、奇怪なのはこの原本が何処から入手されたものかわが検閲当局でもっとも危険視していた「支那青年の死」とか「征途」等の初めから全然削除されていた個所が訳されており、これが支那側民衆への宣伝は勿論、外国側への宣伝資料として悪用されるに充分なものであるとされている。〔略〕

上海の我憲兵隊では白木なるものの身許について厳重なる調査を行うと共に内地の関係当局に対し件の発禁書の入手経路に対し調査方を依頼した。

（都新聞一九三八年三月二十九日付）

当局の『中央公論』差し押さえが万全であるという前提に立って、発禁書の入手経路を怪しむ記事になっている。また、この記事によると、大美晩報の連載はまるで伏字や削除のない完全版のようだ。この大美晩報を私は確認できなかったが、大美晩報連載をもとに出版された本『未死的兵』（上海雑誌社）を京都大学文学部が所蔵していたので、閲覧させてもらった。

砂糖を盗んだ中国青年を刺し殺す話など十三の場面を抜き出して訳し、憎々しげな日本兵などの絵をあしらった本だった。が、××は、やはりある。

『中央公論』一九三八年三月号の鉛版の削りは数種類のバージョンがあったから、その一つを訳したにすぎないと思われる。

差し押さえを逃れた一万八千部

くだんの『中央公論』は、発行日の関係などから警察の差し押さえを逃れたものが一定数あり、その一部分が海外に渡った。日本では小説の内容もろくに報じられなかったのに、四月二十三日付の警視庁の「意見書」によれば、中国語、英語、ロシア語に訳されたという。達三の取り調べのあとで、警察はそれを知ったのだ。

前に述べたように、『中央公論』三月号は、配本が二月十七日で、十八日に発禁にされた。一審の「公判調書」によれば、『中央公論』一九三八年三月号の発行部数は、約七万三千部。当局に納本する前に、約七万部を東京堂などに委託販売に出し、約二千部を寄贈先に送ったと、発行人だった牧野武夫が裁判官に答えている。

石川家に残る『中央公論』も、著者への寄贈本だろう。常連筆者には国外居住者もいたから、発禁前に、海外に送られた分もあったのではないか。あるいは、海外での発売分もあったのだろうか。担当編集者だった佐藤観次郎は〈丁度《ちょうど》船の都合ではやく外国行きになった雑誌がアメリカで大反響があったので陸軍が怒っているということもきいた〉とのちに述べている（佐藤観次郎「あのころ　生きている兵隊事件③」社会新報一九六〇年三月二十七日付）。

七万三千部のうち、どれだけ差し押さえされたのか。

一九三八年二月分「新聞雑誌差押執行状況調」(『出版警察報』第百十一号)を見ると、『中央公論』三月号の差し押さえ部数は五万四千三百五十二部で、差し押さえ率は七四・五%。全体の四分の三にすぎなかった。つまり一万八千部余りが差し押さえを逃れたのだ。

そして、この月を見る限り、『中央公論』の差し押さえ率は高い方だったことがわかる。たとえば月刊誌『テアトロ』は差し押さえできたのが四分の一。もっとマイナーな雑誌になると、差し押さえ率一%台のものもある。それに比べると、『中央公論』は全国三十四道府県で差し押さえ実績があり、警察としても力を入れていたことはうかがえる。

つまり、言ってみれば、差し押さえに力を入れたとしても、この程度なのだ。万全の包囲網を出版社が悪だくみで突破した、とはいえない。

けれども、「生きている兵隊」が削り具合の異なる複数バージョンできたことと合わせて、海外、特に中国で翻訳されたことは、達三と中央公論社の立場を決定的に悪くした。

中国での翻訳出版、次々と

達三も知らないあいだに、「生きている兵隊」は中国で次々と、翻訳、出版されていた。

『日本近・現代文学の中国語訳総覧』などを手がかりに調べてみると、一九三八年六月に、張十方訳『活着的兵隊』を上海文摘社が出版。七月に、夏衍が訳した『未死的兵』が広州南方出版社から、後に桂林南方出版社から出ている。先ほどの、白木による抄訳『未死的兵』は、八月に上海の雑誌社から刊行され、翌年、重版されている。

白木とは誰か。鈴木正夫・横浜市立大学名誉教授は、白木は呉誠之であろうという。哲非の名で、火野葦平《ひのあしへい》の「麦と兵隊」(一九三八年)も訳した人だという。

張十方は、中国のサイトによると、本名・張広楨。一九一四年生まれというから、このころまだ二十代だ。日本に留学していた一九三七年九月に逮捕され、国外退去させられて、抗日運動に転じたらしい(http://wt.gc.sun0769.com/newc.asp?id=1722&page=5)。

『活着的兵隊』の「訳者序」に、《終始、悲しみと憤りの心情でこの小説を訳した》とある。日本の雑誌『セルパン』や大阪毎日新聞の記事をもとに、「生きている兵隊」が『中央公論』に掲載されたが発禁になったことや、編集者が休職処分になったことを解説し、《この三月号の『中央公論』を購入するのは難しい。この小説はほとんど破り去られたからである。文摘社は苦労して、ようやく見つけ出した》と記している。

夏衍は、一九〇〇年生まれ。魯迅や郭沫若、尾崎秀実と交遊がある作家だ。『ペンと戦争夏衍自伝』によれば、『未死的兵』は初版をひと月で売り尽くし、再版を十月に出すべく三千部刷ったが、広州の戦局が緊迫して発行できないままになり、一九四〇年に桂林で三版を出した。

夏衍訳『未死的兵』は、序文を鹿地亘《かじわたる》が書いていた。鹿地はプロレタリア作家で、中国に渡って反戦活動をしていた。

鹿地は、石川達三を人道主義者と呼び、目の前の真実から目を背けず憂いに満ちた現実を直視する姿勢を失わないことに敬服すると書いた。当局の忌諱に触れたのは、すでに世界が知っている侵略戦争の残酷を暴露したからにすぎない、とも。

ただ、鹿地は、石川達三はすでに監獄に送られたであろう、と書いていたが、これは誤解だ。のちの世のこと。夏衍は、訪中した達三にパーティーで会ったという。一九五六年のことだと思われる。前述の夏衍自伝には、こうある。

この件を持ちだしたところ、かれは眉をしかめていいました。
「つまり、あなたがたがこの小説を翻訳したりしたせいで、ぼくは独房に坐らされたのか」

達三は取り調べを受けたが、逮捕はされなかったし、執行猶予付き判決だったから投獄されてはいない。独房ではなく、法廷で被告人席に座らされた、ということではなかったか。

「石川達三、よかったぞ」

妻の代志子は「回想の石川達三」で、こんなことを語っている。

わが家はちょうど道路の角の家で、道に面した部屋を仕事場にしておりました。夜中に仕事をしておりますと、コツコツと靴の音がして、角を曲っていきながら「石川達三、『生きている兵隊』はよかったぞ」と、わざわざ聞こえるように言って下さる方もありました。そうかと思うと「非国民！　スパイだろう」と声高に叫んで通りすぎていく人もありました。

「中央公論」が出てすぐ発禁になったので、社員の方たちが手分けして本屋へ行って「生きている兵隊」のページを切り取って回ったのだそうです。その切り取った部分をとじたものがひそかに出回って、それで読んだという方が随分いらしたようでした。

切り取ったものを回収できたのか？　私はそのような話をほかに読んだことはないけれど、いずれにせよ、発禁にされた「生きている兵隊」を、伏字だらけとはいえ、読むことができた人はそれなりにいたようなのである。

8　雨宮編集長の退社

いたくない腹をさぐられる

「生きている兵隊」を載せた『中央公論』の発禁処分について、編集長だった雨宮庸蔵は、検閲担当の事務官から「注意程度にとどめようと思ったが憲兵隊からの通告もあり、日本軍の軍律が国際的に問題となっている折柄、小説としても面白くないから」と告げられたと『偲ぶ草』に記している。

日中戦争が泥沼化し国家総動員体制に入ろうとしていたときに、軍部の意向あるいはそれを忖度《そんたく》する人たちとぶつかった「生きている兵隊」事件は、強い風となって中央公論社を揺さぶった。

印刷途中で鉛版削りをかけたために「生きている兵隊」に複数のバージョンができたことも災いした。検閲用として削りの多いバージョンが納本されたことに、当局は「悪意」をみつけた。実際には、早く刷り上がった本から地方などに発送したため、ということのようで、中央公論社側としては、〈いたくない腹をさぐられる〉(『偲ぶ草』)思いだったろうが、取り締まる側はここを責め立てた。もし仮に「検閲用は削りの多いものを出そう」という下心があったとしても、いま冷静に読み比べてみて、空白の多いバージョンなら検閲を通ったとは私にはまったく思えないけれど……。警視庁の「意見書」も、雨宮にひときわ厳しい。

雨宮庸蔵ノ如キハ編集長ノ立場ニアリナガラ編集当初ヨリ発禁ヲ予想シテ頒布用ト納本用トヲ区別シテ印刷セシメ禁止ヲ免レンガ為メ発行人ヲシテ故《こしさ》ラニ多量削除シタルモノヲ納本セシメテ取締官庁ヲ欺瞞シタ。

（「意見書」一九三八年四月二十三日付）

泣いて馬謖を斬る

三月一日付で雨宮と担当編集者の佐藤観次郎が休職処分になったが、複数バージョンの問題などが噴き出し、それでは収まらなかった。

こうなると責任のがれにわめくもの、足をひっぱるものがでてくる。社長か編集長かがやめねば社がつぶされるという情報まで流れだした。〔略〕小林一三《いちぞう》などはわざわざやめる必要などないと伝えてきた。

（『偲ぶ草』）

小林一三は、雨宮と同じ山梨県出身の実業家。阪急電鉄などの創始者である。雨宮は、嶋中雄作が社長になってから初めて採用された社員だったという。社員十数人の時代から、多くの作家、評論家とつながりを深め、『中央公論』を牽引してきた。しかし、剣が峰に立たされることとなった。のちに週刊誌のインタビューでこう語っている。

社長は、もともと、リベラリストですから、私たちの編集態度を強くバックアップしておりました。だから、ぼくに対しても、やめてもらうというような意思はなく、休職ぐらいにとどめるつもりだった。

しかし、当時の情勢はなかなか、深刻であった。外部から『社長か、雨宮がやめなければ、社がつぶされる』などという情報が強くながれだしました。私としては、こう騒ぎが大きくなっては、責めを負ったほうがよいと思い、とにかく、退社ということにしたのです。この時、社長は声涙《せいるい》共に下《くだ》る調子で『泣いて馬謖《ばしょく》を斬る』と言いました。

（『週刊現代』一九六一年九月二十四日号）

三月三十日に、雨宮の中央公論社退社が決まった。四月八日に退社したと、雨宮は法廷で述べている。

翌年、嶋中雄作社長が設立した国民学術協会に雨宮は迎えられたから、「泣いて馬謖を斬る」は本心だったろう。

「泣いて馬謖を斬る」は、諸葛孔明が、大切にしてきた部下の馬謖が命令にそむいて大敗を喫したとき、なくなく馬謖を処刑したという故事から生まれた喩《たと》えだという。理を守るために情を排する、というのが本来の意味だとするならば、編集長の退社は何を守ったのだろうか。いや、このとき中央公論社にほかの選択肢があっただろうか？

もしここで突っ張れば、いずれ、裁判所による「発行禁止」をくらうかもしれない。発行禁止とは、雑誌発行そのものの息の根を止める処分である。

「生きている兵隊」事件では、結局、陸軍刑法違反や軍機保護法の違反ではなく、新聞紙法違反で起訴され、判決では雨宮も執行猶予がついた。

しかし……。取り締まる側はこれで目的を達したのだと、雨宮はふりかえる。

しかし当局としては、このゆさぶりで目的は達したのである。一葉おちて天下の秋を知る。言論統制は、この「発禁」と「退社」を境として急坂をすべるように進み、やがて「横浜事件」という陰惨なデッチあげ事件をうんだ。

（前掲『偲ぶ草』）

作家たちからの手紙

編集者の仕事は人間的な仕事だと、私はこれまで出会った人たちの姿から想像している。どこかに地が出る、というか。書き手は誰に対しても同じ球を投げるわけではなく、作品は、投げる側と受ける側のキャッチボールの産物である。

雨宮編集長が退社することになり、なかには冷たい態度をとった著者もいたかもしれない。けれども、そうではなかった著者たちの言葉が、手紙という形で遺されて、そのひそやかな息づかいに、いま私たちは接することができる。

谷崎潤一郎が雨宮に寄せた手紙は、芦屋市谷崎潤一郎記念館の資料集のなかで読むことができる。

> 拝復　お手紙を拝見して貴下の立場に深く御同情申上ます
> 貴下御一人の責任ではないように思いますが此際潔い態度を取て捲土重来《けんどちょうらい》されるのも悪く
> ないかも知れません勿論こんなことで気力が挫けるような貴下でない事を信じます人生途
> 上には全くいろいろの事があるものですから　ただ折角骨を折て下すった小生の源氏が漸
> く完成されそうな時になってその出版を待たずに退社されることだけは何としても残念で
> ありますが本が出たら早速貴下にも御贈り致します〔略〕
> （四月二十七日付）

雨宮の出身地である山梨県の県立文学館が、「雨宮庸蔵宛書簡」を多数収蔵している。こちらは、許可を得て現物を閲覧することができた。

細川嘉六からの手紙には、元気が出たのではないか。のちの横浜事件で治安維持法違反に問われ、ありもしない共産党再建準備会グループの首領のごとく扱われながら、最後まで追及をかわし否認を貫いて、戦後まもなく免訴になった人だ。雨宮への手紙も、飄々《ひょうひょう》としている。

其後□は御無沙汰海容乞う。昨今御元気如何。如何なる難問に当面すとも元気を落してはならない。急げば廻れ、悠々来るべき秋《とき》を待つべきである。〔略〕小生は玉蜀黍《とうもろこし》の種を播《ま》いて窮局を眺めつつ春光を享楽しています。□内会って□談しましょう。

四月八日夜　月清し　世田谷老

林芙美子からは、セピア色の絵はがきが届いている。なかなか、かわいらしい字である。

たいへんごぶさたいたしております。おげんきでいらっしゃいますか。こんどのことをうかがいびっくりいたしております。どうぞお元気でいらっしゃいますように。お気がむきましたら、どうぞ私の方へもお出かけ下さいますように。お大事に。

（五月二日付）

ほかにも、野上弥生子《やえこ》や正宗白鳥などからの自筆の手紙が遺されている。編集者の松下英麿は、内田百閒らからの慰めを雨宮に伝えている。

雨宮のあとの『中央公論』編集長になった小森田一記の手紙からは、緊張が伝わる。中央公論社の便箋に書いている。送別会が開かれていないことに触れ〈いろいろ思案することもありましてそのままにしていますが、機会をみて是非挙行致し度《た》いと思っています〉などと書き、雨宮を気遣い、思いをはせながら、どこか、いわく言い難い表現が多い。社内については、こんなことを書いている。

何だか社内もスッカリ変ったような気がして、これから先もどうなって行くのかと、まるで日本の前途の様に見当がつきません。
どうやらそれでも難局を凌《しの》んでいますからその点御安心下さる様願います。
（四月二十三日付）

石川達三は、雨宮の退社を知って驚愕したようだ。ひたすら詫びるそのときの手紙は、『偲ぶ草』に紹介されている。巻紙に毛筆で書かれた手紙だという。

遂に正式退職せられ候由、松下君より聞き愕《おどろ》き入り申候。事態意外なる方面にまで延焼致し翻訳問題等惹起して小生も困惑致居候折柄にて、全く貴下には御迷惑の重大なりし次第顔向けならぬ事に存中候。御わびに伺い度き心には候えども何とも申様なき仕儀にて逡巡致居候次第御海容被下度候。

今後の御方針など御洩し願い度く微力乍《なが》ら出来るだけは何かのお役に立ちたく存中候。何卒御腹蔵なく御聞かせ願い度く以て責任の一半を埋め合わせ致し度く存中候。

（四月十一日付）

9　法廷で語ったこと

のんきな国民に不満だった

警視庁は、達三たちを、陸軍刑法の造言飛語罪にあたるほか、新聞紙法（陸軍省令に基づく掲載禁止）に違反したとして東京地方検事局に書類送検した。が、検事局は、八月四日、これを単に新聞紙法違反事件（安寧秩序紊乱）として起訴した。

裁判は東京区裁判所で八月三十一日に開かれて、一回で結審した。区裁判所とは、刑事事件においては比較的軽い罪にあたる事件を扱う裁判所である。

裁判の様子を記録した「公判調書」によれば、判事は達三とのやりとりに時間を割いている。

なぜ戦場への派遣を希望したのか、と八田卯一郎判事に問われて、達三はこう答えている。

日々報道スル新聞等テサヘモ都合ノ良イ事件ハ書キ真実ヲ報道シテ居ナイノテ、国民カ暢《のん》気《き》ナ気分テ居ル事カ自分ハ不満テシタ。

国民ハ出征兵士ヲ神様ノ様ニ思ヒ、我軍カ占領シタ土地ニハ忽《たちま》チニシテ楽土カ建設サレ、支那民衆モ之ニ協力シテ居ルカ如ク考ヘテ居ルカ、戦争トハ左様ナ長閑《のどか》ナモノテ無ク、戦争ト謂《い》フモノノ真実ヲ国民ニ知ラセル事カ、真ニ国民ヲシテ非常時ヲ認識セシメ此ノ時局ニ対シ確乎《かっこ》タル態度ヲ採ラシムル為メニ本当ニ必要タト信シテ居リマシタ。

殊《こと》ニ、南京陥落ノ際ハ提灯行列ヲヤリ御祭リ騒《さわぎ》ヲシテ居タノテ、憤慨ニ堪ヘマセンテシタ。

私ハ戦争ノ如何ナルモノテアルカヲ本当ニ国民ニ知ラサネハナラヌト考ヘ、其為《そのため》ニ是非一度戦線ヲ視察シタイ希望ヲ抱イテ居タノテス。

国民がのんきなので不満だった？

私はこれを初めて読んだとき、面くらったのだが、やがて、日中戦争の取材に行った大先輩記者の話をきいたときのことを思い出した。

その人、団野信夫さん（故人）は、盧溝橋事件の直後に北京郊外の豊台に派遣された朝日新聞記者。塹壕《ざんごう》から望遠鏡で覗くとコーリャン畑の間に学生服が見えた。中国側は学生まで闘おうとしている、これは「事変」なんかじゃない、本格的な戦争だと感じたという。

団野さんは、従軍記者講演会のためにすぐ大阪社会部に呼び戻された。大阪駅に着くと、出征兵士を乗せたトラックが集まっていた。「のぼりを立ててドンチャカブンチャカ、お祭り騒ぎ」。講演で、中国との意識の差を話そうとしたが、うまく整理できなかった。口から出た言葉は「日本は、お祭り騒ぎでふざけとる」。憲兵が控え室にやってきて「あなたの話は反戦的だ」と言ったという（朝日新聞一九九四年十月十日付朝刊「50年の物語　第10話　戦時下の記者たち1」）。

達三は、現地に行った感想を八田判事に問われて、〈戦争ト言フモノカ如何ニスケールノ大キナ凄マシイモノテアルカ〉、〈予想ヲハルカニ超ヘタモノテシタ〉、と答えている。予想を超えた戦争の凄まじさに、のんきな内地との落差をさらに強く感じたのではなかったろうか。

出征兵を神の如くに考えているのが間違い

八田判事はさらに、〈生肉の徴発〉や、姑娘の指環や、非戦闘員を殺害する場面などを次々と挙げて、どのような気持ちで書いたのか、達三に問うた。

達三はこれまた〈戦争ノ凄サヲ書イテ伝ヘ度《た》イ趣旨テ書キマシタ〉と答え、強奪や殺害も〈仕方ナクヤツテ居ル〉と思い、それがわかるように理由をつけて書いたと説明している。かようなことを書いたら、軍紀が厳正だとされる日本軍人に対する信頼を傷つける結果にならないか、と判事は訊いたが、達三は次のように答えた。

　ソレヲ傷付ケ様ト思ツタノテス。大体国民カ出征兵ヲ神ノ如クニ考ヘテ居ルノカ間違ヒテ、モット本当ノ人間ノ姿ヲ見、其ノ上ニ真ノ信頼ヲ打チ立テナケレハ駄目タト考ヘテ居リマシタノテ、其ノ誤ツタ国民ノ考ヘヲ打破シヤウト思ツタノテス。

被告は反戦思想を抱いているのではないか、と判事は重ねて訊いた。達三は〈左様ナコトハ絶対ニアリマセン〉と強く否定した。

さらに、この時期にこのような創作は発表できないと思わなかったか、と判事に問われて、達三は、あとでよく考えてみてそう思った、と返答。現在の心境についてはこう答えた。

〈斯様ナ時ニ発表スルノテハナカツタト思ヒマシタ〉

これと、作品が海外で翻訳されたことを指摘されたのに対し〈斯様ナ事ハ想像シマセンテシタ。此ノ点ハ自分ノ考ヘノ足リナイトコロテシタ〉と答えたのが、反省らしき言葉を達三が法廷で述べた数少ない例である。

つまり、書いたこと自体は特に反省していないようで、自分がどんなつもりで書いたのかを一生懸命に話せば理解されるはずだと、思っていた節がある。

このとき、中央公論社側の弁護人は、片山哲。戦後の首相だ。達三の弁護人は、弟の石川忠と、福田耕太郎。中央公論社側は寛大なる判決を求め、達三側は、無罪を主張している。

不都合な真実を知らされない国民がのんきにしていることに腹を立て、戦争の凄まじさを小説で知らせようとした、という主張は、達三側の法廷戦術だったのだろうか。

私には、そうは思われない。

前に書いたように、達三は、召集されて中国に渡った友人からの手紙で、戦地の状況が内地で報道されているようなものではないことは知っていた。日記にも、そのことが書いてあった。

一九三七年十一月九日。上海戦線にあるY（原文は実名）からの書簡が三通一緒に届いたと記している。

彼はもう何度か第一線で敵を追撃しているのだ。〔略〕苦しい戦争をしているらしい。上海戦はひどく無理な戦をした様だ。兵も中々進まなかったという話も聞いている。部隊長が銃を以て下士を叩いて進ませたという話も聞いた。〔略〕Yの苦労も思われる。戦争は想像では判らないものなのだ。

10　未発表の「南京通信」

中央公論の原稿用紙に記されたこと

実は、中央公論の原稿用紙につづられた、未発表の達三の文章がある。一枚二百字で、罫《けい》の下に「中央公論原稿紙」と右から横書きで印刷されている。原稿は、二種類。「南京通信」と題したものが八枚。題名の下に「旧稿」と書き込みがある。もう一種類は、一枚目がなくて、題名はわからない。「生きている兵隊」事件をふりかえったもののようだ。何度か書き直したようで、同じ頁数のものが複数あり、合計で十数枚。最後に

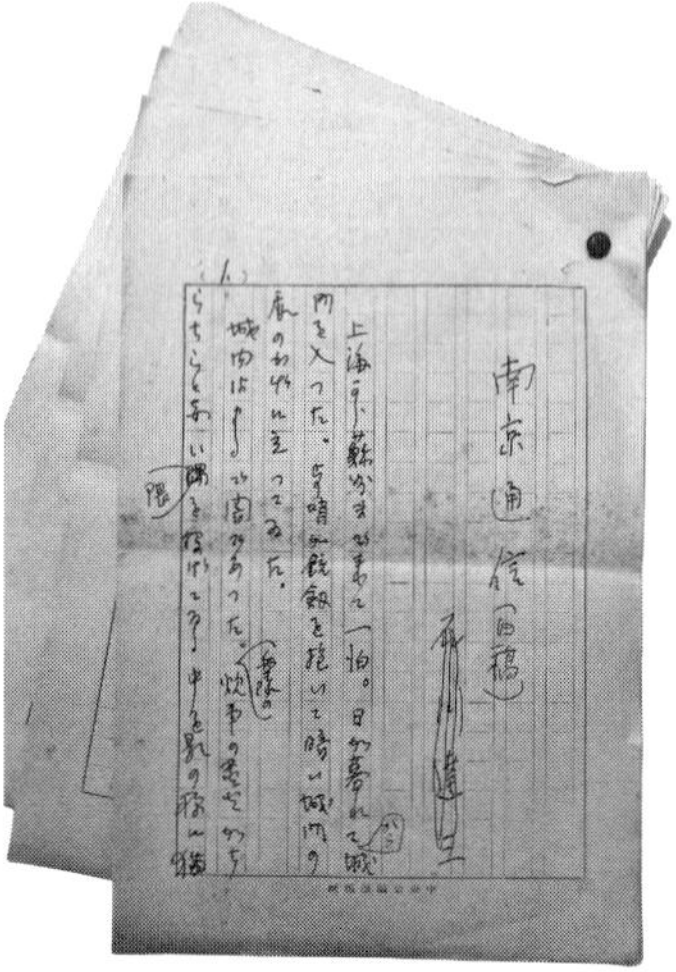

未発表の「南京通信」（竹内希衣子氏所蔵）

（以下紛失）と書き込みがある。仮にこちらを「ふりかえって」原稿と呼ぶことにする。

達三の長女、竹内希衣子さんが保管しているが、いつ、何のために書かれたものかはわからない。

どちらも一九三八年のうちに書かれたものではないかと私は推測する。

原稿は、旧かな遣い。「南京通信」は、内容、文字ともに伸びやか。「ふりかえって」原稿は、文字が細かく、内容も、迷いや苦渋がにじむようだ。

「南京通信」という題のエッセイ風のリポートを達三が書く機会があったとしたら、それはおそらく人生にただ一度、中央公論社から派遣されて上海や南京に行き、帰国したときだけだ。つまり、これは、「生きている兵隊」を執筆する前に書いてみた「旧稿」ではなかろうか。

戦う国の作家はいかにあるべきか

一方、「ふりかえって」原稿は、筆禍となったあとで、自分の思いをつづったものだ。『中央公論』に釈明を書こうとしたのだろうか？　それとも、法廷に立つにあたり、考えをまとめたのだろうか？　経緯はわからないし、一九三八年に書かれたという裏付けもない。ただ、この文章は、そのころの達三の心境をよく伝えているように思われるので、長くなるけれども、主要部分を紹介したい。書き直したあとのものと見られる文章から引用する。法廷で達三が語ったことがその場限りの方便ではなかったことが、この文章からも伝わる。

戦地に行きたかった理由が最初に書いてある。戦地でこそ〈裸形の人間〉が跳び出す、そういう兵士の姿を如実に描いてみたいというのが第一の欲望だったと、つづっている。

そして幸運にも南京市政府の兵隊の中にはいって八日ばかり起居を共にすることが出来た。私は満々たる創作欲で頭を一ぱいにして帰って来た。

けれども私のノートにはまだ発表を許されない様な記事ばかりが一ぱいで。是非とも書きたい気持と書いてはならぬ事実とが相克している有様であった。

私は恐るおそる筆をとった。発表を許される範囲に於て、しかも戦争の真実なものに触れなくてはならぬ欲望をも生かしながら。かくまでにして敢て危険を冒した事には□一つの原因もあった。即ち、内地の人々に戦争というものの本当の姿を告げ知らせたい欲望であった。私はこの小説は小説そのものとしては失敗作であってもいいと思っていた。新聞雑誌の戦争記事やニュース映画に見られる場面はただ戦争の一面だけしか見せてはくれない。その結果として国民の認識は戦争をひどく甘いものに考えている。「支那住民は行く先々で皇軍を歓迎するばかり、我が兵士は徹頭徹尾なさけ深く彼等と親和し、占領地区はみな春風駘蕩《しゅんぷうたいとう》たるものだ。……」そんな戦争があってたまるものではない。戦争というからには殺しあいだ。〔略〕兵隊は神様ではない。日本で働いていた時には平凡人であった彼等が出征して急にそれ程善良になれる訳がない。兵隊は気が立っている。敵を殺さなければ自分が殺される。こういう場合にあって新聞の報導《ママ》のように常に勇敢常に慈悲ぶかくあり得るわけがない。

「南京なんて訳なく陥ちちゃったなあ」

こういう長閑なおめでたい戦争認識を私ははっきりと訂正したかった。戦争のすさまじさをもっと強く人々の頭に知らせたかった。〔略〕南京陥落が迫るとすぐに提灯行列ばかりしたがるような悠長な考え方を徹底的に叩き直すことが国家としても希望するところだと信じていた。

国民に戦争の真実を伝える事がいいかわるいか、どの程度まで真実を伝えてよいか、それは問題のある所であろう。しかし是までの一般人の戦争認識がこのままでいいとは私には思われない。〔略〕

私は戦場で一人の兵から言われたことがあった。

「内地の新聞を見るとまるで戦争なんて何でもないみたいな書き方をしているが、あれを見てみんな怒っているよ。俺たちはそんなのんきな戦争をしているんじゃない。新聞記事はまるで子供の戦争ごっこだ」

本当に兵士の労苦を知り感謝を捧げることが銃後国民としてなすべき義務であろうと思う。

発禁になったあとで考えたことも、つづられている。

私は二月一日から十二日まで、夜を日についで書いた。時日がなかったので充分な推敲を加える事も出来なかった。十九日の朝、私は自分の作品が処分を受けたことを知った。

私はその後数日のあいだ深い反省をくりかえさねばならなかった。

作家は戦時にあって如何にあるべきか。戦える国の作家は如何にあるべきか。

私は非国民的な一片の思想をも書いた覚えはなかった。〔略〕戦時にあって作家の活動はやはり国策の線に沿うてかくものでなくてはなるまい。その点に関しては誤りはなかったと信ずる。しかし作家の立場というものは国策と雖《いえど》もその中に没入してしまってよいものではない。国策の線に沿いつつしかも線を離れた自由な眼を失ってよいものではない。この程度の自由さえも失ったならば作家は単なる煽動者になってしまうであろう。〔略〕

ただ、私の一番かなしいことには、吾々の抱く愛国的思想が屡々《しばしば》非愛国的に受けとられるという事実である。〔略〕少しく批判的であるという理由によって白眼視される事は残念でならない。（以下紛失）

「南京通信」

一方、「南京通信」は、上海から蘇州、南京に入ってみた光景をつづっている。

こんなふうに始まる。

上海から蘇州まで来て一泊。日が暮れてから城門を入った。歩哨が銃剣を抱いて暗い城門の扉のかげに立っていた。

城内はまるで闇であった。〔略〕影の様に猫が走った。死体を食っていた猫だ。同行していた将校たちと将校宿舎に泊る。立派な家だ。ヴェランダに立って城内を眺める。細い眉の様な月。家々は焼け壊れて灯火の洩れるのも見えない、蠟燭《ろうそく》の火かげにちぢかんで眠る。


達三は南京攻略戦のさなかに従軍したわけではない。では、彼の目にうつった一月の南京は、どんな街だったのか。〈敗残の都市南京〉と書いている。


日暮れ方、南京城外下関の駅につく。寒風骨に沁みる。周りの将校たちとトラックに乗って城内の部隊の宿舎に向う。

敗残の都市南京――〔略〕。上海以西の部落という部落町という町、すべて心も寒い廃墟の都邑《とゆう》であった。

幾十《いくそ》の死体が沿線にころがっているのを見た。戦場掃除は大方済んだ筈である、しかも畠の中には馬の肋骨が赤白く晒された色をして空に爪を立てていた。クリーク〔小運河〕の中に浮び漂うている支那兵の背中も見た。丘に群れて死屍をあさっている犬も見た。そして南京城内は徒《いたず》らに坦々たる大道がまっすぐに伸びていて、前後を暗くした軍用自動車が砂塵をまいて駈け抜けて行くのであった。

連隊幹部を訪ね、軍の通訳が中国青年をボーイとして使っていることを知る。達三も中国青年と同じ部屋で眠る。達三は徴発してきたベッドで、青年は床の上で。軍報道部や大阪毎日新聞の支局を訪ね、立派な建物を使っていることに感心する。商店が抜け殻になって荒らされて、靴やノートが散乱し、死体がひとつ転がっているのを見る。夜になると四、五カ所で火事の炎が上がるが、誰も消そうとしない。どれも、「生きている兵隊」に生かされている光景だ。

つい四五軒さきの大火事を屁とも思わずに兵舎では酒を飲み歌をうたってはやばやと眠るのである。

原稿はここで終わっている。

11　判決直後の再従軍

反戦的意識でないとしても

石川達三たちに対する一審の判決は、一九三八年九月五日、東京区裁判所で言い渡された。達三と雨宮庸蔵が、禁錮四カ月執行猶予三年(求刑＝禁錮四カ月)、牧野武夫が罰金百円(求刑＝罰金百円)の有罪判決である。

八田卯一郎判事は、判決理由のなかで、『生きている兵隊』の四つの記述を挙げた。

①　瀕死の母を抱いて泣き続ける中国娘を銃剣で殺害する場面
②　砂糖を盗んだ中国青年を銃剣で殺害する場面
③　前線は現地徴発主義でやっているという話と、兵士たちが「生肉の徴発」に出かける話
④　姑娘が「拳銃の弾丸と交換にくれた」という銀の指環を笠原伍長らが見せる場面

これら〈皇軍兵士ノ非戦闘員ノ殺戮、掠奪、軍規弛緩ノ状況〉を記述し安寧秩序を紊乱する事項を雨宮が編集掲載し、牧野が発行し、達三は執筆し署名した――と判事は述べている。これらの掲載事項が安寧秩序を紊乱することは、〈判示掲載事項ノ行文自体〉および〈支那事変カ現

ニ継続中ナル公知ノ事実〉を総合して認められる、と。

つまり、事変進行中に安寧秩序を紊す作品を掲載した、というシンプルな理屈である。判決文は、書かれたことが事実か空想か、達三がどんなつもりで書いたのかには言及していない。ただ、八田判事は法廷でこう述べて諭したという（東京朝日新聞一九三八年九月六日付夕刊）。

石川は反戦的意識で執筆したものではないとしてもその影響は無視することは出来ず、又雨宮は自己の利益のみではなく国策の線にそう編集をする必要がある。

これをもって、達三の弁護人だった福田耕太郎弁護士は、達三が検事のいう「非国民」ではないことが認められ、弁護人としても所期の目的を達することができた、とのちにふりかえっている（『週刊東京』一九五七年三月十六日号）。

東京日日新聞も〈『生きている兵隊』に情の判決〉という見出しで当時報じていた。

だが、これは寛大な判決なのだろうか。

陸軍刑法違反だなどと脅されたこれまでの経過をたどってみれば、弁護人が胸をなでおろすのも、頷《うなず》ける。とはいえ、著者、編集長、発行人が訴追され、有罪判決を受けること自体が異常だ。それに、新聞紙法には、懲役・禁錮の刑の執行中または執行猶予中の者は編集人や発行人になれないという条文があって、雨宮は辞めていなくても、判決が確定すれば編集長を続けられないのだ。

それでも検事からみれば寛大な判決だったようで、東京区検事局は、達三と雨宮の執行猶予は不当だとして、九月七日に控訴した。

再従軍の志願

さて、変色した紙を、達三長男の石川旺さんがアルバムのなかに見つけた。

判決翌日の九月六日の日付で陸軍新聞班が発行した「証明書」。陸軍の原稿用紙に〈中央公論社　石川達三〉と打ってある。〈右は社命により中支戦線に於ける皇軍活躍状況報道のため特派せられたるものなることを証す〉

自宅のあった東京・杉並の杉並警察署長が発行した「身分証明書」も見つかった。パスポートのようなものか、渡航目的が〈中支戦線ニ於ケル皇軍活躍状況報導《ママ》ノ為メ〉と書いてあり、〈中央公論社ノ命ニ依リ〉とある。期間が九月十二日から十一月二十日までと記され、九月十四日付で「乗船済」という「日本〔五、六字判読不能〕長崎支店」の赤い印が押してある。

判決の翌週に、達三は船に乗り、再び中国へ従軍取材に出かけたのだ。八月三十一日の法廷で、判事と達三は、最後にこんな問答をしていた。

問　再度従軍志願シテ居ルトノ由タカ其ノ方ハ什《ど》ウカ。

答　本件カ解決スレハ考慮サレル事ニナツテ居リマス。

名誉回復をかけて、中央公論社は再び達三を戦地に派遣しようとしていたのだ。日本軍は中国側が拠点にしていた武漢に迫ろうとしていた。山場となる漢口攻略戦がすぐそこだった。それにしても、控訴中なのによく国外に出られたものだ。私はいぶかしく思っていたが、福田弁護士の回想を読んで合点はいった。福田弁護士は『週刊東京』で次のように話していた。

その間、中央公論としては大本営の了解を求めて、非国民的ではない記事を再び書いてもらうため石川氏の再従軍――再特派の運動をひそかに始めました。

ところが、どこでかぎつけたのか検事側はいち早くこのことを知り、石川は逃避するのだ、石川がその気なら、あらゆる手を打っても再従軍をはばむ、もし再従軍するようなら、現地へでもどこでも追っかけて行くといい出しました。

そこで、わたしと中氏〔石川忠弁護士〕は、相談の上、東京控訴院検事局に検事長吉益俊次氏を訪ね、石川氏の再従軍を黙認して〝生きている兵隊〟で立てられた「非国民」の汚名をそそがせてもらいたいと交渉しました。

わたしたちの話を聞いた吉益氏は、

「いいとも、わたしが引き受けよう。そう、一刻も早く飛行機で飛んだ方がいい。できたら今夜にでも」

とこういい、微笑しながら、

「〝生きている兵隊〟を読んだんだが、あれのどこが悪いのかな。判らん。いい小説じゃないか」

石川氏はその晩のうちに、ひそかに上海へ飛びました。

東京控訴院検事局は、いまでいえば東京高等検察庁。そのトップに談判したというのだ。

ペン部隊

中央公論社のねらいは達三の名誉回復だけではなかったのではないか。『中央公論社八十年』の年表に、一九三八年八月二十四日、石川達三の漢口攻略戦従軍許可を陸海軍両省へ願い出たが「生きている兵隊」事件解決の見通しがつかぬため不許可、という記載がある。

その前日の八月二十三日、内閣情報部は軍部と作家たちとの懇談会を開き、戦地に作家を派遣して書いてもらおうという、いわゆる「ペン部隊」の構想が決まった。この懇談会に出席し、作家の人選にあたったのは、当時の文芸家協会会長で、文藝春秋社の創設者である、菊池寛。菊池本人も含め、丹羽文雄、林芙美子、吉川英治、深田久弥、佐藤春夫、吉屋信子ら、そうそうたるメンバーが九月に陸海軍両ルートで上海を目指した。

また、この年初めの芥川賞には、中国出征中の火野葦平の「糞尿譚」が選ばれ、文藝春秋社は、中国渡航中の小林秀雄に依頼して、杭州で陣中授賞式を行うというパフォーマンスをやってのけた。〈作者が出征中であるなどは、興行価値百パーセント〉と菊池は『文藝春秋』一九三八年三月号に書いている。

『改造』一九三八年八月号は、火野の従軍日記「土と兵隊」を掲載。のちに単行本が百万部を超すベストセラーになる。

中央公論社としても、後れをとるわけにはいかなかっただろう。

絢爛の成果を待望せよ

〈石川達三氏　本誌特派員として漢口攻略戦に従軍〉という一頁の社告を『中央公論』一九三八年十月号に打って、読者に作品を予告した。社告の文章は、なかなかに勇ましい。

「生きている兵隊」をもって不幸筆禍の厄を負うてより半年、皇軍曠古の大会戦漢口攻略の師が進めらるるに当って本誌は石川達三氏を再びその前衛軍に送るの機を得た。〔略〕氏は祖国の為めに余すなく報道し砕厲《ママ》よくその任を尽すであろう。絢爛の成果を待望せよ。

「再従軍に際して」と題した達三の文章も載っている。

漢口がまさに陥落しようとしている。〔略〕かくの如きときに当って再従軍の機会を与えられたことに、私の総身は忽《たちま》ち血の沸るのを感ずる。まさに男子一生の大事に際した気持

武漢にて．写真の裏には「武漢戦従軍記念（背景は廬山）立野信之撮影」とある（竹内希衣子氏所蔵）

である。

約二ケ月にわたる従軍に於て、私は一発の弾丸をも放たないかもしれない。しかし私は戦うのだ。報道の任に当って身命をなげうつ覚悟は決して戦闘する兵士以下のものではない。〔略〕

多くの人の好意ある支持によって困難な立場にあった自分が再び従軍し得るようになった事を感謝すると共に、充分に酬《むく》い得るだけの良き報道の結果をもたらしたいと思う。出発に際し多忙の間に一筆記して自らの鞭とする次第である。——九月十二日——

戦地は出版社や新聞社の戦いの場でもあった。たとえば武漢作戦に、朝日新聞社だけで約四百人の記者や航空部員や伝書バト係を動員したと、社史にある。

そうして達三の書いた「武漢作戦」は、『中央公論』の一九三九年一月号を飾った。自動車輜重《しちょう》隊など後方部隊の働きぶりを丹念に書いた長篇だ。しかし……率直に言って、面白くない。今回は人間の深淵に迫ろうとしなかった。のちに達三自身が書いている。

二度目の従軍には困難な条件がついていた。もう一度同じような(犯行)をくり返したら、執行猶予はとり消されて禁錮刑を受けなくてはならない。私は当時、検事控訴中の被告であり、私の仕事は始めから制限されていた。
（前掲『経験的小説論』）

達三が武漢作戦で丹念にメモをとった小さな手帳を、旺さんが貸してくれた。終わりの方の頁に、旺さんも予想しなかったものが現れた。
「遺書」。鉛筆で強く書かれている。

今後次第ニ前線ニ近ヅク、
万一ノ場合ノ為ニ一筆書残ス、
後事ハ兄達ニ計ツテ然ルベク決セラレタシ。現金ノ遺産ハ総テ代志子ニ与ヘル。〔略〕
私ノ気持ハ代志子ガ総テ理解シテ居ル筈。タヾ深く詫ビルノミ。

昭和十三年十月八日
達三

代志子殿

そのとき一歳だった長女竹内希衣子さんは、のちに父から聞いたという。

「お前と若いお母さんをおいて、それでも、どうしても行きたかった」と。

挽回は簡単ではなかった。危ない記述を巧みに避けて「武漢作戦」を書きあげ、作家としてなんとか命脈をつないでも、「特高が家に年中来て、とても重苦しかったそうです」。

12　それぞれの戦後

尾崎秀実の弁護

検事局が控訴して、裁判は続いた。みせしめ効果は抜群だったろう。

友人たちは誰も弁護してくれなかったと、達三は戦後、くりかえし話している。

筆禍を蒙りましたときにも、私の友人たちは誰一人として私のために弁護してくれる人もなかった、それは弁護することができなかったのであります。

（石川達三「言論の自由について」『人権新聞』一九五一年三月三十日付）

そんななか、一九三九年春の二審で、達三側の証人として法廷に立ってくれた人がいた。尾崎秀実《ほつみ》である。中国問題の専門家で、朝日新聞記者から第一次近衛内閣の嘱託に転じ、支那研究室を主宰した。ソ連に秘密情報を送っていたリヒャルト・ゾルゲの協力者として検挙されたのは、一九四一年のこと。一九四四年に絞首刑にされている。

その尾崎がなぜ、達三たちの側の証人になったのか。

経緯を私は、風間道太郎の『尾崎秀実伝』で知ることができた。

風間は尾崎の旧制一高時代の友人だが、尾崎がゾルゲ事件で拷問を受けていたころ、大政翼賛会の文化部副部長をしていた。戦後、罪の意識がうずくなかで、〈いのちを賭けて反戦・救国のいばらの道をきりひらこうとした〉尾崎の生涯を調べた。

風間は、尾崎が証人になったわけを、達三に手紙で確かめていた。

もともと尾崎と石川達三とは、深くつきあっていた間がらではなかった。だが、ただいちどだけ、ふたりは差し向かいで、酒をくみかわしたことがあった。発禁になった『生きている兵隊』をひそかに読んで、その筆力に感激した尾崎が、かねて知りあいの中央公論社編集部員・松下英麿を通じて、石川を夕食に招待した。そのとき尾崎が行きつけの神楽坂の料亭に設けた席で、初対面のふたりは、互いにうちとけて、「夕食をともにしつつ歓談」したのである。一九三八年(昭和13)春、石川が警視庁に召喚された前後のことであった。

(風間道太郎『尾崎秀実伝』)

それきり会わなかったが、翌春の二審で、達三は松下のすすめもあり尾崎を訪ねて証人を頼んだ。当局ににらまれるような証人役を買ってでたのは、尾崎が〈ドライな共産主義者〉であるより〈あまりに人間くさいウエットな人情家〉だったからだと風間はいう。

証人尋問は事務的な簡単なものだった。尾崎は、問題の小説に反戦的な印象など受けなかったと話したという。

二審は、一九三九年三月九日、東京地方裁判所で開かれた。判決は三月十八日。達三と雨宮に禁錮四カ月執行猶予三年で、一審と同じ。実刑判決になることはなかった。

ほっとした達三は尾崎に伊勢丹から葡萄酒を贈ったと、雨宮の回想録『偲ぶ草』にある。

一九三七〜三八年の曲がり角

いまふりかえると、「生きている兵隊」事件は、日本の曲がり角で起きた。日中全面戦争を機に、さまざまな統制が一気に強められる渦中のことで、掲載誌『中央公論』三月号の発禁処分を伝える記事と、国会で激論になっていた国家総動員法案の決着を伝える記事とが、同じ日の新聞に載っていたのは象徴的だ。

日中全面戦争を機に、たとえば掲載禁止事項が一気に増えた。大学教授らが一斉に検挙され、そして一般の人の目や口を覆う動きが広まり強まった。

発禁は、新聞や『中央公論』のような時事的な雑誌の専売特許ではなかった。

たとえば、日中戦争が広がった一九三七年八月、福島県の太山村役場発行の村報や、東洋拓殖株式会社の社報、兵庫県の久下尋常高等小学校の学校通信などが発禁になっている(『出版警察報』第百八号)。なぜか。誰が、いつどの部隊に召集されたかを掲載して〈軍動員ヲ推知セシメ〉たとみなされたり、中国東北部にいる村出身者の名前と部隊名をあげて武運長久を祈る記事を載せて、〈軍事機密ヲ漏洩〉したとみなされたりしたためである。これらの通信も定期刊行物であり、新聞紙法の対象であった。仲間の誰がいつどの部隊に行くのか。それは共同体の最大の関心事だったと思われるが、それを掲載すれば〈軍事機密ノ漏洩〉とされたのだ。

公職追放

ここでひとまず区切って、かかわった人たちの戦後について述べたい。

「生きている兵隊」事件を最初に取り調べた思想検事の井本台吉は、美濃部亮吉らの人民戦線事件や、ゾルゲ事件も担当した。戦後、公職追放になったが、復活。松川事件のころは、最高検察庁の公安部長。法務省刑事局長などを務め、一九六七年に検事総長になった。

一審を担当した八田卯一郎判事は、静岡地家裁所長などを務め、定年後は国税不服審判所長となった。日米安保闘争のころ、ハガチー事件の判決を言い渡している。

そして、達三を造言飛語罪で取り調べた、警視庁の清水文二警部。この人の戦後の消息はよくわからなかったが、同姓同名の人が九十九歳の白寿を迎えた記念につくった歌集を見つけた。そこには、警視庁に就職し、二・二六事件のとき非常召集を受けて駆けつけたことなど、特高刑事としての思い出も記されていた。

「歌の履歴書」として、こんな歌が掲載されていた。

蒼氓の微臣の身にて畏《かしこ》くも行幸啓の鹵簿《ろば》に加わる
戦時中帝都治安の一線で不惜身命戦いにけり
戦って好ましからぬ人となり心ならずも追放されたり
開墾で食糧難を堪え忍び緑の植林自然に親しむ

組織を動かし制度を支え、法令を実行するのは、結局は一人ひとりの人間なのだ。

ら・ぷらた丸船上の達三（石川旺氏所蔵）

第二章
××さ行きてくねえ

1　ブラジル移民船に乗って「蒼氓」を書く

この衝撃を書かねばならぬ

少しだけ時代をさかのぼって、石川達三が「蒼氓《そうぼう》」という小説で、第一回芥川賞に選ばれたころのことをたどってみたい。

一九三〇年三月八日。

神戸港は雨である。細々とけぶる春雨である。海は灰色に霞《かす》み、街も朝から夕暮れどきのように暗い。

「蒼氓」の書き出しである。「氓」は、移民を指すという。この神戸港の海外移民収容所に、鼻水をすする子を連れ、風呂敷包みや行李《こうり》をかついだ家族連れがやってくる。何県の出身かと

聞かれて、父親が答える。〈秋田でごせえまし〉

東北の農村からブラジルに渡ろうとする移民団の様相を描いて、物語は進む。

「蒼氓」は、達三が、一九三〇年、二十五歳のころ、実際に移民船に乗ってブラジルに渡った経験をもとに書いた小説だ。現実をとりこんでドキュメンタリー的な小説に仕上げる、達三のひとつの作風が、よく表れている。

もっとも、書くために移民船に乗ったわけではなくて、その逆だったという。

兄の友人が移民取り扱い会社にいたことから南米移民の船が出ることを知り、便乗したのは〈気持の迷いからであり、若気の至りでもあった〉。そう、のちに「出世作のころ」というエッセイに書いている。

秋田県で生まれた達三は、岡山県のいまの関西《かんぜい》高校から、早稲田の高等学院に進学。さらに、一九二七年の恐慌の年に早稲田大学に進むが、学費が続かず、一年で退学した。

学生時代から、同人誌を出したり、小説を書いて原稿を雑誌社や新聞社に持ち込んだりしていたが、叔父が勤めていた大阪朝日新聞の懸賞小説に入選し、賞金二百円を早大の学資にあてたのがせいぜい。小説については手ごたえの少ない日々を過ごしていた。

そんな折の移民船だったので、ブラジルに渡ったら一年はコーヒー園で働く規則だったが、そのまま住みついてもよし帰国してもよし、と、いい加減な気持ちだったという。ところが、指定された三月八日の雨の朝、神戸の移民収容所に集合する段になって、達三はうちのめされた。

そこに全国の農村から集まった千人以上の農民家族は、みな家を捨て田畑を捨てて、起死回生の地を南米に求めようという必死の人たちだった。その貧しさ、そのみじめさ。日本の政治と日本の経済とのあらゆる「手落ち」が、彼らをして郷土を捨てさせ異国へ流れて行かせるのだった。移民とは口実で、本当は「棄民だ」と言われていた。〔略〕私はこれまでに、こんなに巨大な日本の現実を目にしたことはなかった。そしてこの衝撃を、私は書かなければならぬと思った。これを書くだけの力はない。しかしいつの日か、何とかして書かなくてはならぬと思った。私はこの時はじめて「作家」になったかも知れない。

（石川達三「出世作のころ」『心に残る人々』）

けれども、「蒼氓」は難産だった。

帰国してすぐ書いたわけではない。あれこれうまくいかなくなり、二十代も終わりに近づいて、そうだあれを書いてみようと原稿にしてみた。知り合いに見てもらったところ不評だったため、短くして書き改めて、『改造』の懸賞小説に応募した。しかし、『改造』一九三四年七月号の発表をみると、「蒼氓」は選外の佳作だった。

達三はこの原稿に執着があったので、返却不可の原稿を返してほしいと編集部に行き談判した。そのとき編集長らしき人が、原稿を返してくれたうえ、「うんと勉強して良いものを書きなさい」と温かく励ましてくれたのだという。

そのあと、ほかの雑誌の編集者から、「蒼氓」を掲載したいと手紙をもらって原稿を送ったのに、その雑誌がつぶれて、原稿はブーメランのように戻ってきた。もう見たくもないと放りだしていたところ、かつての同人誌仲間がその原稿を持って行って、新しく始めた同人誌『星座』の創刊号(一九三五年四月刊)に載せてしまった。

それが、芥川賞選考委員の目にとまったのだ。

前の年に掲載されていたら、芥川賞の選考の対象期間から外れていたのだから、人の運命はわからないものである。

誰も知らない

第一回芥川賞(昭和十年上半期)の候補に選ばれたのは、達三のほか、外村《とのむら》繁、高見順、衣巻《きぬまき》省三、太宰治。「蒼氓」が候補になっているらしいと達三は噂を聞いたものの、芥川賞が何だか見当もつかない。夏のある日、遊びに行った先に友人から連絡があり、すぐ帰れ、という。下宿に帰ると、記者が訪ねて来たあとだった……。

それが受賞の顚末だという。うれしいというより釈然としない気持ちだった、と達三はふりかえっている。

それは受賞の弁にも表れている。第一回芥川賞掲載号に、達三はこんなことを書いている。

名誉ある芥川文芸賞を受けるに当って私は何とも言えない一種の逡巡《しゅんじゅん》を感ずる。それは自分の作品に自信が持てないからであろう。

(石川達三「所感」『文藝春秋』一九三五年九月号)

なんだコイツは、と選考委員は思ったのではあるまいか。

作品については、選考委員の久米正雄が〈「蒼氓」は、心理の推移の描き足りなさや、稍々《やや》粗野な筆致など、欠点はハッキリしているが、完成された一個の作品として、構成もがっちりしているし、単に体験の面白さとか、素材の珍しさで読ませるのではなく、作家としての腰は据っている〉と的確に評価している。

新しく始める新人文学賞にふさわしい、新しいタイプの、無名の書き手を選んだのであろう。文藝春秋の佐佐木茂索《もさく》専務取締役が、〈委員の誰一人として石川達三氏に一面識だもなかった事は、何か浄らかな感じがした〉と述べている。また、賞の提唱者たる菊池寛は、『文藝春秋』の「話の屑籠」という欄でこう評している。

芥川賞の石川君は、先ず無難だと思っている。この頃の新進作家の題材が、結局自分自身の生活から得たような千遍一律のものであるに反し、一団の無智な移住民を描いて、しかもそこに時代の影響を見せ、手法も健実で、相当の力作であると思う。

とはいえ当時の芥川賞は、いまのような、各メディアが大騒ぎする祭りではなかった。

読売新聞一九三五年八月十一日付朝刊の記事は二段。

〈最初の〝芥川賞〟／無名作家へ／「蒼氓」の石川氏〉

達三の出生地である秋田県の秋田魁《さきがけ》新報八月十二日付は三段。

〈横手町出身の／一無名作家の栄誉／芥川文芸賞獲得〉

無名であることが一番の話題なのだから、新聞社としても見出しに苦労したことだろう。それでも、家族は胸躍らせた。当時、岡山市に住んでいた父、石川祐介から届いた手紙を、達三はずっととっていた（石川旺さん所蔵）。

〈待ちに待った文藝春秋の広告今朝の大阪朝日に載ったね、芥川賞受賞作　蒼氓　石川達三と特大の字で出てるのを見た時の嬉しさ!!!〉と、感嘆符が三つも並んでいる。

『文藝春秋』九月号の広告が大阪朝日に載ったのは八月二十日のことだ。

芥川賞が、達三を広い舞台に押し出したことは、まちがいない。

興行的にも成功したようで、菊池寛は『文藝春秋』十月号に、こう書いている。

芥川賞の石川君は、十二分の好評で、我々としても満足である。そのために、九月号などとも売行きが増したのではないかなと思う。賞金その他の費用も十分償っているかも知れないから、社としても、結局得をしたかも知れない。

（菊池寛「話の屑籠」『文藝春秋』一九三五年十月号）

2　第一回芥川賞の伏字

一九三五という年に

さて、この第一回芥川賞発表の記事が載った『文藝春秋』一九三五年九月号を国会図書館で読んでいて、私は妙なことに気がついた。

栄《は》えある最初の芥川賞受賞作にも、やはり××があったのだ。

このときはまだ、日中全面戦争よりも前である。ただ、一九三五年も、平穏な時代というわけではなかった。

一九三一年の満州事変のあと、ナショナリズムが勢いを増し、軍部の発言力が強くなった。すでにプロレタリア作家や共産党員らは徹底的に弾圧されていて、今度は、大学教員らが標的になりつつあった。つまり、大学の自治や学問研究の自由が弾圧の対象になったということだ。

一九三三年に、京都帝国大学法学部の滝川幸辰《ゆきとき》教授を文部省が辞めさせようとして、多数の教員が辞表を出すなどして抗議した滝川事件が起きて、一九三五年二月には、憲法学者の美濃部《みのべ》達吉が長年唱えてきた〝天皇機関説〟が、政治問題にされた。

天皇機関説問題

天皇機関説とは、明治憲法における天皇の地位について、天皇は国家の機関として国のために統治権を行使するのだ、とみる考えのこと。憲法や議会を尊重する考え方につながる。

一九三五年二月、貴族院本会議で、陸軍出身の菊池武夫議員がこれを「皇国の国体を破壊するような著作がある」と痛罵。対処を求められた文部大臣や内務大臣が、「天皇は国家の主体か国家の機関かは以前から学説上の議論がされてきたもので、学者の論議に委して置くことが相当でないか」、「著書もすでに版を重ねており、直ちに行政上の処分をするというような考えをもってはいない」と答弁し、司法大臣は著作物取り締まりの一般論を説明するにとどめたが、収まらなかった。菊池は政府の対応を「手ぬるい」と批判し、天皇機関説を「屁理屈」、美濃部のことを外国理論をまねただけの「学匪《がくひ》」とののしった。

美濃部はすでに東京帝国大学を定年でやめ、貴族院議員をしていた。議会で侮辱を受けたため、議会で、一身上の弁明をした。「菊池男爵は私の著書を通読しておられないか、理解しておられないのではないか」と、自説をかみくだいて説明し、天皇の統治大権を否定するものではないと述べた。三十年来の主張が今になって議場で非難されるとは思ってもみなかったと語り、「私が切に希望しますのは、もし私の学説について批評されるならば、ところどころから拾い集めた断片的な片言隻句をとらえていたずらに中傷の言を放たれるのではなく、著書全体を読んで真の意味を理解して、そののちに批評していただきたいということであります」と結ぶと、議場で拍手がわいたらしい。議事速記録に（拍手）と記されている。

けれども、この弁明により、かえって天皇機関説問題は広く知られることになり、批判が激烈になった。

それでも発禁に

『出版警察報』第七十九号にも、天皇機関説問題について書いてある。従来は〈右翼系の一部論者間に於て、相当痛烈なる排撃的論評が為されたのであるが未だ社会的乃至《ないし》政治問題として取り上げらるるには至らなかったのである〉。それが、議会で批判がくりかえされるに及んで政治問題、社会問題として一般の耳目を惹くに至り、〈二月二十五日美濃部博士が貴族院に於て「一身上の弁明」を為したることが却って右翼系の論陣を刺激し、其の鋒鋩《ほうぼう》は俄《にわ》かに先鋭化するに至ったのである〉。排撃運動は、天皇機関説は不逞《ふてい》思想だと強調し、当局に処罰を迫り、美濃部に謹慎を強請した――つまり脅して無理に求めたという。

貴族院では、菊池が海軍大臣、陸軍大臣の批判を引き出し、「天皇機関説」の廃絶を求める議員らが、政府に「国体の本義を明徴に」するよう求める建議を提案し、議決するに至った。また、別の衆院議員が美濃部を不敬罪で告訴したため、美濃部は検事局の取り調べを受けることとなった。そして、取り調べの直後の一九三五年四月九日、十年以上前に出版された『憲法撮要』など、著書三冊が、安寧秩序を妨害したとして出版法にもとづき発禁にされたのだ。著書は変わらないのに、「安寧秩序」というモノサシの方が変わったのだ。

美濃部の息子である亮吉(一九六七~七九年の東京都知事)は、のちにこう書いている。


父は、民主主義の味方ではあったが、天皇を尊崇する信念においてはけっして人後《じんご》に落ちなかった。〔略〕天皇は国家の機関であり、詔勅《しょうちょく》は批判してもさしつかえないとはいうものの、それは父の憲法理論の結果としてそうなるのであって、皇室の尊厳を犯《ママ》そうという不敬の意志に出たものでないことは明白である。したがって、不敬罪で父を有罪にしようとするのはあまりにも無理であり、検事局も不敬罪を適用しようという腹はなかったらしい。

しかし、出版法にひっかけることは十分可能であった。出版法では、皇室の尊厳を冒瀆するとか安寧秩序を乱す意志があったか否かは問わず、書かれてあることが現実に安寧秩序を乱し、皇室の尊厳を冒瀆するものと認めさえすれば、法律違反と断ずることができる。

（美濃部亮吉『苦悶するデモクラシー』）

出版法は、新聞紙法と並ぶ、明治以来の言論統制法である。新聞紙法が、新聞、雑誌などの定期刊行物を対象とするのに対し、出版法はそれ以外の文書図画と、もっぱら学術、技芸、統計、広告を載せる雑誌を対象とした。発行時に内務省に納本することを義務づけており、安寧秩序妨害や風俗壊乱だと認めれば内務大臣が発売頒布を禁止できる。また、国憲を紊乱するものなどを出版した場合は犯罪として著者、発行者らに刑事罰を科す規定があった。しかし、これらの公訴時効は一年、と定められていた。

検事局は最新の著作を持ち出して起訴にこぎつけるつもりだったのであろうか？　せいぜいできるのは、内務省が著書を発禁にすることであり、裏返して言えば、すでに人口に膾炙《かいしゃ》した本であろうと「安寧秩序」をたてに発禁にすることができたのだ。

「安寧秩序」とは、ことほど左様に、融通無碍《ゆうずうむげ》なものだった。ほかの法律で処罰することが難しいときでも、出版法や新聞紙法なら「ひっかける」ことができる。それを示した事件でもあった。

野球放送に沸いて

秋になってから美濃部は公職から身を引くことになるのだが、このようなことが、第一回芥川賞が生まれ出ようとしていた日本社会の地盤で起きていた。

菊池寛も、第一回芥川賞を発表した『文藝春秋』九月号の「話の屑籠」で、暗にこの事件に触れている。〈帝大の講堂で、三十年間も堂々と講述された学説が、突如国家的に弾圧されたのでは、まるで夢に夢見る心がするだろう〉

ただ、学者でもなく出版人でもない人たちが、この事件をどのくらい、いずれ我が身に迫るものと感じたのかは、わからない。

石川達三の父が、「蒼氓」を大きくうたった『文藝春秋』の出版広告を見て喜び、達三に手紙を書いたことを前に述べたが、この手紙のはじめに書いているのは、いまでいう夏の甲子園、当時の全国中等学校優勝野球大会の放送を手に汗握りながら聴いている、という近況報告だった。この日、八月二十日は準決勝があった。あすはいよいよ兵庫代表・育英商業―愛媛代表・

松山商業の決勝戦。〈果して何《いず》れが勝つだろうか、俺は松山じゃないかと思う〉

夏の終わり、人々はラジオの野球放送に熱中しただろうし、小さな子どもがいる家では、汗《あせ》疹《も》や腹下しに気をもんでいたかもしれない。朝顔の花が太陽にぐったりしていたかもしれない。天皇機関説事件があったからといって、世の中が真っ暗になったわけではない。けれどもそのグレーの入り混じり具合は、変わっていったのだと思う。

それが「蒼氓」にほどこされた伏字からも、かすかにたどれるかもしれない。

三つの「蒼氓」

「蒼氓」は、達三が承知しないうちに『星座』という同人誌の創刊号を飾ることになった。『星座』の発行は一九三五年の四月一日付。これが選考委員の目にとまって芥川賞に選ばれ、『文藝春秋』九月号（九月一日付）に掲載された。そして、改造社から十月二十日付で達三の短篇集『蒼氓』が出版されて、この本に収められた。

ちなみに、芥川賞を受賞した「蒼氓」は、戦後の新潮文庫などで読める『蒼氓』三部作の「第一部　蒼氓」にあたる部分で、神戸の移民収容所で過ごし出港するまでを描いたものだ。

私はこの新潮文庫で「蒼氓」を読んでストーリーは知っていたので、第一回芥川賞受賞作として『文藝春秋』に掲載された「蒼氓」を見たときは、面くらった。伏字がけっこうあったからだ。日中戦争を取材して書いた小説が伏字にされることは、まだ、想像できる。けれども、東北からブラジルへ渡ろうという移民たちを描いた小説に、どんな不都合があったのか。

『文藝春秋』版の伏字

「蒼氓」は、『星座』に載ったときには、伏字はごくわずかだった。しかし、『文藝春秋』版にはたくさんある。

『文藝春秋』版の伏字は、三種に大別できる。

一つは、お夏という娘が寝ているうちに襲われる場面の伏字。元は淡々とした文章で、お夏がものを知らぬぼんやりした娘で、特段の抵抗もせず、男はそんなものだと思っている、ということがつづられている。

〈彼女は…………………女であった〉という案配なのだが、これを『星座』と照合すると、〈彼女は身を護る術を知らない女であった〉という一文が伏字にされたのだと判る。

とくに猥褻な表現というわけではないけれど伏字にされていたり、不必要に伏字が広げられていたりするようにも見える。風俗壊乱とみなされるおそれがあったから、この手の場面に伏字をほどこしておくことは検閲対策上有効だったのだろうが、編集者は伏字にすることで読者の好奇心を肥大させる効果も計算していたのではなかろうか。

第二は、天皇に関する表現の伏字。たとえば、移民収容所の食堂の場面。飯がまずいので、登場人物の一人が「うまくねなあ」とぐちると、もう一人がたしなめる。

〈文句あ言われねえべ。××××の御飯でねかよ！〉

××××は、天皇陛下。ここも、『星座』では伏字はない。

そして第三は、「蒼氓」の根っこにかかわることで、伏字はあらこちに散らばっている。たとえば、青年たちが言い争う次のような場面。

「佐藤さん××終えだしか？」

「まンだ。俺あ今年。……危ねく××××れるとごでした。きっと××だものなしや。おっかねくて逃げで来た様で気イ咎めでなしや。」

「逃げで来たべや。」と不意に義三が言った。それは変に憎々しげな調子であった。

「馬鹿あ！」孫市は言下に強く言った。「××がおっかねえ様な俺だと思うか。」

〔略〕

「俺あ覚えでるぞ。お前何て言った？　四月迄にブラジルさ行がねば引っぱられッから早く行くんだと言わねかったか？」

〔略〕

「言ったが何だ。××さ行けば二年待たねばなんねべ。ンだから早く行くんでねかよ。」

「ンだから××さ行きてくねえべ。あんまり忠義でねえぞ！」

××を埋めよという国語のテストだったら、答えられるだろうか。

移民する東北の青年が、行きてくねえ、と思っても口にできないもの。行きたくなくても引っぱられるもの。引っぱられる前に日本を出なければ、と思うもの……。

当時の人ならすぐにわかったのだろう。ここは徴兵をめぐる会話である。最初の××は、検査。最後の××は、兵隊。「兵隊さ行きてくねえ」は庶民の本音だったのだろう。

改造社の単行本を国会図書館のデジタル化資料で見ると、面白いことに、伏字のところに複数の書き込みがあった。二行目は、「きっと合格だもの」と書いた人と「きっと甲種だもの」と書いた人がいた。『星座』では「きっと合格だもの」だったが、「甲種」も、徴兵検査の甲種合格を指す。

兵隊にとられる前に……というのは、「蒼氓」において移民の重要な動機の一つである。けれどもほぼ全編にわたって、徴兵検査や徴兵逃れに見える表現は伏字がほどこされている。『星座』では、ほとんど伏字はなかった。ラストシーンで船が港を離れて、ささほどの孫市がほっと大きなため息をつく場面くらいである。〈もう決して摑まる事はない。彼は今始めて、自分が××を逃げている事を知った〉。××は、検査だろうか、兵隊だろうか。

戦後の新潮文庫版では、三部作になってかなり書き直されているのだが、ここはわかりやすく描かれている。〈もうこれでつかまることはない。兵隊に行かなくても済むのだ〉

改造社の単行本は、『文藝春秋』版をベースに、さらに伏字を加えている。たとえば、第一のお夏の場面は、(十一行削除)などと書かれていて、大幅にカット。第三の徴兵絡みの記述は、さらに念入りに伏字にしている。

単行本の方が、時間をかけて丁寧に原稿を点検したからだろうか。それとも、軍部に気を遣わなければならない事情が増したのだろうか。

そもそも、『星座』と『文藝春秋』のあまりの違いは、なぜなのだろう。

『星座』が問題になった形跡はない。だが、人の心をたくみにとらえるメジャー雑誌だった

『文藝春秋』が、同人誌と同じというわけにはいかなかっただろうし、ましてや第一回芥川賞として華々しく打ち出す作品が、万が一にもいちゃもんがつくものであってはならない、ということだったろうか。天皇機関説問題をめぐる軍部の圧力の強さなど、空気の変化も、当然、編集者は読んでいただろう。

簡単にいえば、自己規制であろう。しかし検閲とは、自己規制を促す装置なのだ。ここでいう自己規制は、自律とは違う。

『文藝春秋』は発禁をくらわないようにすることを旨としていた。

『中央公論』が石川達三の「生きている兵隊」で発禁になったとき、菊池寛は『文藝春秋』の「話の屑籠」にこう書いている。〈本誌は、思想問題で、注意を命ぜられたり切取りを命ぜられたことは今迄も絶対にないと言ってもよい位だ。今後ともその点は極力注意するつもりである〉(『文藝春秋』一九三八年五月号)

菊池は元来リベラルな人間だったが、一九二九年に『文藝春秋』が発禁になったとき、経済的打撃を受けたことに腹を立てて、不注意な編集部員を辞めさせたという。発禁の次の号で一頁割いて釈明し、問題部分を切り取った雑誌を定価で売ったのは申し訳ないが、文藝春秋の財産の、少なくとも四分の一、多ければ半分にあたるほどの損害を受けたので、こういうときは文句を言わずに買っていただきたい、と読者に懇願している。

前号は、はしなくも発売禁止になった。自分は、七月号の編集後記に於て、絶対に発売禁止の危険を冒さないことを声明してあるし編集員にも発売禁止を警戒することを、よくよく言いきかしてあるのだが、直接編集者の頭の加減で、ああ言う馬鹿々々しい災禍を買ったのは残念である。〔略〕

警保局の発売禁止の標準には、異議があるにしても、一度、切り取りを命ぜられ、二度も注意されている以上、その標準は分り切っているのである。〔略〕こう言う猥談的記事で発売禁止になったのでは、恥しくって警保局に文句も言えないのである。

（菊池寛「前号の発売禁止に就いて」『文藝春秋』一九二九年十一月号）

経営の才覚もあり、荒波の時代を現実路線でたくみに泳いでいった菊池寛と、自称「馬鹿正直」で一直線に進む石川達三。タイプの違う二人は、それぞれのやり方で表現の自由を愛し、そして敗戦後に、同じような感慨を述べている。

言論表現は、長い時間をかけて締め上げられてきたのだ、ということである。

3 日清・日露の戦後

戦争の記憶

私(たち)が「戦前」とひとくくりにしてしまいがちな一九三〇年代という時代は、その時代に生きていた人たちにとっては、日清・日露戦争の「戦後」だったのではないだろうか。あるいは、関東大震災からの復興の時代でもあったかもしれない。その先に、一九四〇年――〝紀元二六〇〇年〟にあたる年――に開かれるはずだった東京五輪があった。

〈日清戦争に大勝した如く、日露戦役に大勝した如く、今度の支那事変にも大勝したことは、何としてもめでたいことである〉と、菊池寛は高揚した気分をつづっている(「話の屑籠」『文藝春秋』一九三七年十二月号)。

菊池は日清戦争のころ子どもだった。菊池と同世代の人たちにとって、日清・日露戦争は遠い地の戦争ではあっても記憶に残るものだったのではなかろうか。日露戦争が終わる年に生まれた石川達三や、もう少し後の世代でも、日清・日露戦争の物語は身近なところに沁《し》みていたのではないかと思う。達三の伯父は、日清戦争で殺され「烈士」と呼ばれた一人だった。

一九二五年に生まれ、年齢がそのまま昭和と重なるジャーナリスト原寿雄さんの幼少時の話を聴いて、私自身はそう思うようになった。原さんの父は日露戦争に行ったらしいが、詳しいことは聴いたことがないという。家は神奈川県の農家。原さんが子どものころ、近くにあった海軍火薬廠《しょう》で、週末にはニュース映画上映会が開かれ、日露戦争の日本海海戦勝利を記念した五月の〝海軍記念日〟には、運動会が開かれた。お寺の日曜学校で、乃木将軍が戦死者をしのんで詠んだ漢詩を習った。

原さんが尋常小学校に進んだ一九三一年に満州事変が起きた。けれども、小学生のころはまだ「なんとなく戦争の気分」で、「戦争中だ」と意識したのは、『一九三七年の盧溝橋事件のあと、出征兵士を送ることが日常になってから、ではないだろうか』と話していた。

後になってわかること

敗戦のあと、菊池寛は、〈過去十数年に亘って、テロと弾圧とで、徐々に言論の力を奪われたのでは、一歩一歩無力になる外はなかったのである〉と述懐している（菊池寛「其心記」『文藝春秋』一九四五年十月号)。

達三はもう少し長くとって、〈二、三十年かかってそういうふうに持って来られた〉と述べている。「戦火のかなた」というロッセリーニ監督の映画をめぐり、一九四九年に評論家の中島健蔵と、「生きている兵隊」事件の弁護人で、社会党の党首になっていた片山哲とで行った鼎談で、出た話だ。

中島　今じゃ誰も言わなくなったが、戦争中に感ずるのは戦争目的がどうしても分らんのだな。それで、ひどい弾圧がなければ戦争目的は何んだという質問を出せるが、不明という事すら一つも大っぴらに言えなかった。

石川　戦争目的について綜合雑誌で誰かが論ずるとすぐに削除されたり拘留されるような形だった。

中島　やはりそういうような言論の自由というものに対して我々は非常に敏感になっているので少しでもこれに対して圧迫を加えられるということは直ぐそれを思い出すのだな。

石川　僕の考えでは二、三十年かかってそういうふうに持って来られたという気がする。

中島　つまりそういう意思があったかどうか知らんが計画的に国民全体を何んとかかん

とか長い間かかって戦争に持って行ったわけだな。

石川　だから倫理的にも道義的にも或いは国家的な考え方をしても、どう考えてもここでは戦争をするより外仕方がないという考え方に持って来させている。それを批判するのは同じ知識階級の中でも余程優れた自由主義的なはっきりした自分の立場を守り得ている人々で、世間の潮流に流されてしまうのが大部分で、流されないためには大変な努力が要る。

（「鼎談　戦火のかなた」『日本評論』一九四九年十一月号）

別の講演では、〈政権を握った者が自分の野心を動かす前には先《ま》ず最初に言論を抑圧します。〔略〕つまり自分の為さんとするところを国民に批判させまいとする、そのために先ず言論を弾圧して、然るのちに彼らの行動に移る〉と達三は力説している（前掲「言論の自由について」）。

検閲は、日中全面戦争になってから急に始まったわけではない。新聞紙法も、明治時代からあった。前身の、明治時代初めの新聞紙条例（一八七五年公布）で土台がつくられ、日清・日露戦争で、これにのっとって戦時検閲や統制が実行され、そのノウハウが集積され、日中戦争で強化された。いや、不都合なことを掲載させないのは、戦争に限らない。米騒動もシベリア出兵も、もっと細かな事件や、治安維持法違反事件の裁判の掲載も、制限されてきた。その長い道のりを見ないと、私(たち)が同じ轍《てつ》を踏まないための教訓は得られないのではないか。

新聞紙法について自分なりにたどってみて、知ったことは二つ。

一つは、検閲には長い道のりがあり、戦争になってからあわてても遅い、ということ。批判する自由を失っていたら、「自由を失っている」ということも言えなくなる。

二つ目。新聞紙法は実に便利に使われてきたということ。

新聞紙法違反事件を探してみると、著名な事件の前段として、あるいはダメ押しとして、新聞紙法違反事件が登場する。新聞紙法の間口は広い。発禁になれば、菊池寛が怒ったように発行者は経済的な痛手を負う。さらに罪に問われれば、刑務所に入らなくても、雨宮庸蔵が退社せざるを得なくなったように、編集者や発行者、著者は十二分な打撃を受ける。法定刑が軽いことを甘く見てはいけないのだ。

削除を命じられた「戦争と言論統制」

さて、新聞紙法の道のりをたどる前に、少しだけまわり道することをお許し願いたい。

盧溝橋事件から間もなく書かれた「戦争と言論統制」という論文がある。いま読んでも面白く、示唆に富む。その後の状況を見抜いたような明晰な文章である。けれども、反戦思想を醸成している、という理由で、一九三七年八月十九日に、七ページ中六ページが削除処分にあっている(『出版警察報』第百八号)。残ったのは、書き出しの六行だけ。

これを巻頭論文に掲げたのは『自由』という月刊誌の九月号だった。明治憲法の起草に参画した伊東巳代治《みよじ》の孫の、伊東治正伯爵が、ペンネームで、一年だけ発行した月刊誌である。「戦争と言論統制」を書いたのは、在野の経済学者で映画が好きな、大森義太郎。第一章に出てきた、映画評がびりびりに破られたあの人だ。

大森は『自由』と同時に『改造』の九月号に、ドイツを例に軍事費膨張が国民生活を圧迫すると説いた「飢ゆる日本」を書いて、こちらも削除処分にあった。

まだ日中戦争もしょっぱなで、勇ましい戦況報道とお伽噺のような美談に沸いていた時期に、これだけのことを書いて載せようとしたことに、しびれる。大森は、達三が鼎談で言った、知識層のなかでも少数派の、覚悟した人だったのだろう。そのような人は、ゼロではないのだ。

けれども言論封殺のような仕打ちにあって、大森は収入の減少を予測し、その年の九月に親族会議を開いて生活の切り詰めを宣言したという。女中を家に帰し、四、五種類とっていた新聞を一紙に減らし、食費を切り詰めることを決めた、と、大森の長男で後の読売新聞記者、大森映《あきら》が書いている(『労農派の昭和史　大森義太郎の生涯』)。

治安維持法のターゲット拡大

一九三七年十一月、京都で、雑誌『世界文化』の発行にかかわっていた同志社大学教授の新《しん》村《むら》猛(のちの『広辞苑』編集者)、久《く》野《の》収(哲学者)らのグループが、治安維持法違反容疑で検挙される。以後、翌年にかけて、同様に合法雑誌を舞台に活動していた学者らが「共産主義革命を目的として活動してきた」などとみなされ一網打尽にしょっぴかれていく。

一九三七年十二月には、山川均、大森義太郎ら、雑誌『労農』(すでに廃刊)にかかわった学者たちが、一斉に検挙された(第一次人民戦線事件)。さらに、彼らを支援する「労農派教授グループ」だとして、一九三八年二月、東京帝大教授の大内兵衛、美濃部達吉の息子で法政大学教授だった美濃部亮吉ら、自主的な勉強会をしていたメンバーが一斉に検挙された(第二次人民戦線事件)。

治安維持法で訴追するためには、国体変革や私有財産否定を目的とした「結社」を組織したか、〈情ヲ知リテ〉加入したか、結社の目的遂行の為にする行為をなしたことを立証できなければならない。雑誌の同人や勉強会の仲間を「結社」と認定するのはそもそも無理難題である。

実際、「労農派教授グループ」の大内、美濃部ら五人は、東京控訴院の二審判決で、無罪を言い渡される（一審有罪だった一人は控訴を取り下げて確定、一審無罪の一人は死亡）。

だが、それは一九四四年九月になってからのことだ。その間、この人たちは職を追われ、執筆する場を奪われた。

掲載禁止の通告

一九三七年十二月の一斉検挙の時点で、内務省警保局は、治安維持法被疑事件であるから検挙された者たちの原稿は内容の如何を問わず掲載を禁止すると決定し、出版業者に通告した。その〈血祭りとして〉、大森義太郎が『中央公論』と『改造』の新年号に書いていた映画評論の削除を命じたという（東京朝日新聞一九三七年一二月二十三日付夕刊）。多数の著者が検挙されたため、総合雑誌は混乱に陥った。

一九三七年十二月の早朝、警察に連れて行かれた大森は、もともと病を抱えていた。翌年秋まで勾留され、その後も民家に軟禁状態で置かれ、療養しながら取り調べを受けた。ようやく保釈されて一年足らず、一九四〇年夏、がんのために亡くなっている。四十一歳だった。

空白の二文字

さて、その「戦争と言論統制」であるが、いま読んでみて、「反戦思想を醸成している」ようには私には思えない。ただ、不都合な真実、だったのだろう。

削除前の『自由』を、国会図書館で閲覧できる。が、おそらくは編集者が検閲対策のために削ったのだろう、「戦争と言論統制」は、空白が多い。

戦時における言論統制の問題が組織的に考えられるようになったのは、世界大戦からであろう――として、ドイツなどを例に挙げ、宣伝戦について語っている。

検閲当局が問題にしたのは、次のあたりからである。

もちろん、ニュースの統制などは世界大戦の始めから行われたものだし、世界大戦の以前にもひろく存した。

味方は常に勝利を占め、敵はいつも敗退している。そういうふうに国民に思いこませるように、ニュースを取捨しつくりあげるのである。

世界大戦中におけるこうしたニュース統制については、戦後、綿密にその模様を暴露した著書なども書かれているが、我々が読むと実にそれはばからしいものである。親しくこのニュース統制下におかれた交戦国の国民などは、後にこれを読んで、戦時中自分達がいかに嘘をつかれていたことのひどかったかを知って、腹だたしく思うよりも、むしろ苦笑したであろう。

しかし、興味の深いのは、これほどのニュース統制も、戦争の進行がある一定の程度に達すると、少しも効果がなかったということである。世界大戦の末期、ドイツは、戦況が自分達の方に有利なようにしきりに国民に向って報道した。しかし、戦線から帰るものの話しなどによって、いつのまにか、実際の形勢が国民の間にひろく知られるようになった。国民はもはやニュースを信用しなくなった。と同時に、流言や臆説の類が非常に盛んになって、国民は、こんどは実際にあるよりも自国軍の不利を想像するようになったということである。ニュース統制はもはや効果を失ったばかりでなく、反対に、損害をもたらすにいたったのである。

大森は、そもそも戦争が、民族解放戦争や、ファッショ国に対する民主主義国家の戦争、とりわけ防御的なものであれば、戦争反対の声はあまり出ないはずだが、近代の戦争の多くはそうではないから言論統制が求められるのだ、と指摘する。

おしまいには、こんなことも言っている。

戦時における言論統制について、官憲によるそれのみを考えることは、大きな間違いである。

言論の機関である新聞・雑誌の類が戦争を謳歌し、反対の意見や批判をまったく却《しりぞ》けてしまう。そこに、官憲の統制の手が大きく動いていることは、もとよりである。だが、こうした態度のいく分かは、それらの新聞や雑誌のみずからの発意に出ていることを見逭《みのが》すことはできない。そして、これには、新聞や雑誌の当事者の意図ということもあるが、今日の商業化された新聞・雑誌においては、読者たる一般の民衆の心理を反映し、それに迎合しているという点が、むしろ多いであろう。

かくて、民衆が反対の意見や批判を圧し潰すのである。民衆が言論を統制するのである。

戦争になると、賢明な人たちもしばしば異常な興奮状態に陥る。熱狂し、その熱狂を冷まそうとするものを排撃する。けれどもこれは極めて危険な状態であり、この状態のなかでも、どんなに小さくても言論の自由を確保するよう努め、民衆の憤激に触れても、彼らが冷静に戻れるようにしなければならない――そう大森は説いている。最後の一文には、空白が二文字ある。

そこで、この言論統制になんらかの形で　　してゆくことが、民衆の真の利益を考えるもののひとつの任務となる。

空白の二文字は、「反対」だろうか、「抵抗」だろうか……。

この論文を読んで、私は、朝日新聞が敗戦後の秋に掲げた宣言「国民と共に立たん」を思い出した（朝日新聞一九四五年十一月七日付）。戦争中は政府の統制に縛られたとはいえ本当のことを国民に伝えてこなかった、という痛切な反省のうえに立った格調高い宣言だ。けれども、大森が書いたように、国民――というのも大げさなので読者と言い換えたいけれど――と共に立つだけでは、私たちが同じ轍を踏まないための、万能薬にはならない。真珠湾攻撃の戦果や南京陥落に共に沸き、一緒に太鼓を叩いた面もあったのではないか。

さらに、大森が書いていたような、冷静さ、おもねらない勇気を持たなくてはならないのではないだろうか。

しかしそれは、定期的に発行し、買ってもらうことで成立する新聞・雑誌、あるいは書籍にとって、難しい課題でもある。

4　検閲の長い道のり

魔の日々の始まり

新聞紙法は、日露戦争後の一九〇九年(明治四十二年)五月六日に公布された。明治時代の初めにつくられた新聞紙条例を改め、格上げしたものであり、明治・大正・昭和と印刷技術の向上や教育の普及とともに部数拡大していった新聞・雑誌の歴史は、この新聞紙条例、新聞紙法を抜きには語れない。

前身の新聞紙条例が公布されたのが、一八七五年(明治八年)。毎日新聞のルーツである東京日日新聞の創刊が一八七二年。読売新聞創刊が一八七四年、朝日新聞が一八七九年。

毎日新聞の社史に、こうある。

1875(明治8)年6月28日は、当時の言論人、新聞記者たちにとって魔の日々の始まりとなった。讒謗律《ざんぼうりつ》と新聞紙条例という2つの言論規制法が公布されたのである。

（『「毎日」の3世紀』）

讒謗律とは、人を誹謗する著作物を発売した者などを罰するもので、五年後に刑法（いわゆる旧刑法）ができたときに吸収され、廃止された。

新聞紙条例は、それまでの新聞紙発行条目を改めたものだが、発行条目が題号の定めや禁止事項を書いた程度のものであったのに対して、条例は、新聞・雑誌を対象に定め、〈政府ヲ変壊シ国家ヲ転覆〉する論を載せて騒乱を起こそうとする者に最高で禁獄（獄中に監禁すること）三年の罰を科すなど、法令としての骨格を備えたものだった。公布の翌月には、新聞・雑誌を刷出するごとに内務省や司法省などに納本することを、追加で定めた。

明治政府は新体制を整えるにあたり、盛り上がった自由民権運動や不平士族による反政府言論活動を抑えたかった――それが、二つの言論統制法の目的だったといわれる。

それ以前、政府は、明治元年（一八六八年）に官許のない新聞発行を禁じて各新聞の版木と残紙を没収。翌一八六九年に新聞紙印行条例をつくり、新聞発行を許可した。新聞を人々の知識を啓《ひら》くものととらえて、コントロールしながらも、発刊を支援する姿勢が見られた。しかし、一八七三年の新聞紙発行条目になると、べからず規定が多くなった。

新聞紙条例の変遷

一八七五年に新聞紙条例が公布されると、さっそく投獄される人たちが出たり、廃刊する雑誌が出たりしたという。

前述の毎日新聞社史や、『朝日新聞社史　明治編』によると、抵抗や抗議もあった。新聞人たちが集まって質問書を政府に出した。が、ほとんど無視された。新聞紙条例を社説で攻撃した東京曙新聞の編集長が禁獄二カ月、罰金二十円に処せられたのをはじめ、処罰が相次いで、東京・浅草寺で抗議集会が開かれたという。本当の編集長が投獄されると発行に支障をきたすため、名目上の編集長に別の人をあてておく、といった対抗策も編み出された。

翌一八七六年には、その後長らく編集者や発行者を悩ませることになる発行禁止・発行停止条項がもうけられた。「国安」を妨害すると認められる新聞・雑誌類は内務省が発行を禁止または停止する、という条項が追加されたのだ。

今度は、発行禁止にされたらすぐ別の題号の新聞を出すといった対抗策が編み出された。しかし、いたちごっこである。新聞紙条例の方も、「風俗壊乱」という理由でも発行を禁止・停止できるようにするなど、範囲を拡大していった。

一八八三年の大幅改定では、発行届け出時に保証金を当局に収める制度が導入され、東京では保証金千円を収めなければならなくなった。朝日新聞社史によると、保証金が払えないために条例公布から一カ月以内に廃刊した新聞社、雑誌社が四十七社あったという。

また、陸軍卿、海軍卿、外務卿は、軍事、外交に関して掲載禁止命令を出せることになった。さらに、発行禁止となった場合に同じ人や同じ社が別の題号の新聞等を出すことを禁止。処罰の対象者も拡大した。

これに対応して、たとえば朝日新聞社は「署名人取扱方」という社内規定をつくって、服役中は特別の手当を支給し、罰金はすべて本社が代納することなどを明文化した。

大津事件の余波

かくして、新聞紙条例は次第に整えられて、「法律の範囲内」における言論著作印行集会及び結社の自由を認めた大日本帝国憲法の発布を経て、日清・日露戦争を迎えた。

新聞・雑誌の統制は、次の段階に入った。明治憲法にもとづいて繰り出されたある裏技と、戦争が絡まりあって、新聞・雑誌の検閲体制がつくられていった。

明治憲法にもとづいて繰り出された裏技とは、緊急勅令のことである。議会の閉会中などに、天皇が議会にかけずに法律と同等の効力をもつ勅令を緊急に公布できる、という制度だ。

最初は、大津事件がきっかけだった。

一八九一年、ロシア皇太子、のちのニコライ二世が日本を訪れた。五月十一日、琵琶湖遊覧のために滞在した大津で、警備担当の巡査に切りつけられて、皇太子は負傷した。大問題である。ただでさえ、本当は大国ロシアが日本を侵略するため調査に来たのだとか、あらぬ噂が渦巻いていた。動揺した政府は、皇室に対する犯罪の条文を適用して巡査を死刑にすべきだと主張したが、大審院はこれを退け、通常の殺人未遂罪を適用した。法の番人が道理を守った事件として知られているが、世の中はこのニュースに沸き、新聞は号外を出し売り上げを伸ばした。情報は錯綜。ロシアの報復があるとかないとか、とばし記事を載せたところもあったらしい。

事件から五日後の五月十六日、天皇の裁可による勅令第四十六号が公布された。

〈内務大臣ハ特ニ命令ヲ発シテ新聞紙雑誌又ハ文書図画ニ外交上ニ係ル事件ヲ記載スル者ヲシテ予《あらかじ》メ其草案ヲ提出セシメ之ヲ検閲シテ其記載ヲ禁スルコトヲ得〉

違反した場合、発行人や著作者に軽禁錮か罰金を科すことも定められていた。

緊急勅令は、あくまで緊急の措置である。この勅令は一週間で廃止された。が、これが前例となった。

日清戦争から始まったこと

日清戦争では、開戦前の一八九四年六月七日に、新聞紙条例にもとづき軍機軍略等の掲載を禁止する陸軍省令、海軍省令が発令された(あらかじめ大臣の認可を受けたものはこの限りではない、という一文が、六月十一日に加えられた)。

朝鮮の東学の乱をきっかけに清国が朝鮮に派兵し、日本も出兵すると決定したのが六月二日。五日に、大本営が設置された。のちに空虚な発表の代名詞のようになったが、大本営が設けられたのは、日清戦争からである。

第一章で、日中戦争のときの陸軍省令、海軍省令について書いたが、その嚆矢《こうし》も日清戦争だったらしい。

七月末になって、海軍大臣、陸軍大臣、内務大臣、外務大臣が連名で、大津事件のときと同じように新聞・雑誌検閲の緊急勅令を発してほしいと伊藤博文首相に求め、勅令案を閣議に提出した。いわく、陸軍省令や海軍省令でできるのは、記載を禁止することだけ。検閲を義務づけていないので、検閲を受けずにどんどん書いた〈不正の輩〉が利益をあげているし、もし軍機軍略が流布してしまえば、発行禁止にしたところで、取り返しがつかない……。

〈彼《か》の大津事件に於けると同じく別紙緊急勅令を発せられ新聞紙雑誌及其他の印刷物の草案を検閲し軍隊軍艦の進退又は軍機軍略に関する事項は勿論外交上に関し国家の不利益不条理に帰すべき事項は其記載を禁止せんと欲す〉と提案理由で述べている。

そして枢密院で原案を修正のうえ、天皇がこれを裁可して、八月一日に勅令第百三十四号が公布された。

外交または軍事に関する事件を新聞・雑誌その他の出版物に掲載するときは、その草稿を行政庁(内務省や道府県庁)に出して許可を受けなければならない、と定めたもので、大津事件のときと同様に罰則規定がついていた。

緊急勅令が公布されたためか、陸軍省令、海軍省令は八月三日にいったん廃止され、九月に勅令が廃止されるとまた省令が発令され、十一月二十九日まで続いた。

結局こんなふうに、臨時だけれど強力な勅令と、新聞紙条例による陸海軍省令の両方を使いながら、統制は続いた。

なお、記者クラブ制度も日清戦争から始まったと聞くが、これについて私は明確な裏付けを持っていない。

ただ、遅くとも日露戦争のときには複数の記者クラブが存在していた。

日露戦争当時の海軍の新聞検閲について記した資料〔防衛省防衛研究所所蔵『極秘　明治三十七八年海戦史　第五部　巻二』第一編第十章新聞検閲〕を見ると、海軍省担当の新聞・雑誌・通信の記者たちは「潮沫会」という団体を組織して幹事を二名おき、一団となって大本営の検閲係官との交渉をはかった、とある。「潮沫会」は後の海軍省記者クラブ「黒潮会」であろう。海軍は、海軍省の二名に加えて、大本営海軍幕僚の二人を新聞・雑誌の検閲・取り締まり係に任命した。毎日二回ないしは四回の定時ブリーフィング〔発表し、質問を受ける〕のほか、戦況によっては記者も海軍省で徹夜しており、定時以外でも求められればなるべく記者に会うようにしたという。さらに、敵を欺くために、時事新報や東京朝日などの有力紙を利用し、時には虚報を伝えた、と書いてある。

ありそうなことだが、恐ろしい。

小笠原少佐〔新聞・雑誌の検閲と取り締まり担当の大本営海軍幕僚〔海軍少佐〕は、二月二十九日伊東軍令部長の旨を受け、在京各通信員を招集して、詳細なる注意を促すの談話を為せり、而《しか》て是等《これら》通信員（各新聞社通信者等《ママ》の海軍掛通信記者）は潮沫会なる団隊《ママ》を組織し、幹事二名を置き以《もっ》て常に一団となりて、大本営検閲掛官に交渉することを図り、大《おおい》に彼我の便を得たり、又大本営検閲掛官に於ては、該会員に戦況を聴取らしむるに当り、概ね原稿を作りて之を与え、以て誤りなからしむることを努め、時に或は戦局の状況に因《よ》り、敵を欺かんが為め、当時有力なる新聞社と認められし時事新報社、若《も》しくは東京朝日新聞等を利用して、故《ことさ》らに虚報を伝え、或は欧州に発電せしめたることあり

『日露戦争詳報』『少年日露戦記』など日露戦争雑誌の創刊が続き、一九〇四年の二月末までに東京、大阪で二十一種の雑誌が創刊され、この検閲も行ったと書いてある。

発行禁止は裁判所の権限に移る

さて、日清戦争では、戦後処理をめぐる一八九五年の三国干渉のときも、反政府世論を抑えるために発行停止処分が頻発された。その後、痛烈な政府批判をした雑誌『二十六世紀』がついに発行を禁止されたこともあって、新聞社や雑誌社は、発行禁止・発行停止条項の撤廃を求

める動きを強めた。

佐々木隆『メディアと権力』によると、そのころの藩閥政府は発行禁止・発行停止にさほど重きを置いていなかった。一八九六年に成立した第二次松方正義内閣は、進歩党の大隈重信を外務大臣に迎え、言論・出版・集会の自由の尊重を掲げていたという。

閣内の賛否は割れたが、一八九七年の議会で、内務大臣による発行禁止・停止条項はついに削除された。発行禁止は、裁判所の権限に移され、内務大臣らは、告発がなされた場合に、その号の発売頒布を停止できるだけになった。

新聞・雑誌の側からいえば押し戻したのである。とはいえ、その期間は長くは続かなかった。

日露戦争の記事に○○

揺り戻しは、日露戦争とともにやってきた。

日露開戦を前にした、一九〇四年一月五日。再び陸軍省令と海軍省令が発令された。

具体的にどんな内容の掲載を禁止するのか、陸海軍両省が、新聞雑誌掲載禁止事項の標準を定めて、内務省と情報を共有した。たとえば海軍は、「軍艦水雷艇及び軍用船の碇泊地」「兵員の補充に関すること」などの掲載を禁止。陸軍は「動員下令の時日」「軍隊の運動、兵数、兵種、隊号及指揮官の姓名に関すること」などを禁止。

これをもとに、今度はすぐ戦時検閲が始まった。〈翌六日の紙面から早くも○○だらけの記事があらわれた〉と朝日新聞社史にある。たしかに大阪朝日をみると、○○記事がある。

兵の召集などを報じた地方紙が次々と告発され、罰金の支払いを命じられた。

この両省令は、ほぼ二年間続いた。

日本海海戦で勝利をおさめて、いよいよ講和条約を結ぼうという一九〇五年九月、また緊急勅令が公布された。きっかけは、日比谷焼き打ち事件である。膨大な戦費に日本も疲弊していたのであるが、講和条約への人々の不満は高まり、新聞の桂内閣批判は激しさを増し、九月五日、講和反対の国民集会に集まった民衆が警官隊と衝突し、日比谷焼き打ち事件が起きた。その翌日の六日、戒厳令とともに緊急勅令が公布されたのだ。

勅令第二百六号は、新聞紙条例を改定するに等しい強力なものだった。


皇室の尊厳を冒瀆し政体を変壊し若《もしく》は朝憲を紊乱せんとする事項又は暴動を教唆《きょうさ》し犯罪を煽動するの虞《おそれ》ある事項を記載したるときは内務大臣は其の発売頒布を禁止し之を差押え且《かつ》

以後の発行を停止することを得

ただちに発行停止が続出。新聞社や通信社が緊急勅令撤廃を求めたが、勅令は十一月二十九日まで約二カ月間つづいた。

石川達三が生まれたのは、そんな年だった。

条例から新聞紙法へ

新聞や雑誌の作り手には、新聞紙条例への不満が高まっていた。と同時に、統制する側にとってはこの条例はものたりないものだった。日露戦争後はインフレで、労働争議が多くなり、社会主義思想が広がりつつあった。

ある女性殺人事件の報道が、新聞紙条例に定めた、予審中の事件に関することは掲載を禁止するという条項に違反するとして、東京の新聞社が軒並み起訴され罰金を科された。この裁判の最中に起きた別の事件についても、各紙は「予審中掲載禁止」条項を無視して報道を続け、規制に挑む気運が盛り上がった。

新聞社出身の村松恒一郎・衆院議員らが、予審条項を廃止し、罰則を軽減し、裁判所による発行禁止をなくす新しい新聞紙法案を議会に提案した。

ところが政府側は、「新聞紙条例は年月がたち修正が必要だが、今回の案には到底同意しかねる」と強く反対。逆に、これを好機ととらえ、換骨奪胎して、より取り締まりを強化した新聞紙法案にして、通してしまった。

一九〇九年五月六日に公布された新聞紙法は、予審中の事件に関する事項の掲載禁止の規定を残したのみならず、検事に記事差し止めの権限をもたせた。また、裁判所による発行禁止規定は残したまま、内務大臣は告発がなくても〈安寧秩序ヲ紊シ又ハ風俗ヲ害スル〉と認めれば発売頒布を禁止し、必要な場合には差し押さえもできるようにした。

ここに、発売頒布禁止(発禁)処分は復活して新聞紙法の要《かなめ》となる。

意外なことに、新聞界の反対は低調だったという。一部の罰金刑の緩和など、業界にとっての小さなメリットも盛られていた。

一九〇九年三月十一日の衆議院の新聞紙法案委員会で、内務省警保局の有松英義局長は、発売頒布禁止や発行禁止について、次のように説明している。

従来のような告発を待つやり方だとすでに発売頒布は終わっており、法文上の不備は遺憾である。さらに裁判所の発行禁止の規定まで削除すると、ますます取り締まりが困難になる。そもそも、裁判所の発行禁止の言い渡しは厳重であり、年に一件か多くて数件で、極めて少数である。このような悪事を目的とする新聞紙は現在はなはだ稀であるが、かといってこの規定がないと困るのである。

有松局長が言う、悪事を目的とする極めて少数の新聞とは、どのようなものか。

すなわち、〈其新聞紙ナルモノカ本来風俗壊乱ノ記事ヲ掲ケルノヲ以テ目的トノシ、又ハ極端ナル社会主義ヲ鼓吹スルヲ以テ目的ト為シテ〉いる場合で、一、二回の罰では改悛《かいしゅん》が望めないようなときに、裁判所が改めて発行禁止にするのだ、と局長は説明している。

つまり、ターゲットは極端な社会主義の新聞・雑誌や風俗壊乱を目的にしたそれであり、大方の新聞・雑誌には関係ないですよ、と、そういう意味合いだったのではないだろうか。

けれども、それまで発行禁止を命じられたものも、悪事を目的とした極端な新聞・雑誌、とは限らなかった。

日露戦争に反対した平民新聞は、新聞紙条例により、たびたび弾圧されてきた。

平民新聞は堺利彦と幸徳秋水《こうとくしゅうすい》が設立した平民社が一九〇三年に創刊した新聞で、最初は週刊だった。黒岩比佐子『パンとペン　社会主義者・堺利彦と「売文社」の闘い』などによると、日露戦争が始まって世の中が沸いているときも、平民新聞は非戦の主張を貫いた。戦争の一言のもとに増税を強行する政府の姿勢を厳しく批判した一九〇四年三月の第二十号の社説「嗚呼増税！」で、発行禁止を東京地方裁判所に言い渡された。が、控訴して、なんとか発行禁止はまぬがれ、発行兼編集人の堺は軽禁錮二カ月の実刑判決となり巣鴨監獄へ入った。十一月に、別の号が発売停止処分を受け、翌一九〇五年にはついに発行禁止が裁判で決定し、印刷機も没収された。一九〇七年に日刊の平民新聞を発行するが、まもなく廃刊に追い込まれた。

新聞紙法で有罪にされた事件

一九〇九年に公布された新聞紙法は、幅広く運用された。

たとえば、大逆事件の前段においても、新聞紙法は一役買っている。

新聞紙法が公布された一九〇九年五月、さっそく平民社の管野《かんの》スガが発行兼編集人となって出した新聞「自由思想」第一号が発売頒布禁止処分となり、管野は新聞紙法違反のかどで起訴された。六月の第二号も発禁となり、管野は再び起訴される。

七月に、第一号の判決で、罰金百円と、「自由思想」の発行禁止が言い渡された。その判決の五日後に、警察(当時の新聞記事によると、警視庁の告発を受けた判事と検事)が、管野と幸徳秋水が暮らしていた平民社に家宅捜索に入った。購読者名簿、帳簿類や書簡を押収し、肺炎で寝込んでいた管野をしょっぴいていった。今度は、発禁になった「自由思想」を仲間に配布した新聞紙法違反容疑での捜索だった。同時に、ほかの社会主義者のたまり場も捜索したらしい。

この件で管野は、九月に、四百円という巨額の罰金判決を言い渡され、判決まで、衰弱した体で勾留されたままだった。第二号事件の一審判決でも管野に百四十円、筆者の秋水に七十円の罰金判決が言い渡され、罰金の支払いに二人は追いつめられていった。

一九一〇年、天皇暗殺を企てたという大逆事件で、二人を含む二十数人が逮捕され、非公開裁判で裁かれた。管野はともかく、秋水は、爆弾計画に積極的にかかわったわけではなく、社会主義者を一網打尽にしようというでっちあげの側面があったことが今では明らかにされているが、秋水、管野ともに翌年死刑が執行された。

近年、映画がつくられて再び光があてられた弁護士布施辰治も、弁護士資格を剝奪される過程で、新聞紙法違反で禁錮三カ月の実刑判決を受けている。米騒動で検挙された人々の弁護や、関東大震災のときの朝鮮人虐殺の調査を手がけてきた弁護士だ。

布施は、共産党員の大弾圧事件として知られる三・一五事件(一九二八年)の弁護を引き受け、法廷の傍聴禁止など裁判長の訴訟指揮に抗議した。裁判所を侮辱したとして懲戒裁判所に告訴され、弁護士資格を剝奪されそうになり、個人誌『法律戦線』で「共産党事件の法廷闘争と懲戒裁判」を特集して反論した。石川達三がブラジルへ渡った一九三〇年のことだ。布施が『法律戦線』に書いた論文が安寧秩序を紊すほか、懲戒裁判開始決定書などを載せたことは、新聞紙法第二十条の、官公署や議会が公にせざる文書や非公開の会議の議事を許可なしに掲載してはいけない、という規定に違反するとして、起訴された。

結局、布施は一九三二年に大審院の判決により弁護士資格を剝奪され、新聞紙法違反事件で翌一九三三年に大審院で禁錮三カ月の実刑判決が確定して、東京の豊多摩刑務所へ入った。出獄後に皇太子誕生の恩赦によって弁護士資格は復活されたという。

『布施辰治研究』によると、布施の個人誌『法律戦線』は、計十六回の発禁を受けた。〈雑誌を発行する資金を枯渇させ、廃刊に追い込む兵糧攻めだが、これに対抗する手段がなく、撤退を余儀なくされる〉とある。

風俗や事件報道の統制にも、新聞紙法は力を発揮した。

一九一三年に外務省の局長が自宅前で刺し殺される事件が起きた。容疑者二人は、中国に対する日本政府の対応が軟弱だという不満を持っていた。検事局は新聞紙法第十九条にもとづきこの事件についての記事掲載の差し止めを命じたが、重大事件だと判断した新聞社や通信社は、無視して報道を続けた。そのため、約二十社が新聞紙法違反のかどで有罪とされた。罰金支払いの略式命令を出されたが裁判に持ち込み、控訴もしたが、有罪は覆らなかった。

そして、新聞紙法が猛威をふるった事件といえば、白虹《はっこう》事件だろうか。

大正時代、米騒動やシベリア出兵をめぐり寺内正毅《まさたけ》内閣を激しく批判していた大阪朝日新聞が、「筆禍」を問われ、新聞発行そのものを禁止されそうになった事件だ。

寺内内閣による相次ぐ発禁などの言論圧迫に、新聞社や通信社は反発、対立を深めていた。一九一八年八月、米騒動に関する一切の記事の掲載禁止命令が出されたことに新聞社や通信社が猛烈に抗議し、言論の自由を求める記者大会が開かれた。米騒動の報道禁止については内務省が譲歩したが、そうしたなかで大阪朝日が掲載した関西新聞通信社大会の記事（八月二十六日付夕刊）が問題にされ、大阪府警に告発された。

見出しから、〈寺内内閣の暴政を責め／猛然として弾劾を決議した／関西記者大会の／痛切なる攻撃演説〉とふるっている。焦点は、記事のなかの〈「白虹日を貫けり」と昔の人が呟いた不吉な兆《しらせ》が〔略〕人々の頭に雷《いなずま》のように閃く〉というくだり。「白虹、日を貫く」は『史記』にも出てくる故事で、白虹は兵、日は天子を意味するという（『司馬遷　史記8　『史記』小事典』）。内乱の予兆とされ、これが安寧秩序紊乱にあたるとして、当日の新聞が発禁になったのみならず、記者と編集発行人が新聞紙法違反で起訴された。

裁判は傍聴禁止。一九一八年十二月の一審判決で、記者は禁錮二カ月、編集発行人が禁錮一カ月の実刑判決を受けたのだが、初公判で検事が発行禁止を求めることを宣言していた。社長が暴漢に襲われる事件も起きた。大阪朝日は、判決で発行禁止を言い渡されることを避けるために、社長退陣、編集幹部の退社などの手を打った。「不偏不党」を掲げた編集綱領が初めてつくられ公表されたのは、この判決の前である。「不偏不党」とは公平中立の姿勢を示したものであり、公正であることや、あらゆるものから独立していることを宣言したわけではない。

1942年3月マレーシアにて.「デング〔熱〕になる前日」とメモがある. 達三(右)は徴用され海軍報道班員になった(石川旺氏所蔵)

第三章

戦争末期の報国

1　「結婚の生態」が映画になる

揺っ払っちゃえばいいのよ

この章では、「生きている兵隊」で筆禍を受けた達三が、敗戦までどのように過ごしたのかをたどってみたい。

一九三八年秋、「生きている兵隊」の一審判決で執行猶予付き有罪判決を言い渡されてすぐ、達三は中央公論社の特派員として再従軍して、武漢攻略戦を取材した。中国への渡航に際して発行された杉並警察署長名の「身分証明書」に記された渡航期間は、九月十二日から十一月二十日まで。

『中央公論』一九三九年一月号に、今度は注意深く「武漢作戦」を書くことによって、作家としての命脈をつないだ。

一方で、武漢作戦から帰国してほどなく出した本が、思わぬベストセラーになった。

『結婚の生態』である。

「生きている兵隊」事件の捜査が進むと、新聞社も雑誌社も寄りつかなくなったという。その〝謹慎〟期間中に、達三は自分の新婚生活を素材に原稿を書いていた。それが『結婚の生態』である。

二人のなれそめから、恋愛結婚して、夫となり、妻を教育しようと試み、戦争小説で「筆禍」をこうむり、名誉回復のために再従軍するまでを描いた、小説だ。いや、「小説」とは書いてない。自序には「記録」とあるが、おそらく、現実に多少のフィクションをまぶしたものだろう。

宮本百合子やほかの作家から酷評されるが、とにかくこれが売れたのだ。出版したのは、新潮社。奥付によると、一九三八年の十一月三十日発行。私の手許にあるのは、半年後の一九三九年五月二十一日付で、八十版(刷)！　六月の新聞広告には、八十六版とある。途方もなく売れたのだ。

函《はこ》入りの美しい本である。赤い函には花と昆虫が描かれ、本の表紙には水のなかを行き交う赤い魚と黒い魚。タイトルの「生態」にからめたのか。しゃれた造りである。

「生きている兵隊」事件初公判の夜は、こんな具合に書かれている。

その夜、私は暗い気持にうち棄てられて言った。

「お前もとうとう前科一犯の男の女房になるんだな」

「仕方がない」と彼女は案外に軽々と答えた。「時期が悪いのよ。あせる事はないわ。何年かたったらまたとり返しがつくわ」

私は証拠品として押収されている原稿がほしかった。たとい現在の社会状勢では処罰を免れない小説であろうとも、十年二十年経ったならば……いくら永くとも五十年の後には発表が許される時が来るかもしれない。それまで待とう。私の生きている間は謹慎して発表はさし控えるにしても、妻の手に託しまたは子の手に託して、次の時代の心ある人々に読んでもらいたい。作家にとって命とたのむところは作品あるのみだ。あの原稿さえ戻して貰えるならば私は慎しんでいかなる刑にも服そう。それが現在の社会状勢に素直に従って行く方法である。私はもっと素直に従順でなくてはいけなかったようだ。

もしかしたら、言論弾圧裁判に関心のない人たちまでが、この本を読み、達三たちに共感を寄せたかもしれない。

再従軍を決めたときは、妻はこんなことを言う。

「危いところへなんか行っちゃいやよ。もしも死んだりしたら、殺すわよ」

作家の「私」はのびやかな彼女の言葉にひかれ、好きになっていくのだが、物語のなかで、彼女の言葉は光っている。

「結婚しないか」と「私」が部屋でプロポーズする場面では、彼女は「良いことを教えてあげましょうか」といたずらっぽく言って、ドアの陰に隠れてこう言って逃げる。

「ね、ね、搔《か》っ払っちゃえばいいのよ」

このセリフがまた、大流行したそうである。結婚に制約の多い時代だからこそ、「搔っ払っちゃえばいいのよ」はたくさんの女性の心をつかんだのだろう。ただ、あれやこれやと書かれた側の妻にとってはたまったものではない。買い物にも行かれやしない、という事態になったようで、一九四〇年に杉並区から世田谷区に引っ越した。が、ともかく、この本の増刷に次ぐ増刷がもたらす収入が、戦争中、作品を発表する場がなくなっても、石川家の家計を支える屋台骨になったのだ。

「「あんなに嫌な本もないけれど、あんなに助かった本もない」と母が話していました」と長女の竹内希衣子さんは言う。

原節子が主演する

『結婚の生態』は、一九四一年夏に、原節子主演で映画になった。石川達三の役は、夏川大二郎。監督は今井正。

ただし、主人公は作家ではなく、新聞記者に変えられた。

川本三郎『銀幕の銀座』によると、この映画は、有楽町にあったかつての朝日新聞社屋が舞台になっているらしい。夏川大二郎は、社旗をつけた車のなかで原稿を書き、仕事が終わると銀座のバーへいく。ある日同僚に連れられて画廊に出かけた夏川は、そこで原節子に出会う。二人は銀座でデートを重ね、赤坂のスケート場で滑る……。

夏川演じる夫があまりに妻に甘いと、特に男性からは悪評散々だったらしいが、ずいぶんおしゃれに仕立てた映画で、銀座の恋の物語か、まるで「ローマの休日」だ。

戦争の時代にこのような映画がはやっていたのかと、少々不思議な気もする。この時代も、真っ暗でもなく、ピカピカでもなく、晴れも曇りもあるなかを戦争が進行していったということか。

映画は、二人が結婚して、赤ちゃんが生まれるまでを描いている。

石川達三の原作では、日中戦争下、「私」が書いた小説が軍部に問題にされ、被告人になってしまうことが書かれているが、軍国主義が強まった昭和十六年の映画では、さすがにこの部分は省略されている。

（川本三郎『銀幕の銀座』）

『日本映画』一九四一年六月号に、「結婚の生態」のシナリオが載っているのを見つけた。脚本の山形雄策の説明によると、達三の了解がなかなかえられず、脚色は難航した。

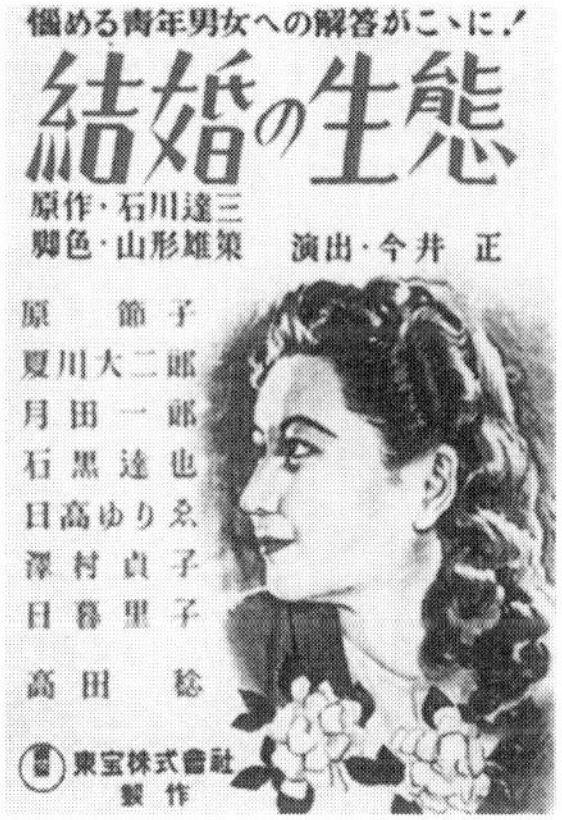

「結婚の生態」ポスター

シナリオを読むと、ほとんど骨抜きである。時局もそれなりに盛り込まれ、非常時の結婚生活にあんなものを知らない娘で大丈夫かと同僚が夏川に言ったり、夏川が特ダネを書くのに社会部長から「当局の発表内容を超えてはいないね」と釘をさされて「もちろんです」と答えたりしている。筆禍の話は一切ない。夏川が中国特派を希望し、妻と生まれたばかりの子を置いて、飛行機でぶーんと飛んでいくのがラストシーンである。

2　「空襲奇談」で無人爆撃機を書く

海軍に徴用される

「結婚の生態」の映画が封切られた一九四一年の暮れに、太平洋戦争が始まった。万年筆で「徴用日記1」と書きこまれた達三の日記帳(石川旺さん所蔵)は、扉に、〈朕茲《ここ》ニ米国及英国ニ対シテ戦ヲ宣ス〉という十二月八日の「開戦の詔書」の新聞記事が貼ってある。

達三は、海軍に徴用されて報道班員として東南アジアに赴くことになった。一九四一年十二月二十四日、海軍省に出頭する場面から、日記は始まる。新しい局面が来たという高揚感が見てとれる。しっかりした字で書かれ、小説の場面のようだ。抜粋してみる。

十二月二十四日(水)

午前九時、海軍省に出頭。廊下の椅子で暫《しばら》く待たされた。二十分ばかり経って唐ノ木少佐が寒そうに手をこすりながら出て来た。

「石川さんに一つサイゴンへ行って貰いたいんですがね」

「そうですか、行きましょう」と私は答えた。〔略〕

少佐は軽く笑って、

「避寒ですな」と言った。

軍務四課の富永少佐が出て来て、更に私の受持つべき任務のこと、対内報道、対外文化工作などについて説明した。待遇は奏任官《そうにんかん》で、武官室武官の扱いをうけるのだと言った。

「今度は軍属ではなくて、海軍の人間になって貰うんですから、そのつもりで自分の計画を立てて自由に行動して貰うわけです。〔略〕二年三年ののちに作品を発表して貰うということでもいいんです。まあ窮屈に思わないで腕を振って貰うんですね」

話の途中で唐ノ木少佐が日高中佐を呼んで来た。中佐は一見して立派な軍人であった。

〔略〕

「向うに伝言をお頼みしたいことがありますがね。この次にお会いした時に話しますから、口頭で伝えてください。電報ではちょっと困るので。機密のことですからね」と言った。

私は軍の機密を自らの胸にたたんで遠くサイゴンまで飛んで行くことを考えて、緊張した。

今日まで自分一個の仕事の中でのみ生活して来た私にとって、公務というものの勝手がわからないために事毎《ことごと》に新しい緊張を感じたり愕《おどろ》きを感じたりするのだ。

任地がきまり、出発の予定が立ったことで私は安心していた。私はまだ朝早い日比谷公園をぬけて銀座へ行き、南方の地理や歴史を知っておく為に本を五六冊買い、パステルを買った。歩きながら、南方の海陸に展開されている戦争の大きさを思い、自分の任務を思うて、血のたぎる思いを禁じ得なかった。今度は公務だ。前の従軍とは性質が違うのだ。「今日よりはかえりみなくて……」という和歌の示す痛烈な精神が身近に感じられた。私は南方に取材した小説を書こうなどという考えを捨てようと思った。それは私事だ。いまは公務につく時だ。文学はどうでもいい。今日愛国者たらずして今後愛国者たる機会は無い。私は宣戦の詔勅のラジオを聞きながらそう思った。

パステルを買った、というのはこの人らしい。達三は絵を描くのが好きだった。小説と同じように迷い少なく、さっと描いたように見えて、しかしながら文章以上に、本来この人が持っている豊かな情感がにじみ出ているように、私には思える。

血のたぎる思い、というところに出てくる「今日よりはかえりみなくて……」は、おそらく万葉集の次の歌だ。

今日よりはかえりみなくて大君の醜《しこ》の御楯《みたて》と出で立つわれは

大君は、天皇を敬っていう言葉で、醜の……は自分を卑下していう言葉。今日からは我が身を顧みることなく、私ごときも天皇陛下の楯となって出発するのだ……そんな歌だろうか。このころ、この歌は国定教科書にも載っていたらしい。

天気予報が消える

達三と同い年の作家伊藤整の日記にも、徴用の話が出てくる。

十二月八日、伊藤も真珠湾攻撃のニュースに興奮する。だが、翌日、新聞やラジオから天気予報がなくなっていることに気がつく。気象情報も敵国に知られてはならない秘密なのだ。

今朝から天気予報なし。新聞が間抜けだと思っていたが、さにあらず、自分が間抜けなり。今後何年間も天気予報はないであろう。

（伊藤整『太平洋戦争日記（一）』）

作家仲間で徴用された人の話も聞く。

今日から自宅から軍に通えるようになっているという武麟〔武田麟太郎か〕を訪ねる。〔略〕

武田氏は少し興奮してよく話す。二十日間兵卒と全く同様の訓練を受けたこと、挙手の礼に一時間もかかり、それから今日は雪あがりの青山墓地でホフク前進をやり、参ったこと、しかし気持はしっかりとしてむしろいいこと等。頭坊主なり。待遇は彼と阿部とが二百六十円と言う。他は次第に下り、百円位の人も多いとのこと。

向うへ行けばそれに八割五分の割増がつくから、生活の心配はないこと、海軍は(石川達三はそうだとのこと)五百円も出して待遇よいこと、等々。

十二月十六日　晴

作家にとって金銭面でも悪くない話だったらしいことがうかがえる。

この時期、多くの作家が軍の報道班員となって、戦地の様子を絵や文章に表した。軍部の誘いを断ったのは、宇野千代くらいだろうか。太平洋戦争が始まると、夫が徴用されて南方へ。宇野自身は、文楽の人形の頭《かしら》に魅せられて四国の職人のもとへ通っていた。やっと夫が帰ってきたら、今度は宇野に徴用の声がかかった。

林芙美子《ふみこ》以来、女性も次々と戦地に行っていたが〈私には、私たち女流作家が戦地に行ったりするのが、何かのためになるとは、どうしても思えなかった〉、いや、子どものように「尻込み」しただけだ、と宇野は『生きて行く私』でふりかえっている。

断られた陸軍報道部は激怒したらしい。雑誌社を集めた定例会で、陸軍報道部が宇野を批判するくだりが、畑中繁雄『覚書　昭和出版弾圧小史』に出てくる。

シンガポールへの道

海軍報道班員となった達三は、船で、一九四二年一月にベトナムへ渡った。占領したばかりのシンガポールなどを回って、六月に帰国する。

大本営海軍報道部監修の『進撃　海軍報道班作家前線記録第一輯』に「新嘉坡《シンガポール》への道」「昭南港に軍艦で乗込むの記」と題した短篇を発表している。たしかに達三の文章だが、読んでも印象に残らない。書けないことが多かったからではないか。

日記によれば、達三は攻撃を受けた日本の船に乗っていた人たちから真に迫る話を聞いている。死んだ記者の家族に思いをはせ、追悼式にも出ている。また、ベトナムで見聞きした一部の陸軍軍人のふるまいについて〈甚だしく不愉快〉と記している。酒場で酔って人を拳銃で脅したり、フランス人の集まるカフェのテラスでズボンを脱いでしまったり、現地で通用しない日本貨幣を車夫に払い、文句を言った車夫を殴り倒したり。〈この町に於ける軍人の暴逆はすさまじいものである。これでは日本の威信も何もあったものではない〉と憤りを日記につづっている。しかし、それもこれも作品には出てこない。

時局ニ関シ造言飛語ヲ為シタル者

紙の不足に加え、言論統制の網が二重三重にかけられて、作家の活動範囲は年々狭められていった。

一九四一年一月には、新聞紙等掲載制限令が出された。

これは、国家総動員法にあった、戦時に際し国家総動員上必要あるときは新聞紙や出版物の掲載を制限したり禁止したりできる、という規定を根拠に出されたもの。国家総動員法は、一九三八年春、「生きている兵隊」発禁のころ激論の末成立した法律だ。当時の修正を無にするかのように、今度の新聞紙等掲載制限令は、それまでの新聞紙法などを超越して、総理大臣に、新聞・雑誌その他の出版物に対する掲載の制限・禁止、発売頒布禁止、差し押さえ、というオールマイティの権限を与えた。総理大臣が掲載を制限・禁止できることは、〈外国ニ対シ秘匿スルコトヲ要スル事項〉などのほか、〈其ノ他国策ノ遂行ニ重大ナル支障ヲ生スル虞《おそれ》アル事項〉とあり、国策の邪魔になりそうなことはほとんど何でも掲載制限が可能になった。

三月には、治安維持法や軍機保護法が強化された。

太平洋戦争が始まると、十二月十九日には、言論・出版・集会・結社等臨時取締法が公布された。新聞・雑誌の発行が届け出制から許可制に変えられ、発行停止の権限が行政官庁に与えられた。のみならず、この臨時取締法には、〈時局ニ関シ造言飛語ヲ為シタル者〉と〈時局ニ関シ人心ヲ惑乱スベキ事項ヲ流布シタル者〉に、それぞれ最高で懲役刑を科す規定がつくられた。

達三がかつて問われた陸軍刑法の造言飛語罪は、軍事に関する造言が対象だが、今度は、時局に関することすべてが対象だ。造言飛語でなくても人心を惑乱するとみなされれば処罰される。人々の、しゃべったり書いたりする自由を、著しく制約するものだった。

作家は直言すべし

日本の戦果が華々しかったのは、最初の半年くらいだった。一九四二年六月のミッドウェー海戦で米軍に決定的な敗北を喫したが、惨敗の事実はひた隠しにされた。

達三は、一九四二年は、東南アジアの見聞録などをいくつか雑誌に発表しているが、一九四三年には作品数はぐんと減っている。

食べ物は不足し、防空演習は頻繁になり、戦争が生活に迫ってきた。陸軍省が「撃ちてし止まむ」の巨大ポスターを銀座に張り出す。

それだけではない。五月には、谷崎潤一郎が『中央公論』新年号で隔月連載を始めたばかりの小説「細雪《ささめゆき》」が、軍部の圧力により掲載中止に追い込まれた。『中央公論』六月号の社告には〈決戦段階たる現下の諸要請よりみて、或いは好ましからざる影響あるやを省み、この点遺憾に堪えず、ここに自粛的立場から今後の掲載を中止いたしました〉とある。

アリューシャン列島のアッツ島を占領していた日本軍が、米軍の反攻で全滅。九月にはイタリアが降伏する。十月には、文科系大学生などの徴兵猶予が停止され、学徒出陣が始まる。

いよいよ追いつめられて、達三の筆は勢いを取り戻したようだ。

執筆の舞台は、メジャーな月刊誌ではなく、『文学報国』という旬刊紙だった。小説、詩、短歌、俳句、翻訳、評論……ほとんどの作家が入っていた「日本文学報国会」の機関紙である。文報は、情報局の主導で、全国大小の文学関係団体をすべてここに包括・解消して一九四二年に結成された社団法人であり(『文学報国　復刻版』「解説」高橋新太郎)、達三はその小説部会の幹事をしていた。

一九四四年八月一日付『文学報国』は、達三の書いた論説「作家は直言すべし」をトップに掲げた。

> 作家はもはや自分の一切を失った。ただ残っているのは作家の人格のみである。
>
> 〔略〕
>
> 吾々は僅かに残された文学活動のささやかな範囲に執着して居るべき時ではない。もはや作家は自己の人格以外の一切を失った。名声もない、発表機関もない、生活の形式もない。
>
> 失うべきもの一切を失って、いま吾々は裸である。私はこの裸形に期待する。今こそ、作家が真に作家たるべき時である。吾々が十年二十年たたき上げて来た筈《はず》の人間修業が、いまここで役に立たないならば、吾々はみずから作家たる事を称してはなるまいと思う。
>
> 吾々は地位もなく勲等もない。一切を失った後に吾々が有するものは却って最大限に自由活動の範囲である。吾々はどこで如何なる働きをする事も自由である。大臣大将にむかって怒罵《どば》を加えることもできれば一工員となって油にまみれることもできる。吾々の地位

はエレベーターのようにあらゆる階級にむかって扉を開いているのである。〔略〕

現下国内の最大難関は民衆の道義心の低下である。その原因は配給の不備であり、言論の不自由であり、又は政治当局の菲才《ひさい》無力であり、或は国内宣伝の拙劣である。ここに私は作家が働くべき大きな分野を見るのである。一切を失った作家は、□の如き隘路にむかって挺身して行ける筈である。当局者にむかって直言し得る立場をもつのである。もはや一切を失って更に失うべき何物をもたぬ吾々は何ものをも恐れることなくこのような行動に出ることができる。いわば□をまもる守備兵が一切を失って最後の突撃を敢行するそれにも似た決意と行動とが有《あ》ってよいと思うのである。

経済生活をどうするか、と問うかも知れない。経済的責任に束縛され妻子に束縛されては真に自由な活動は不可能である。一朝敗北の時あらば、当然失わるべき経済であり家庭であるならば、今日みずからこの束縛を断って他日の喜びに期待すべきではないか。

この拙文を以って矯激《きょうげき》なりという人があるならば、彼は今日の危機を真に知らざる者であると私は答えるのみである。

（石川達三）

この檄文に応答して、九月一日付『文学報国』には壺井栄が「正直の喪失——筆を捨つること勿《なか》れ」を書く。明朗なる銃後小説ばかり求められるが、そうした作品には正直さが欠けてはいないかと問い、そんな状況でも筆を捨ててはならないと説く。〈今日の状態では作家は正直に物を言うこと、即ち文字にすることについては充分の自重を要する。しかし作家が正直な眼で見、まことの心であったならば、その言葉の裏や、文章の行間にあふれるものがある筈である。私たちは、いつの世にも通用する文学を生まねばならない〉

ものを書く者それぞれが覚悟を問われていた。

そんななかで、達三は『文学報国』に奇妙な短篇を書く。

無人爆撃機が狙ったものは……

一九四四年十月二十日付『文学報国』は、さながら「空の決戦」特集である。

論説は、「全文学者に檄す　空の決戦を前にして」と題した尾崎士郎の勇ましい文章。「航空基地と文学」という評論やら、「空に戦え」「敵はけだもの」と題した短歌、「秋雲の上」の俳句などなど、方向はそれぞれながら、空にちなんだ文章が並ぶ。

たとえば、山梨県で暮らす俳人飯田蛇笏《だこつ》は、〈十月三日、わが山国の空高く軍機によりて現れたる飛行雲をはじめて見る〉として、こんな句を寄せている。

天たかし　曳ぐ飛行雲　真一文字

実際にこの年、米軍のＢ29が飛来するようになり、やがて爆撃が本格化していく。そんななかで、達三が書いた創作は異彩を放っている。

タイトルは、「空襲奇談」。原稿用紙六、七枚程度の小篇である。

某国の技術者が最新鋭の爆撃機を開発した、という寓話である。その爆撃機は空気と水を燃料とする無人機で、水蒸気のような美しい飛行機雲を描いて飛び、すばやく目標を爆撃して帰って来る。某国の大統領は大喜びして、大量生産を命じる。三カ月後、大量の無人爆撃機ができる。某国の人々は勝利を確信して、有頂天になり、人心は弛緩していく。ある日、敵艦隊に向けて飛び立った無人機二百九十九機が、帰って来ない。その大群が爆撃したものは、なんと、無人爆撃機の生産工場……。

某国は「反枢軸国の某国」と書いてあるから、反日ではない。軍事機密にも触れていない。人心に活を入れたものと、読めなくもない。しかし、そうした制約のなかで、戦争のばからしさを、笑いに包んで示し、科学技術万能信仰に疑問を呈している。

これは、自分で書いた論説に対する、作家としての彼なりの答えだったのではないか。

二十一世紀の今は、無人爆撃機による殺戮は現実のものとなっている。まるでそれを予言したかのような作品でもある。

一九四四年八月の論説そして、十月の創作……。なぜ、この時期だったのか。

文学研究者で達三とも親交のあった久保田正文は、この時期に達三が言論暢達《ちょうたつ》を求める文章を毎日新聞七月十四日付や『文藝春秋』九月号にも発表したことと併せて、〈あからさまにそれとはしるしてないけれども、中央公論社・改造社に対する弾圧へのプロテストがモティーフとなったものと見てあやまりなかろう。そのモティーフは、一九四九年の『風にそよぐ葦』制作にまで成長するわけである〉(『文学』一九八一年十二月号)と読み解いている。

一九四四年七月十日、中央公論社と改造社は、情報局第二部長から、自主的に廃業するよう申し渡された。『中央公論社の八十年』によると、廃業を求められた理由は〈営業方針において戦時下国民の思想善導上許し難い事実がある〉というもの。『中央公論』はその年の七月号で終刊となった。中央公論社の名義、権利譲渡は認めないという厳しいもので、例外として隔月刊の科学雑誌が朝日新聞社に移された。

中央公論社の最後の会食は、七月三十一日、大東亜会館(現・東京會舘)で開かれた。社員七十九人中、入隊や検挙で欠けた者も多く、出席は四十人。海草のスープにイルカのカツレツというさびしいメニューで、入院中の嶋中雄作社長から「お別れの言葉」が寄せられた――と、『中央公論社の八十年』に記されている。

3　再び家宅捜索を受ける

悲しむべき告白

一九四五年春、達三は妻と三人の子どもたちを長野県の善光寺温泉に疎開させた。当時暮らしていた東京・世田谷の九品仏《くほんぶつ》のあたりは空襲被害は及ばなかったというが、東京ではすでに多数の人が空からの無差別攻撃にあい亡くなっていた。四月一日、沖縄本島に米軍が上陸した。憂国の士であった達三も、日本の勝利を信じることが難しくなったようだ。

今や私は自分が護り通して来た必勝の信念を維持して行くのが非常な重荷になって来た。目にするもの耳に聞くもの悉《ことごと》くが私の信念を蝕《むしば》む。必ず勝とうとする心は、これで勝てるのかという心配に変ってくる。

〔略〕沖縄決戦は楽観を許さざる段階に突入している。いわゆる本土決戦が日前に迫っている、みんなそれを知っているのか、知らないはずはない。知りながらなぜそのように平然としているのか、なぜ胸を叩いて皇室守護を叫び皇国護持を叫ばないのか、君たちの戦意は低下しているのではないか。嗚呼、帝国の運命を如何せん。

（石川達三「草莽《そうもう》の言葉　悲しむべき告白」『週刊毎日』一九四五年五月二十七日号）

五月に『週刊毎日』（『サンデー毎日』が当時改名していた）に四回連載した「草莽の言葉」で達三が訴えたのは、やはり、言論の暢達だった。ただし、いま思うような「言論の自由」の主張ではない。空襲被害者の数を知りたいわけでもなく、沈んだ軍艦の名前を知りたいのでもなく、戦力はどうなるのか、まだ飛行機はつくれるのか、沖縄戦を戦い抜くことができるのか、きちんと伝えてほしい、希望を持ちたいのだ、と訴えている。これはかなり難しい要求だといわざるを得ない。そして達三は、国民の口が封じられているから民心が結束することができず、先の見通しについて流言が広がるのだと説いている。

掲載されなかった「遺書」

この戦争末期の達三の状況は、浜野健三郎『評伝　石川達三の世界』に詳しい。

五月二十四日、二十五日の空襲で、九品仏駅の隣の自由が丘駅周辺まで焼け野原になった。六月には戦災にあった次兄夫妻が同居する。そんなななかで、達三は毎日新聞から連載小説の原稿依頼を受けたという。

〈紙面が戦争記事ばかりで固苦しいので、何か娯楽的で明るいものをという註文であったが、彼はその註文とは逆に、「遺書」と題する作品を構想し、六月二十五日から書き出した〉（浜野前掲書、傍点は原文ママ）

六月二十五日とは、六月二十三日の沖縄戦の敗北がようやく公表された日だった。この日、達三は日本の敗北を覚悟したと思われる。掲載されなかった「遺書」五回分（棒ゲラ三回分と原稿二回分）を、浜野は達三の許可を得て、著書に載せている。

一回目の書き出しから、すさまじい。

（第一回）生きてあれよ

六月二十五日。

恐らく私は今後あまり永くは生きておられまいと思う。その時の来ることを予想してお前たちの為に遺書を書く。兵士として又は義勇隊員として、戦い得る男はすべて戦線に立つべき時が来たのだ。〔略〕

今夕、大本営発表の放送は沖縄の守備が絶望となったことを報じた。日本は最後の一線に立っている。この戦局を転回すべき力は国内人心の結束以外にはない。しかも国内一般の状勢は私を安心させてはくれない。これでいいのか。これで戦いに勝てるのか。これで皇国守護の大任が全《まっと》うされるのか。日夜私は輾転《てんてん》として苦悩した。

いまは私もまた死すべき時である。

戦線はやがてこの本土の上にまで押し迫ってくるかもしれない。お前たちは死んではならない。たといどのような立場に陥ろうともお前たち幼い者は母と共にこの国土の上で生きていなくてはならない。

人や作品の名前を変えて書いているが、明らかに自分の思いをつづった妻子への遺書だ。浜野は、これを毎日新聞に掲載するなど〈狂気の沙汰〉で、〈検閲をパスするはずはなかった〉と書いている。敗戦をはっきり見据え、家族に生き抜けと伝えており、玉砕思想にも反する。

第二回は、文筆家人生をふりかえる。

僅か十年に過ぎない私の文筆家としての生涯に若《も》し意義ありとすれば、それは社会の不正に対する私の戦いであった。しかし私の戦いは殆んど常に何の役にも立たない私の独り芝居に終った。〈以下、初稿では〉政治とは、そして社会とは、嘘で塗り固めた上に美しい色ペンキの装飾を施したものではないのか。いま、これらのあらゆる嘘偽が暴露しつつある、工事の不正がその欠陥をあらわして、大きな棟木が傾きかかったのだ。戦争は社会の欠陥を暴露する。今日の日本の痛苦は過去五十年に亙《わた》る日本の不正工事の顕れではないのか。敵はアメリカではなくて日本の社会の中にかくれて居るのではないか

第三回は、検閲批判とも読める。

文士の発言を封ずるには原稿の上に一本の赤線を引くだけで用は足りる。作家は極めて弱い立場に立っており、何の実力をも持っては居ない。枯枝は燃えてかすかな灯し火をかかげ、虚しく消されてしまった。しかしながら私は敢《あえ》てお前たちに言おう、一人の作家の

発言を封ずることは、社会がその良心を抛棄《ほうき》することであるのだ。

ずいぶん気負った文章ではある。しかし、書かずにはおれなかったのだろう。

第四回に、ついに、「生きている兵隊」事件が出てくる。文中では「命ある兵隊」というタイトルに変えてある。

私は嘗《かつ》て筆禍をこうむり、法廷に立って罪の裁きを受けた。〔略〕父が何故に法を犯し、何故に罪の裁きをあたえられなければならなかったか。この事件のうちにこそ父の魂があった、微少なりとは言え一人の作家として、文を以て身を立て国に報いんとする父の魂がこもっていた。

戦争とは何か、戦争とはどのようなものか。私はそれが知りたかった。そしてその現実の姿を国民に知らせなければならぬと思った。戦争は武器が発達すればするほど惨憺たるものになる。五体四散し肺肝《はいかん》泥にまみれ、傷つき、腐敗し、魚鳥の餌食《えじき》となる。それが戦場における人間の姿である筈だ。このような現実を知り、しかも戦わなければならぬ意義を信じてこそ銃後の国民は戦力をふるい立たせることができるのだ。ところが日本全国の新聞雑誌、全国の放送は飾られた言葉をもって、飾り立てた文章をもって戦場を花園のように美しく報道していたのである。〔略〕これでいいのか。沖縄の陸軍が敵の大軍に包囲せられ非常な苦戦に陥っていた六月中旬、新聞やラジオはこう言った。
（寡兵よく敵の心胆を寒からしめて居る）
この飾られた言葉！　私の憤りは九年つづいている。

第五回に、この小説（「生きている兵隊」）を載せた雑誌は発禁処分を受け、自分は罪人扱いされたが、先輩作家や未知の人からも激励を受け、本当の戦争の姿が初めて内地に報道されたと、わざわざ伝えに来てくれた帰還兵もいた、とつづる。

法は絶対である。刑法上の被告が世間の賞讃を与えられてはならない。私は表面は被告として謹慎して居りながら、ひそかに世の心ある人々の支持を受けていた。この矛盾のなかに問題があるのだ。この矛盾が訂正されないかぎり、真に国を愛し国を憂うるものがかえって処罰を受けるようなことになるのだ。

ほとんど勝利宣言のようだ。むなしい勝利宣言だったけれども。
日本の誤りは、言論を抑圧し、真相を人々に伝えず、飾りごとで押し通そうとしたことにあり、そのため人々の信頼は崩れ、人心は腐敗し、流言がはびこり、内部から崩壊したのだ――と達三は見ていたことがわかる。その根底に、「生きている兵隊」事件があった。

「成瀬南平の行状」

浜野によれば、この「遺書」が没になって、達三が改めて執筆した連載小説が、「成瀬南平の行状」だった。

しかし、毎日新聞一九四五年七月十四日付から始まった連載は、二十八日付まで十五回掲載されて途絶えた。翌日から〈小説「成瀬南平の行状」本日休□〉という一行のお知らせが載るのみ。結局、敗戦をはさんで、八月十七日付紙面で打ち切りが告知された。

「成瀬南平の行状」は、ある県の報道宣伝をめぐる話である。新しい県知事が、戦時下の施政の成否は、上意がきちんと下達されるかどうかにかかっていると考えて、かつての悪童仲間の成瀬南平を特別報道班に任命したところ、成瀬のものを恐れぬ改革で、知事のタテマエがどんどん崩されていってしまう、そんな話だ。物語は、ぎゅう詰めの疎開者と罹災者で悪臭ただよう二等車で新知事が赴任してくるところから始まる。特別報道班の辞令を得た成瀬は、人々の配給を減らしているのに県庁の高等官が特別の食堂で優遇されているのはいかがなものかと、弁当持参を呼びかける演説を高等官食堂でぶち、知事に弁当箱を持たせて写真を撮り強引に新聞に載せてしまう。知事は面くらうが、今度の知事さんは話がわかると女性たちに好評なので気を良くする。すると成瀬は知事に、今夜の放送番組で読んでもらうといって原稿を渡す。

ここで連載は途絶えた。

官僚批判や、きれいごとの政策への皮肉、庶民には困難を強制しても自分たちは特別待遇でしのぐ人たちへの軽侮がにじんでいるが、「遺書」のようなあからさまなものではない。反戦でも反軍でもなければ、軍機にも触れていない。何がいけなかったのか。

『毎日新聞七十年』によると、一九四五年七月二十七日の整理部日記に、〈石川達三氏の連載小説「成瀬南平の行状」当局より中止申入れあり、本日組込み分は一部削除となる〉との記載があるという。

この「成瀬南平の行状」は、七月十四日から向井潤吉氏の挿画で連載中のものであった。

軍人とともに官僚が専横を極め、言論抑圧下に口には出せない国民の不平不満がみなぎっていた折柄、この小説の主人公である地方長官は、民主的な人間性にあふれた言動をもって、たちまち読者の熱狂的な人気の的となった。それだけに、その小説は、当時の官僚および官界に対する痛烈な批判となり、情報局では、官僚に対する侮辱であるとして、二、三回目から早くも注意があり、五、六回目から厳重な警告をした。第二部検閲課長から、筆者の執筆意図の変更を要求したが、石川氏はもちろん本社もそのまま継続していた。

ところが、小説の事前検閲を強要され、挿画の事前検閲までも強要されて、七月二十八日の挿画は掲載禁止となった。その間、情報局では、筆者および本社を反戦主義者として、石川氏および東京本社編集局次長塚田一甫氏の出頭を要求、また、石川氏宅を二日間にわたり捜索したりした。

そして、内務省では局長会議を開いた結果、警保局長ならびに情報局第二部長の名によって、二十八日限り掲載禁止を通達してきた。読者には非常な好評を博しながら、本社は、その措置に対してなんら理由を明示する自由もなく、「成瀬南平の行状」を十五回で中止しなければならなかった。

（『毎日新聞七十年』）

批判を、一切、許さなかったのだ。

「成瀬南平の行状」は、あと九回分の原稿ができていた。知事の放送原稿を警察部長が書いてくるが、成瀬は中味がないと批判する。「こういう飾られた言葉は、もうやめたがいいです」という成瀬のセリフがある。「君は官吏を侮辱しているようですね」と怒る警察部長に、成瀬はこう返す。「いや、僕は、官吏が国民を侮辱して居ないだろうかと思うんですよ」……。

「生きている兵隊」事件のときは、忌諱に触れると思わずに踏み込んでしまった。しかし、これら戦争末期の作品は、死を意識し、覚悟して書いている、そうとしか思えない。

達三は再び警視庁に連れて行かれた。敗戦間近の八月十二日ころのことだったらしい。〈特高警察には私も何度か御縁があった〉と、達三はのちに書いている。

二度目にやられたのは終戦直前の八月十二日頃で、まる二日間、警視庁と隣の情報局と両方を、行ったり来たりして取調べを受けた。もはや警視庁の中庭では米軍占領に備えて書類を燃やしていた。

その時の刑事もやはり朝はやく、二人連れで私の家へやって来た。そして連行の前に書斎を見せてくれと言ってあがり込んだ。結局手紙類や書籍などリュックサック一杯と大風呂敷一枚とに詰めて、背負って行ったのだが、その刑事が、まっ先に私の本棚から取り出した本は、スタンダールの「赤と黒」であった。

〔略〕恐ろしい、そして滑稽な時代であった。

（石川達三『心に残る人々』）

『人間の壁』出版記念会にて(1959年7月7日，東京，大丸食堂，石川旺氏所蔵)

第四章
敗戦と自由

1 『生きている兵隊』が世に出る

生まれて初めての自由

敗戦後の石川達三の日記は、一九四五年の十月から始まる(石川旺さん所蔵)。言論表現をめぐる状況は、大きく変わろうとしていた。

九月二十七日に行われた天皇・マッカーサー会談に関連した新聞記事などを、日本の情報局が発禁処分にした。これを知った連合国総司令部(GHQ/SCAP)は、発禁処分の取り消しを命令。「新聞及び言論の自由に関する追加措置」という覚書を九月二十七日付に遡って出して、新聞紙法、国家総動員法などの制限法令の廃止を日本政府に命じた。

これによって、新聞紙法は、その効力を停止されることになる。

達三と同世代の作家高見順は、日記に興奮をつづっている。

九月三十日

昨日の新聞が発禁になったが、マッカーサー司令部がその発禁に対して解除命令を出した。そうして新聞並びに言論の自由に対する新措置の指令を下した。

これでもう何でも自由に書けるのである！　これでもう何でも自由に出版できるのである！

生れて初めての自由！

自国の政府により当然国民に与えられるべきであった自由が与えられずに、自国を占領した他国の軍隊によって初めて自由が与えられるとは、――かえりみて羞恥《しゅうち》の感なきを得ない。

（高見順『敗戦日記』）

秘匿していた初校刷

達三の戦後日記も、そのころから始まる。

十月二日

出版業者がしきりに動きはじめた。雑誌類もかなり出るらしい。出版や原稿の希望が急に殖《ふ》えて来た。しかし紙については先の目あてはない。〔略〕依頼をうけた小説が一つ二つ有るので書こうと思うが、なかなか書けない。大東亜戦争以来、あまりにも文学からかけはなれた所を、承知の上で歩いて来た。政事的な、乃至《ないし》は宣伝的な面に深入りしすぎて、何を考えても問題は国家をとらえ、社会を考えることになる。頭がそういう方へ傾いてしまって、文学的な頭の活動が急には動き出さない。

十月二十八日

（生きている兵隊）を河出書房より刊行することにして、今日校正を見る。

発禁にされ、筆者として罪に問われ有罪判決まで受けた戦争小説が、伏字なしで、本になる時が来たのだ。

当時小学生だった長女の竹内希衣子さんは父から、「それみたことか、と胸のつかえがおりた。すごくうれしかった」と聞いたことがあるという。

〈戦時中発禁の名著――発売中〉、と銘打った出版広告が、十一月二十九日付読売新聞朝刊に載っていたから、十一月下旬には書店に並んだのかもしれない。奥付によれば、十二月二十日発行、五万部。私の手許にある『生きている兵隊』河出書房版は、紙質が悪く、ぺらぺらと軽い。その軽さと裏腹の達三の感慨が、文字ばかり約百八十ページの本の最初に記されている。

誌

此の作品が原文のままで刊行される日があろうとは私は考えて居なかった。筆禍を蒙って以来、原稿は証拠書類として裁判所に押収せられ、今春の戦災で恐らくは裁判所と共に焼失してしまったであろう。到るところに削除の赤インキの入った紙屑のような初校刷を中央公論社から貰い受け、爾来《じらい》七年半、深く筐底《きょうてい》に秘していた。誰にも見せることのできない作品であったが、作者としては忘れ難い生涯の記念であった。〔略〕この作品によって刑罰を受けるなどとは予想もし得なかった。若気の至りであったかも知れない。ただ私としては、あるがままの戦争の姿を知らせることによって、勝利に傲《おご》った銃後の人々に大きな反省を求めようというつもりであったが、このような私の意図は葬られた。そして言論の自由を失った銃後は官民ともに乱れに紊《みだ》れて遂に国家の悲運を眼のあたりに見ることになった。今さらながら口惜しい気もするのである。

当時の社会状勢としてはこのような作品の発表が許されなかったのも当然であったろう。

しかし私は自分の意図を信じ、自分の仕事を確信していた。〔略〕

いま、国家の大転換に際会し、はからずもここに本書を刊行する機会が与えられて、感慨ふかいものがある。有罪の理由として判決書に記載されている（皇軍兵士の非戦闘員殺戮、掠奪、軍紀弛緩の状況を記述したる安寧秩序を紊乱する事項）という点は私の作品を俟《ま》たずして世界にむかって明白にされつつあり、（現に支那事変が継続中なる公知の事実を綜合して……）という理由は消滅した。今さら安寧秩序を紊すことも有るまいし、皇軍の作戦に不利益を生ずる畏れもない。

事新しくこの作品を刊行する理由があるかどうか、一応私は考えて見た。永い歳月を経て読み返して見れば心に満たぬものも少くない。しかし、私は敢て河出書房の求めに応じて刊行しようと思った。終戦に、何かしら釈然としない、拭い切れなかった私の気持は、この原稿を読み返してみて何となくはっきりした。九年に亘る戦いを最後に鳥瞰して、一種の理解を得たような気がするのである。〔略〕

昭和二十年中秋　　石川達三

第一章で触れたように、「生きている兵隊」の原稿がぎりぎりで届いたために、『中央公論』

編集者はそのまま印刷に回した。初校刷は、伏字や削りのない原稿のままだった、ということになる。これを達三は七年余り、こっそり保管していたという。

もし自宅に保管していたのならば、達三の自宅が、すぐ近くまで空襲に焼かれながら、戦災をまぬがれたことも、幸いしたのだ。つくづく運の強い人だ。

こうして、意味が通らないほど伏字にされ、それでも発禁にされ、さらに筆者や編集者が裁判にまでかけられた「生きている兵隊」が、戦争が終わってから、初めて一般の人たちの目に触れることになった。

『中央公論』一九三八年三月号と、戦後の河出書房版は、どこが違うのか。

『中央公論』の「生きている兵隊」は、検閲ルールに沿って、大隊も小隊も連隊もみな「部隊」と表記されていた。これが、河出書房版では、ほとんど書き直されて、「連隊長」などの表記に戻されている。

また、『中央公論』は本当にあわてて作ったようで、誤植が残っていた。たとえば、老婆から牛を奪う場面で、「牛」が「手」になっていたり、〈日本兵の指図に従って（略）死体を始末していた〉となるはずの文の「兵」が抜けて〈日本の指図に従って（略）死体を始末していた〉となっていたり。これらの誤植は、河出書房版ではおおむね直されている。

そして、伏字は埋められている。小説の最後、〈……………〉が二行置かれていたところは、二章分が復元されている。

〝復元〟なのか〝加筆〟なのか。戦後に出版するときに伏字部分を書いたのではないか、という人もいるが、この本の制作期間の短さや、文章のリズム、この時期の達三が日中戦争当時のようにばりばり書く気になっていなかったことなどから、私自身は、達三が述べたように、初校刷をもとに、手直しして、本にしたのだろうと考えている。

敗戦の感慨「望みなきに非ず」

新聞紙法の効力が消えて、自分が精魂込めて書いた作品はよみがえった。作品は、時代や、一国の政策を超えることができるのだ、という実体験は、達三に大きな力を与えた。裁判不信とともに、その確信は終生を貫くものとなった。

けれども、頭上の雲が消えたら、すぐに存分に筆をふるう、というわけにはいかなかった。敗戦のときに四十歳だった達三にしても、価値観が揺らぐなかで、踏み惑い、さまよい、自分を問い返している。

まず、日本の敗戦をどうとらえたのか。

晩年のアンケートでは、一九四五年八月十五日は〈自宅に居た。敗けて良かったと思った〉と答えている（「アンケート特集　私と太平洋戦争」『文藝春秋』一九八一年十二月号）。そして、この戦争はあなたにとって何だったとお考えになりますか、という問いにはこう回答した。〈国というもの、政府というものが、まことに詰らないものだと思った。その所感は現在まで続いている〉

敗戦をまたいで、達三は、毎日新聞の連載「成瀬南平の行状」に取り組んでいた。第三章で触れたように、県の特別報道班、成瀬南平の痛快なふるまいを書いたこの連載は、七月二十九日付から休載となり、八月十七日付紙面で、打ち切りが告知された。

達三と親交のあった浜野健三郎の著書『評伝　石川達三の世界』によると、この連載には未掲載の原稿があり、敗戦を踏まえて達三は、このうち三回分を書き直して「望みなきに非ず」という章題をつけて、毎日新聞社に掲載を打診した。が、結局、打ち切りが決まった、という。

それが事実なら、この「望みなきに非ず」三回分を達三は、打ち切り決定より前の八月十五、十六日のうちに書いたことになる。「望みなきに非ず」は、達三が後に読売新聞に連載した小説の題名に転用されたが、この「望みなきに非ず」という言葉の雰囲気がそのまま、敗戦直後の達三の心情だったのではないだろうか。
「成瀬南平の行状」の「望みなきに非ず」編は、こんな書き出しだった。

> 日本にとって、最悪の状態が生じた。
> 予想しない事ではなかったが、かくも早く現実になるとは思っていなかった。原子爆弾を発明した科学者は人道の敵であり悪魔であるが、その暴虐性のすさまじさは、却《かえ》って人類の救いになるかも知れない。今後世界に戦争は起り得なくなるだろう。日本は世界最後の戦いをたしかに戦い抜いたのであった。そして日本人の有する最高の精神力と最高の道義とは遺憾なく発揮された。世界の歴史は日本の壮烈な戦いを永遠に記録にとどめるであろう。
> （「成瀬南平の行状」『不信と不安の季節に』）

これは達三の高揚感だったのではないか。なお、原爆については、高見順『敗戦日記』によると、原子爆弾で広島が大変だと八月七日に高見は義兄から聞き、翌日、達三もメンバーだった文学報国会の面々とその情報を共有している。

この「望みなきに非ず」編で成瀬南平は、〈罪は自分にもあった〉と考える。〈成瀬南平は臣節を尽したか。為すべき一切の義務を実行したか。残念ながら尽してはいなかった。〔略〕強権にふれない程度に文句を言っていたばかりだ〉

そして、過去より未来を考えなければと思い直し、日本は、仇討ちをするのではなく、世界の武力闘争から手を引き、農業国に戻って出直すべきと、成瀬南平は論じる。

武力をすてた所から吾々の戦いをはじめるんだ、神聖なる国土を作り神聖なる文化を作るんだ。世界の人類が、日本を失ってはならぬ、日本を犯してはならぬと考えるだけの、そういう尊い国家を建設するんだ。そこに武力なく重工業なくして世界の最高峰に立つ日本の位置が有り得る。

望みがないわけではない、裸一貫からの、悲運を生かす、そういう再生の道があるじゃないかと成瀬は同僚に話して、そして昼寝に入る。

「望みなきに非ず」編の原稿は、ここまでだ。

先へ先へと行く達三らしい。神国日本や八紘一宇《はっこういちう》を説くなど、当時の精神文化にまだひたっているが、そこから、非武装国家としての再建を構想している。

日記から

とはいえ、国家論はともかく、現実の自分がどう生きていくのか、何を書いていくのか、達三はしばらくさまよった。

九月には疎開先から家族が帰ってきた。確かなものは家族だけだったのかもしれない。

十月から始まる日記には、しばしば、家族へのいとおしさがつづられている。すっかり娘らしくなった長女、才気煥発な次女の成長を喜び、正月に病気で入院した幼い長男の回復に〈幼い生命のさかんな力におどろく〉と書く。

〈空襲のさかんであったころ旺を抱いて、この子たちを死なせたくないと願った、その思い出は今も新しい。よく無事で来られたと思う〉(十一月三日)

長女への思いを下敷きに書いた小説『夜の鶴』には、防空壕の冷たい穴のなかでじっと待つ間、子どもたちに自作のお伽噺《とぎばなし》を聞かせる場面が出てくる。長女の竹内希衣子さんによると、実際にあったことだ。達三は良き父親でもあった。

急速に盛り上がる労働運動や、手の平を返したような責任追及の動きには、嫌悪感を隠さない。文化人の自由懇話会の初会合に出たものの、自分はいずれ袂《たもと》を分かつだろうと書いている。

十月一日

彼等は当局の旧悪を罵倒すること痛切なるものがあったが、その罵倒は却ってナチス的でありファッショ的でさえもあった。八月十五日以前に彼等はやはり国民の一人であり、今日の彼等とのあいだにどのような一致があり矛盾があるのか。私もまた必勝の信念を考え皇国の護持を考えた。その時の私と今日の私との間には矛盾があり不一致がある。文化人の文化活動はやはりそのような反省から出発し、謙虚に、悲しみをもって将来を語るものでなくてはならない。

占領軍の方針で、日本兵の戦線での、あるいは捕虜に対する残虐行為がつまびらかにされる。達三は南京で日本兵のふるまいを聞き知っていたので、驚くことはなかったが、日本人は残虐な民族だったのだろうか、憐《あわ》れみの心や、茶道などに表れる豊かな心情と、どのように一致し矛盾するのだろうかと、思案する。

ともあれ今次大戦に於ける残虐行為は、日本の信義を世界に失う結果となった。日本に対する世界の不信と悪感情とは、その原因の一部をここに有している。東洋の君子国と言われたそれは、いつの時代の国民であったろうか。（十月四日）

年の暮れが近づくと、庶民の生活は困窮を極め、治安はさらに悪くなる。〈この付近にも瀕々と物とり強盗の害が出没しはじめた〉〈餓死は犬死である。私と家族とは絶対に死なない〉と誓う（十二月四日）。文学に戻りたいと思いながら、政治的な発言力を増したいとの思いにもかられ、翌一九四六年四月に実施される総選挙に立候補することを決める。

そして、四月に落選して、ようやく静かな時間を手にしたようだ。

四月二十日

選挙を終り、いま書斎の日々をたのしむ。〔略〕今日ふと手にした雑誌にジイドの「仮空のインターヴイユ」という一文があった。その中で彼はこう言っている。

（ゲーテは義務の人だった、或は自己に対する義務の人だった）
私はもう今後政治に関係することをやめよう。国家に対する義務、社会に対する義務もよい。更に重大なものは自己に対する義務である。これは私の自負、いわれなき自負であるかもしれない。〔略〕
自分の仕事に帰ろう。そこでは正しい考えが正しく伸びることができる。自分に対する義務を重んじ、読者を信用しよう。

五月十七日
新聞雑誌など一切の仕事をことわり、読書と沈思の日々を過している。心の空虚が次第にふかまるように思われて吾ながら心もとない。この空虚をつき抜けて向うの岸まで、頭をぶつける向うの破目板までぶつかって見たいと思う。

五月二十九日
芸術上の努力は、高きに登ろうとすることではなくて、深みに沈もうとすることである。
自分の作品が高いすぐれたものだと思うようになったとき、一切の生命け終る。自分の作品を嫌悪し嫌悪し嫌悪して、墜ちて行く奈落の痛苦のなかから、忽然として天上の花がひらくのだ。

〔略〕いま、政治関係から極力遠ざかりたい気持がしきりである。新聞の政治欄もあまり読みたくない。町内会の各種役員も辞退したいと思っている。

六月二日

漱石を読みたくなり、猫、坊ちゃん、草枕を読んでみる。

六月九日

漱石を読みつづける。幻影の楯〔漱石の作品名〕に於て、この作家の意外に豊かな幻想性を見る。夢十夜に於ても然《しか》り。

六月二十五日

この数日、しきりに小説を書きたい。人間の限りなく美しい優しい心を書きたい。政治と戦争と経済とに叩かれ叩かれて、しかもしなやかに生きかえり、ほほえんで再び新しく生きて行く、高い理想とつつましい行動とをもった人間像を画いてみたい。〔略〕いま私の胸は痛い。私は事件を描いてきた。最初は人間を描く為に事件を選んだが、終《つい》には人間よりも事件に追われてきた。そうして小説の本道をふみ外し、ふみ外すのを当然と心得ていた。

いま私が創作の意欲を失ったのは、事件を描くことに行き詰ったのではなかろうか。〔略〕事件に芸術性はない。芸術は人間に即し、人間の内のみにあるのだ。その単純なことを忘れていたようである。

数年ぶりで妻と銀座に出かけて、一杯十五円のコーヒーを楽しむ。月夜の道を一緒に帰る。そんな穏やかな日々の日記に、強い怒りが差し込まれていた。

四月二十八日

法律によって芸術を歪めてはならぬ。たとい占領軍と雖《いえど》もその力を芸術の上に用いてはならない。占領は限られた短い年月のことであり、その限られた仕事の為に芸術の永遠の生命に傷をつけることは冒瀆に違いない。

まさに「生きている兵隊」は法律によって処罰され七年その公刊を許されなかった。然るにいま
その法律はすべて無力と化し、作品は新しく刊行された。この程度の作品すらも法律より
も更に永い生命をもって居たのである。〔略〕
芸術作品は、それがいずれの国のものであろうと、国際的のもの、全人類のものである。
しからば一国の法律をもって之を裁くべき筋合のものではない。ナチスはトーマス・マン
を追放した。しかし彼は世界によって支持され、アメリカに迎えられているではないか。
芸術家は、その本質に於て世界人であるべく、コスモポリタンであるべきものである。
いま、占領軍は日本の芸術に強力な干渉を与えている。これは米国の過ちであるか乃至は
マッカーサーの不見識である。

この日に何があったのか、わからない。ただ、占領軍が完全なる言論表現の自由をくれたわけではなく、今度は、連合軍や占領政策に不都合なことは書かせないようにしていることを達三が思い知る何かがあったのだろう。

2　封印された原爆エッセイ

言論の自由？

一九四五年九月三十日付朝日新聞朝刊の一面トップは、〈新聞、言論の自由へ／制限法令を全廃〉。連合国最高司令官が日本政府に、言論の自由を制限する一切の法令を撤廃するよう求めたというニュースだった。作家高見順は、このニュースに興奮して〈生れて初めての自由！〉と日記につづった。

連合国最高司令官は二十九日日本政府に対し新聞、映画、郵便、電信電話通信の自由に制限を加える一切の法令を撤廃するよう要求した。その全文は左の通りである。

◇

日本政府はマックアーサー元帥の指令により新聞並に通信の自由に対する一切の制限を即時撤廃するよう命令された。右命令に基き日本政府は新聞、映画、郵便、電信、電話その他書面によると口頭とを問わず一切の意思表示の方式の自由に対し制限を課する総ての法令を撤廃しなければならぬ。関係法令の多数は遠く一九〇九年（明治四十二年）にさかのぼるが法令の撤廃が実現するまでは日本政府において関係法令の施行を停止しなければならない。今回の指令は九月二十七日附で二十九日午前日本政府に伝達された。今回の措置により日本国内において新聞並にラジオの自由を促進し日本国民が戦争以前から押しつけられていた宣伝から解放され、正確かつ色のついていないニュースを提供するための五段階の措置が完了したわけである。〔略〕

（朝日新聞一九四五年九月三十日付朝刊）

ここに出てくる〈遠く一九〇九年にさかのぼる法令〉とは、新聞紙法のことである。紙面には、GHQ／SCAPが日本政府に通達した「追加措置」の全文も掲載され、撤廃の対象となる新聞紙法など十二の法令の名前が並び、〈日本政府のいかなる機関も今後報道の禁止令を出すことができない〉ことなどが示されている。そして、検閲については、〈一切の書面或は言葉に対する検閲に際しては最高司令官が特に承認した制限によってのみ取締られる〉と書かれ、よく読めば検閲全廃ではないことが察せられるのだが、全廃でなくとも、ほとんどなくなるだけでも、大ニュースだったろう。

現実には、検閲はほとんどなくなるわけではなかった。

実施主体とやり方が変わっただけで、新聞や出版物の検閲のみならず、郵便検閲や電話盗聴も実行された。右手で言論表現の自由を掲げながら、左手で連合国や占領政策に不都合な話は伏せていく二重基準である。

高見順は三日で夢から醒める。

十月三日

東洋経済新報が没収になった。

これでいくらか先日の「恥かしさ」が帳消しの感あり。アメリカが我々に与えてくれた「言論の自由」は、アメリカに対しては通用しないということもわかった。

（前掲『敗戦日記』）

伏字は許さない

戦争末期に中央公論社とともに解散させられた改造社の編集者だった木佐木勝は、このころ『改造』復活の動きを知って、改造社社長だった山本実彦を訪ねる。そして復刊に向けて準備を始めるのだが、印刷所があった場所へ行ってみれば焼け野原になっていたり、作家の家を訪ねれば疎開先にいたりして、苦労する。戦前に出したヒット作の復刊を構想するが、壁になるのが、GHQの検閲だった。

十一月十六日

今夜からいよいよ横光利一の長編小説「旅愁」を読み出すことにした。〔略〕かんたんに出版できるかどうかも疑問である。今ではマッカーサー司令部の検閲の眼が光っているからだ。「旅愁」が司令部の検閲の眼を通過できるかどうか私には自信がない。

言論の自由とか、出版の自由とかいい出したのは占領軍だが、いちいち司令部の検閲を受けなければ出せないのだからやっかいなことになったものである。これでは昔の日本の内務省の役目を司令部がやるようなものだ。現在の日本は亡国状態なので、私たちはいつも司令部の意向と眼を恐れなければならない。

（『木佐木日記』）

「旅愁」に、アメリカ人の思い上がった姿の描写などがあるのに気づいて、木佐木は頭を痛める。果たして出版できるのか。一部削除を命じられたら作者は書き直しに応じてくれるだろうか……。

翌年一月に木佐木はGHQの検閲担当者のアメリカ人から、「旅愁」の削除箇所を、日本語で申し渡される。

それによれば伏せ字は絶対に許されず、削除のあとをとどめないように訂正するように念を押された
（同右、一九四六年一月五日）

××や○○や空白を残すことを、GHQは許さなかった。新聞や出版物の検閲をしているということ自体が一般の人には伏せられていた。言論表現の自由を掲げているのだから、検閲の痕跡を紙面に残してはならないのだ。力の痕跡を残した戦前の検閲よりずっと巧妙な、〝見えない検閲〟だった。

だから私(たち)は作為が加えられていることに気づかず、さらさら読み飛ばしてしまう。

けれども、たとえば『木佐木日記』の注によると、横光利一は「旅愁」の削除指定箇所を、原文の精神と正反対の言葉で埋めた。反ヨーロッパ的な表現が問題とされたのだが、戦前の改造社版では「長い間、日本がさまざまなことを学んだヨーロッパである。そして同時に日本が、そのため絶えず屈辱を忍ばせられたヨーロッパである」という文章だったところが、戦後の改

訂版では「長い間、日本がさまざまなことを学んだヨーロッパである。そして同時に日本がその感謝に絶えず自分を捧げて来たヨーロッパであった」となった。

ゲラを読んで、木佐木はみじめな気持ちになる。

しかしもし自分が筆者だったら、この一文にどんな書き換えようがあるだろうか。ここは、書きぶりの問題ではなく、反ヨーロッパ的な表明を許さないという思想の押し売りである。

高見順からの依頼

石川達三がこうした状況を知らなかったとは思えない。ただ、彼は一九四五年十二月に総選挙に立つことを決めてから四月に落選するまで、相当に忙しかったはずだ。この間は日記もほとんど空白だ。そして落選後は、書斎の孤独を楽しんでいた。自分自身が〝見えない検閲〟に直面するのが遅れたのではないか。

前述のように、落選後の達三は執筆依頼を断り、書斎にこもって、漱石や古今東西の文学を読みふけっていた。静かな日々の日記に、四月下旬に突然、ＧＨＱ検閲への激しい怒りが差し込まれていた。

ようやく六月末に、しきりに小説を書きたい思いが湧き上がる。そんなとき、達三は高見順から、『社会』という雑誌の創刊号に書いてはしいとの執筆依頼を受け、新しい作品に取り組んだ。『社会』を出すのは鎌倉文庫といって、川端康成、久米正雄ら鎌倉の作家が始めた貸本屋から発展した出版社で、高見はそこの番頭格だった。

達三は、「戦いの権化」という一風変わった短篇を書いた。

八月四日

高見順からの度々の依頼により、鎌倉文庫の雑誌〈社会〉創刊号のために、〈戦いの権化〉を書いた。十七枚にすぎない短い小説であるが、苦心した。私の新しい文学の道を見出そうとしている現在、この作品の方向は、私にとっても或る一つの指示である。〔略〕

〈戦いの権化〉は不完全なものではあるが、しかし不完全ながら快心の作である。

（石川達三日記、石川旺さん所蔵）

新しい文学への手がかりをつかんだのだ。

「戦いの権化」は、九月ごろ出る『社会』創刊号に載るはずだった。

髑髏《どくろ》の山に烏《からす》が舞う、ロシアの従軍画家が描いた十九世紀の絵にふれながら、戦争はもはやこんなのどかなものではなくなり、人間を幸福にするはずの科学が文明を滅ぼしているのだと、静かに告発する作品だ。

ところが、一行も載らなかった。

『社会』創刊号の発刊は遅れ、奥付の発行日は九月二十日。編集後記にお断りがある。

なお、本号には石川達三氏の小説を掲載する予定でありましたが、都合により見合わせ、坂口安吾氏の力作「我鬼」を掲載しました。御諒承下さい。

公表禁止された「戦いの権化」

いったいどういうことだったのか。

達三にとって〝快心の作〟だった「戦いの権化」は、一九四六年に世に出ることなく封印され、一九五四年に編まれた短篇集『思い出の人』（北辰堂）に、ひっそりと収録された。達三が描いた絵を表紙カバーにあしらった本だが、前書きも後書きも解説もない。

さらに一九七二〜七四年に新潮社が出した『石川達三作品集』に、かな遣いを改めて、収められた。この解題に〈進駐軍検閲により差止め〉とごく短い説明がある。

「戦いの権化」は、GHQ／SCAPの民間検閲局（CCD）の事前検閲により「公表禁止」とされ、占領下では日の目をみることがなかった。

どんな内容だったのか。

戦争が終わって一年の一九四六年という時期にしか生まれなかった作品ではないかと私は思う。この時期の達三は、沈思黙考の日々を過ごし、新しい表現をさがし求めていた。達三らしいまっすぐな怒りが、達三らしからぬやや入り組んだ文章に織り込まれている。

水の底を見ていた筆者がふと目を上げるかのように、最後にかすかな希望を感じさせる。小説なのかエッセイなのか判然としないが、「戦いの権化」と達三が呼ぶ一枚の絵を軸に、話は進む。

〈レニングラードの、アレキサンダー三世美術館に（戦いの権化）という題名の凄惨な絵が所蔵せられている〉という書き出しで始まるのだが、調べてみたところ、これは、現在ロシアのトレチャコフ美術館が所蔵するV・V・ヴェレシチャーギンの作品のことだ。トレチャコフ美術館の英語サイト（www.tretyakovgallery.ru/en/collection/_show/image/_id/183）によると、英訳タイトルはThe Apotheosis of War。戦争賛美、だろうか。邦訳は何通りかあるようだが、ロシア語の題名を直訳すると、「戦争の礼賛」、あるいは「戦争の神格化」になるという。

遠くに廃墟と枯れ木が見える荒野に、髑髏が山と積まれ、鳥が舞っている。従軍画家ヴェレシチャーギンの一八七一年の油彩画だ。
画家は日露戦争で死んだ。

したがって彼は第一次世界大戦を知らなかった。もし彼がその当時なお生きて居ったならば、〈戦いの権化〉は新しい構図をもって描かれていたに違いない。〔略〕腐肉をついばむ鳥の不気味な姿をもって象徴し得られるものは、昔々の〈戦いの権化〉であって、到底今日の戦いの権化ではあり得ない。戦争の姿は一人の美術家の想像を絶してすさまじいものになった。第二次世界大戦の惨禍をくぐりぬけてきた私たちにとっては、ヴエレスチャンギンが描いた〈戦いの権化〉などは、昔のお伽ばなしのように単純でお人好しの絵としか見えない。一発の原子爆弾が七万の住民を一瞬のうちに殺し去った、あの広島の焼土の荒寥《こうりょう》たる報道写真の方が、ロシヤの美術家の名画より七倍も十倍も凄惨な鬼気を描いているのである。

（石川達三「戦いの権化」『考える人』二〇一四年冬号再録）

人間を幸福にするはずの科学が、文明が、文明を滅ぼす。第三次、第四次、第五次世界大戦になればさらに殺戮は音もなく進むだろう、そのような戦いのあとには、もはや髑髏の山もない……。そんなことを達三は書いている。

まるで予言のようだ。

プランゲ文庫での発見

この作品のどこが、検閲にひっかかったのか。

その検閲文書を見つけて光をあてたのは、詩人で女性史研究者の堀場清子さんである。ただしそれは、達三没後のことだった。顚末を、堀場さんは個人誌『いしゅたる』の十三号（一九九二年）と十四号（一九九三年）に書いている。

堀場さんは原爆が投下されたとき十四歳で、広島市郊外の祖父の家に疎開していた。祖父は病院を営んでおり、ピカドンの後、その病院へ負傷者が運び込まれた。血まみれになり、ずるりと皮膚がむけた人であふれたが、なすすべはほとんどなかった。

研究者の夫と渡ったアメリカで、原爆表現が占領下でどう検閲されたのか堀場さんは「ぎろぎろ見てやるつもり」だったという。

民間検閲局（ＣＣＤ）に提出された出版物のゲラや検閲で削除などを命じた書類は、歴史家ゴードン・プランゲの提言でアメリカに送られ保管されていた。プランゲは、メリーランド大学の歴史学教授の職を休職して、GHQで戦史の編纂にあたっていたという。

その一大コレクション「プランゲ文庫」を、堀場さんは片端から調べた。

一九九〇年、堀場さんは、スタンフォード大学の図書館で「プランゲ文庫」の複写マイクロフィルムを見ていた。Sで始まる雑誌のマイクロフィルムを回しているとき「頁いっぱいの罰《ばっ》点《てん》が目に飛び込んできて……」。

それが雑誌『社会』の「戦いの権化」のゲラだった。最初のページいっぱいに×をつけられ、ページ下に、「SUP」つまり公表禁止(suppress)と書いてあった。

一文字の謎

「敗戦直後の焼土の中で書かれた、この作家ならではの、骨太な反戦作品」だと堀場さんは評価する。

「戦いの権化」が、占領が終わってから本に収められていることを知った堀場さんは、検閲文書にあったゲラと読み比べた。

そして、一文字の重要な違いを発見した。

〈ドイツをも含めて、欧米のクリスト教国の敬虔なる民は、口々に神をたたえ平和を祈りながら、しかもかくの如き惨禍を彼等の手によってつくり出した〉

このゲラの文章の〈クリスト教国〉が、本では〈クリスト教団〉に変えられていた。

〈ドイツをも含めて、欧米のクリスト教団の敬虔なる民は口々に神をたたえ平和を祈りながらしかもかくの如き惨禍を彼等の手によってつくり出した〉

教団では意味が通らない。

私も読み比べてみたが、読点などの細かい違いがほとんど。ほかに、アジヤ→アジア、〈ベルリン、ローマの文化〉は絨毯《じゅうたん》爆撃によって破壊され、という文のローマを削除、〈石ぶみに刻んで子孫に伝えるのだ〉の石ぶみを〈金石〉に変更、など。作者の意志を反映した直しと推察される。

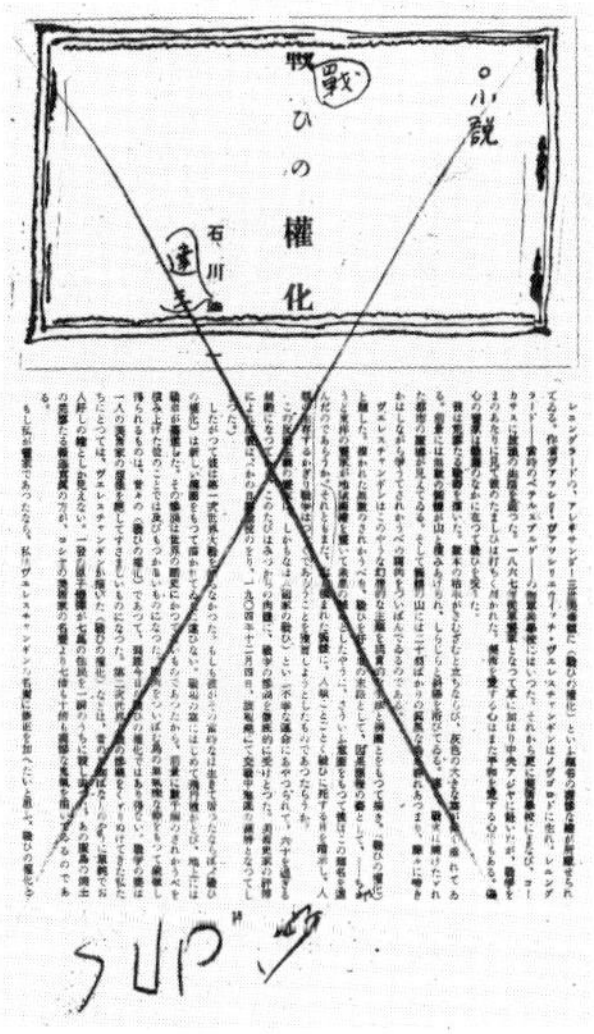

検閲で×がつけられたゲラ．SUP（公表禁止）の書き込みが見られる（メリーランド大学図書館ゴードン・W・プランゲ文庫蔵，資料提供・国立国会図書館）

それでは〈クリスト教国〉は？ 誤植の可能性もあろうが、こんな重要なところを誤植のまま、作品集まで通すだろうか。

そしてもし、これが作者の意志の反映であるならば、達三はなぜ書き換えたのだろう。関係者はすでにこの世になく、真相はわからない。ただ、この一文字の書き換えが、CCDが検閲で何を問題視したかという核心を突いたものだということは言える。

いまでは東京の国立国会図書館で閲覧できるこの検閲文書の写しによると、公表禁止の理由は三つ。

安寧を乱す。連合国への恨みを引きおこす。将来の戦争を予言している。

CCDの第一次検閲者はTAKETOMI・M。日系人だろうか、英語のできる日本人だろうか。タケトミは、まさにこの〈クリスト教国〉のところを英訳し、「彼〔石川達三〕の論評は連合国を名指ししてはいないがとにかく連合国批判である」と報告していた。

原爆投下に触れたから、というより、連合国批判とみなされたのだ。原爆表現は、そう信じられてきたほど一律に禁じられたわけではないことが、研究成果によって現在では明らかにされている。

公表禁止を申し渡す検閲文書は二部つくられ、一部は出版社に渡された。

達三は、編集者か高見からその内容を伝えられたことだろう。もし「国」を「団」に書き換えたとしたら、早い時期ではなかろうか。

怒らなかったのか

けれども、石川達三がＣＣＤの意を汲む形で書き換えるとは、やはり考えにくい。快心の作が検閲で没にされたら、この人は怒るはずだ。しかし日記には「戦いの権化」を書き上げた後の記載はなく、家族にも「戦いの権化」のことは特に語らなかったという。

解せないことが多いのだが、これだけは言える。達三にとって、占領軍検閲で難癖をつけられたのは、この作品だけではない。日常的なことだった。

長男の石川旺さんは、父親が「戦前も戦後も、検閲でやられた。俺はぶれてない」と話すのを聞いたことがあるという。

それは、一九四七年に読売新聞で連載した「望みなきに非ず」についての話だった。

敗戦で失業した元海軍大佐の肩身の狭い暮らしを描いた「望みなきに非ず」は、たびたび検閲で削除を命じられたという。

〈連載の進行中、私は検閲当局の不当な削除命令に対して、編集者と協同して、何度喧嘩し付朝刊）。

たか知れない〉とのちに読売新聞に書いている（石川達三「米軍検閲に抵抗」一九七一年十一月三日

『経験的小説論』では、達三はこんなふうに述べている。自分は軍部の味方ではないが、職業軍人だった者はみな戦争犯罪人で民衆の敵だと排斥するような動きにも同調できなかった。命がけで戦い、職を失い生きる方途を見失ったこの人たちを、再び民衆の仲間として受けいれるべきではないだろうかと、小説を通じて問いかけたかった……。

なるほどこの人はどこまでも「へそまがり」で、時流にあらがう。

その頃はまだ占領軍によって、郵便までが開封検閲されていた。原稿の検閲は厳重なものであった。新聞小説の原稿は一週間分ずつまとめて持って来いと命令された。「望みなきに非ず」は元軍人が登場するので米軍の検閲は手きびしく、始めのうちはずたずたに切られて差し戻された。私はそれを押し返し、何度も交渉して削除部分を復活させたりしたものであった。

（石川達三『経験的小説論』）

削除を命じられた記述とは、『読売新聞百二十年史』によれば、たとえば次のような文だった。

わたしアメリカの進駐軍を見るたびに考えるんですよ。羨《つらや》ましいほどつやつやして若々しく大股にどしどし歩いているでしょう。やっぱり食べ物が良いのよ。

あまりの馬鹿らしさ、細かさに、笑ってしまう。しかし、笑ってばかりはいられない。戦前よりはるかに巧妙なGHQ検閲から学ぶべきは、実施も伏せて、暴力の痕跡も残さない検閲の恐ろしさではないか。人々は検閲体験を共有することができなくなり、ただ、マインドコントロールされていく。

3　風にそよぐひとむらの葦のように

小さな復讐

石川達三が晩年に書いた『経験的小説論』のなかで、〝戦時中の国家権力や軍部に対する私の小さな復讐〉と呼んだ小説がある。一九四九年から一九五一年にかけて、毎日新聞に前編続編に分けて長期連載した「風にそよぐ葦」である。

私としては書くべき義務を感じた作品である。その義務は、あるいは単なる私の腹癒《はらい》せであったかも知れないが、是非とも書こうという激しい情熱だけは感じていた。

（石川達三『経験的小説論』）

葦は、時代の嵐に吹きまくられてあえぐ人々のこと。

雑誌社「新評論社」の社長「葦沢悠平」を主人公に、その息子を戦地で蹴り倒した軍曹、孤高の外交評論家「清原節雄」、悠平の親戚になる医師一家の戦中戦後を、一九四七年五月三日の新憲法施行の日まで描く。

「新評論社」への弾圧、解散命令や、特高によるでっちあげで編集者らが過酷な拷問を受けた横浜事件を織り込んでおり、明らかに中央公論社をモデルにしている。「葦沢悠平」は嶋中雄作を、外交評論家「清原節雄」は清沢洌を連想させる。

小説に実名で登場する細川嘉六——横浜事件で、ありもしない「日本共産党再建準備会グループ」の首領に仕立てられた細川とも、達三は親しかったという。

これも占領期の作品だから、GHQによる言論抑圧については婉曲《えんきょく》な表現にとどまっている。が、作品のあちこちに、達三の戦前戦後の体験と思いがにじんでいる。

たとえば、外交評論家の清原が、アッツ島の戦闘についての夕刊の陸軍報道部長談話を指して「造言飛語というのはあのことだ」と話す場面が出てくる。「駄目なことを承知で誇大宣伝をしているんだ」

造言飛語とは、つくりごと。「生きている兵隊」事件で警察の取り調べを受けたとき、達三がそう決めつけられて閉口した言葉だ。造言飛語はそっちだと、達三は戦争末期に思っていたに違いない。

ようやく戦争が終わると、人々は別の暴風にさらされる。


戦争が終って、仕合せがとり戻されるかと言うと、なかなかそう簡単には社会は動いて行かなかった。この作品の後篇は敗戦とその後の社会の動揺のなかで、主人公が再び陥る苦難の姿を追うて行った。言論の弾圧は今度は占領軍による抑圧に変ったただけであった。

そして敗戦後まもなく、東京の大新聞の労働組合は一斉にストライキを開始し、出版社でも労働争議が続発した。〔略〕私自身、戦時中には厳しい言論弾圧を受け、懲罰を受け、そして戦後まもなく戦犯仮指定を受けるという、愚劣とも何とも言いようのない腹立たしい思いを味わったものであった〔最終的に戦犯指定はまぬがれた〕。戦時中は自由主義者非国民と疑われ、戦後になると戦争協力者と疑われる。それは私自身が変ったのではなくて、私を批判する社会が全く別の角度から私を見ようとしているのであった。

（前掲『経験的小説論』）

弱さの美しさ

「風にそよぐ葦」で、主人公の葦沢悠平は出版社の再興に取り組むが、かつてともに雑誌をつくってきた社員たちからは突き上げられ、あろうことか公職追放されて社を離れ、言論抑圧史の編纂を考える。

吹きすさぶ風の前に、個人は非力だ。けれども最後に、達三はその一人ひとりの人間の心に希望を託す。

物語の最後、新憲法が施行される五月三日、葦沢悠平は渋谷で偶然、戦争で死んだ長男の妻だった榕子にあう。榕子は、妹の遺品のレコードを生活のために売りに来たのだ。二人はひとときお茶を飲む。悠平は、自分の心を手探りするように語る。

国家や社会というものには、もう望みが持てなくなったけれども、どんな時代が来ても、人間の心の奥底にある、孤独感というか、一人きりでは生きて行けない、誰かを愛し、誰かを信じないではいられない、そういう本質的な弱さ、そういうものの美しさを信じることはできる。いま信じられるものはそれだけしかない……。

「世界はもう一度、個人から出直さなくてはならないのではないか」、そう榕子に語る。

あらがいがたい暴風にあれもこれも吹き飛ばされていくとき、それでも根こそぎにされないために、最後に残るものは何か。

石川達三がこの結論を選ぶとは意外でもあったけれど、大切なものを失った悠平と榕子が、こわばりを解いてそっと手を重ねるようなラストシーンは、達三の一九四六年六月の日記にあった次の記述をも思い起こさせる。

この数日、しきりに小説を書きたい。人間の限りなく美しい優しい心を書きたい。政治と戦争と経済とに叩かれ叩かれて、しかもしなやかに生きかえり、ほほえんで再び新しく生きて行く、高い理想とつつましい行動とをもった人間像を画いてみたい。

達三はこのあと、売れっ子作家として多忙な日々を送りつつ、社会的な発言を続け、時に物議をかもした。物議をかもした最大のものは、「二つの自由」論だろう。ここでは詳しく触れる余裕がないが、自由には、絶対に譲れない言論の自由と、制約やむをえない猥褻表現などの自由がある、という主張だ。制約が、国家による法規制をやむなしと達三は見ているのか否か、揺れているようにも読めて、私にはまだ言い切れるだけの理解がないが、激しい議論を巻きおこして当然の発言だったと思う。要は、言論表現の自由は自らを律しながら行使していかないといけない、ということかと推察する。だが、どこまでを律すべき範囲と考えるか、その分かれ目をどうやって共有するのかは、いまも簡単には結論の出ない問題だ。児童ポルノ、ヘイトスピーチ、風刺画の議論にもつながる。

破防法の公聴会で発言

日本文芸家協会理事長となった達三は、一九五二年五月二日、破壊活動防止法案をめぐる衆議院法務委員会の公聴会で、反対意見を公述している。

破壊活動防止法は、団体の活動として暴力主義的破壊活動を行った団体に対する規制について定めたもの。将来も暴力主義的破壊活動を繰り返すおそれがあると認められる場合は、公安審査会委員会が、公開の集会や集団行進の禁止、機関誌紙の印刷頒布の禁止といった活動制限をしたり、団体の解散を指定したりすることができる。言論表現の自由や、集会結社の自由などの基本的人権を制約することから、治安維持法の再来になりかねないと強い反対があって、日本文芸家協会、日本ペンクラブ、日本学術会議、さまざまな大学の教職員や学長などが反対を表明し、デモ、断食など、抗議活動が広がった。達三が発言した公聴会でも公述人は全員反対意見を述べた。しかし、〈公共の安全の確保のために必要な最小限度においてのみ適用すべきであって、いやしくもこれを拡張して解釈するようなことがあってはならない〉などの縛りを条文に加える修正をほどこして、可決成立した。

達三はこのとき、公述人として、予防的に人を拘束し活動を制約することの恐ろしさを述べた。条文はあいまいで「非常に広汎な人間を処罰しなければならないような悪質な法案」だと訴えた。

たとえばあの東条内閣のときですらも、民衆の言論を暢達《ちょうたつ》させるという言葉だけはありました。ところが、私どもの言論というものは完全に封じられておった。つまり言論暢達ということ自体の解釈がもはや非常に違っている。ことに破壊活動という言葉がございますが、この破壊という言葉は一体何を意味するのか。これはたとえば今皆さん方のお考えと私の考え自体に、もはや食い違いがあると思います。〔略〕そうしてこういうふうな法律を作成すること自体が、私ども国民に対しては一つの破壊活動ではないか、私はそういう疑いを持ちます。

私どもはやはり自分の自衛の立場から、こういう国家の迫害から自分を守る行動をしなければならぬ。それには私どもが最後の頼みとするのは言論の自由であります。ところがこの法案は、私どもの最後の頼みであるところの言論の自由を抑圧しようとする性質を多分に持っておる。言論の自由について、議会は私どもよりも少しく軽くこの問題を見られておるのではないかというふうに私は考えます。〔略〕もしも言論の自由を失うならば、それは言論を失うだけではなくて、政治も腐って来るし法律も腐って来るし、あらゆるものがここから腐敗して来る、私はそういうふうに信じております。

（一九五二年五月二日　衆議院法務委員会公聴会　議事録）

4　新聞紙法はなぜ即座に廃止されなかったのか

三年余の効力停止

さて、それでは最後に新聞紙法の話に戻ろう。

一九〇九年(明治四十二年)から続いてきた新聞紙法は、一九四五年(昭和二十年)、日本が戦争に敗れたあと、効力を停止され、一九四九年五月二十四日に廃止された。

そのような外形的事実を私は新聞紙法について記事に書くときに調べて知って、あれ？　とひっかかりながら、そのままにしていた。

一方で、治安維持法が一九四五年十月のうちに廃止されたことも私は知っていた。

なぜ、新聞紙法はその年、即座に廃止されなかったのだろうか。

新聞紙法だけが残った

今回、「出版法及び新聞紙法を廃止する法律案」を審議した一九四九年の国会議事録を読んで、初めて事情を知った。

前にも述べたように、一九四五年の九月二十七日付覚書で、GHQ／SCAPは、新聞紙法、国家総動員法などの名前を具体的に挙げて、平時または戦時にプレスの自由を制限する法令の条項を廃止するよう日本政府に命じた。

このとき名指しされた法令は、次の通り。

新聞紙法、国家総動員法、新聞紙等掲載制限令、新聞事業令、言論出版集会結社等臨時取締法、言論出版集会結社等臨時取締法施行規則、戦時刑事特別法、国防保安法、軍機保護法、不穏文書取締法、軍用資源秘密保護法、重要産業団体令及重要産業団体令施行規則。

一九四九年四月に「出版法及び新聞紙法を廃止する法律案」の国会審議が始まったとき、これらの法令のなかで廃止されていなかったのは、新聞紙法だけだった。

殖田俊吉法務総裁が四月二十三日の衆議院法務委員会で、この法案の提案理由を次のように説明している。なお、新聞紙法などは内務省の所管だったが、内務省は一九四七年末に廃止され、一九四八年二月に発足した法務庁が、この問題を担うことになっていた。

まず出版法及び新聞紙法を廃止する法律案の提案理由について御説明申し上げます。御承知の通り終戦直後におきまして、言論及び出版の自由を抑圧していた一切の制限が取除かれたのであります。具体的に申しますれば、昭和二十年九月二十七日の連合国最高司令官の覚書によりまして、新聞紙法を初め十二法令の覚書に牴触《ていしょく》する条項の廃止が日本政府に命令されたものであります。よって政府は、右のうち新聞紙法を除き、他の十一の法令に対してはそれぞれ同年十月中に正式に廃止の手続をとりました。ただ新聞紙法につきましては、その規定の全部が必ずしも検閲、発禁処分、その他言論の自由を抑圧するものばかりでもありませんでしたので、当時内務省と司令部との間におきまして、新聞紙法及び出版法はこれらにかわるべき適当な法律が制定せられるまでその効力を停止しておき、その正式の廃止手続はしばらくこれを見合せることとしていたのであります。ちなみに申しますが、出版法は前述覚書の中には列挙せられていませんが、その内容からして当然新聞紙法と同列にこれを取扱うこととされたのであります。しかしながら新聞紙法及び出版法の改正の問題はその後進展せず、そのうちに二十二年(一九四七年)五月には、出版に関する事務は文部省に引継がれ、また内務省は同年末をもって解体せらるるに至りました。なお一昨年刑法の一部分が改正されました際に、猥褻罪の罰の程度が高められ、名誉毀損罪に関する部分に、従来の新聞紙法及び出版法のうちの規定の一部が取入れられたり、罰の程度が高められたり、いたしましたので、今般政府といたしましては、新聞紙法及び出版法を成規の手続を経て廃止し、もって覚書の趣旨の通りに結末をつけることとした次第であります。

あの覚書で名指しされた法令を調べてみると、確かにほとんどが、一九四五年十月に廃止されている。国家総動員法の廃止は十二月であるなど、かならずしも法務総裁の説明通りではないようだが、それにしても、新聞紙法の扱いが異例だったことは間違いない。

さらに議事録を読み進めていくと、議員が「私どもは、実は法律家ですけれども、新聞紙法、出版法など廃止されておったと思っていた。ところが、この法案を見て、実は驚いたわけなんです」などと言っている(五月十日)。いまごろ証文の出し忘れみたいに廃止するなんて、政府の怠慢ではないか、と追及した。

そういわれましても、という感じで法務庁事務官が説明したところによると(五月十一日)、新聞紙法はすべて悪いわけではなく、記事の正誤に関する訂正の規定や名誉毀損の場合の扱いなど〈依然適用されて然《しか》るべきもの〉もあるため、内務省と司令部の話し合いにより、〈特に司令部の方の了解を得て、代るべき法律を作るまではそのままにして置こうということに〉なっていた。ところが、内務省はつぶれ、司令部の担当者も代わり、〈そのまま放任されて〉今日に至ったという。そして前年つまり、一九四八年の夏に、新聞紙法に差し止め規定があった捜査中の事件の報道は是か非か、という問題が起こり、〈司令部の方でも、新聞紙法は終戦直後の指令によって廃止されておる筈だ、そういう問題が今起るのはおかしいじゃないかと言って調べて見ましたところが、これが形式的にはまだ法律として残っておるということが分った〉次第だという。司令部から、指令を実行していないのは日本政府の怠慢だと指摘されて、法律を所管する法務庁が、ともかくまず廃止の手続きをすることになったという。

なんということだろう。そこで気がつかなかったら、新聞紙法はさらに、廃止されないまま存在し続けたのだろうか。そうしたら、いつか〝再稼働〟がありえたのだろうか。

この法案の議事録には、速記を止めている箇所がいくつかあり、前後の脈絡から、GHQとのやりとりについて報告しているとわかる箇所もある。一九四五年の時点で、そしてこの一九四九年の時点で、言論表現の規制についてどのようなやりとりが行われたのか、肝要なところは記録から抜けている。

議論の余地のないもの

議員たちの討論を読むと、「野放し」「手放し」といった単語が散見される。はかに法律を作って表現規制をするべきだ、という意見や、さらにはGHQのプレスコードを国内法にできないのか、という意見まである(GHQが拒否)。一方で、言論表現の自由を認めた新憲法が施行されているのだから、それに反する法令はすべて廃止すべきだという意見もある。

これに対して政府側は、GHQの方針と日本国憲法の規定により、事前検閲はできないし、言論表現の規制法もつくれない、しかし、少年法の実名報道禁止や、薬事法の誇大広告の禁止のように、公共の福祉に反する場合、各法のなかで規制を設けることはありうる、という見解を示した。

このとき議員たちが具体的に挙げた懸念事項は、名誉毀損と猥褻表現で、これについては、冒頭の提案理由説明にあるように、刑法で対処すると政府側は説明している。

議員たちの懸念はもう一つあった。反政府活動の取り締まりをどうするのか、である。

この年、一九四九年の四月四日に、団体等規正令が、いわゆるポツダム政令として制定された。

占領軍に反抗、反対することを目的とする団体や、暴力主義的企図による政策変更を目的とする団体などの結成を禁止。政党や政治的団体——政府などの政策に影響を与える行為をする団体、日本と外国との関係に関し論議する団体など——については、構成員などの届け出や、機関紙誌を都道府県知事と法務総裁に提出することを義務づけたものだ。

団体等規正令が国会開会中にもかかわらず政令の形で制定、公布されたこと、その内容が日本国憲法に抵触すること、新聞紙法のように刊行物の納付を義務づけていることに対して、この国会でも、議員から疑問が出された。それに対する政府側の答弁がふるっている。団体等規正令は〈日本国憲法に抵触するやいなや論議の余地のないもの〉だという。

団体等規正令について説明したのは、法務庁の特別審査局長、吉河光貞。戦前の思想検事の一人で、ゾルゲ事件を担当し、のちに破壊活動防止法制定でも中心的な役割を担った。

破壊活動防止法は、一九五二年、占領が終わり団体等規正令が失効するに際して、これに代わるものとして制定された。前に述べたように、強い反対が起きて、石川達三が国会で公述人として、治安に関する法を制定する必要は認めるとしても、この法案は条文があいまいで問題が多すぎる、と反対意見を述べていた。

破防法は、強い反対があったために、法案が修正され、条文に縛りが盛り込まれ、その後も極めて限定的に運用されてきた。個人は破防法にもとづき処罰されたことがあるが、この法律に盛り込まれた団体の解散の指定は、これまで出されたことはない。一九九五年の地下鉄サリン事件など無差別大量殺傷事件を起こしたオウム真理教に対して解散を命じるかどうか、公安審査委員会が検討をしたが、最終的に「継続又は反復して将来さらに団体の活動として暴力主義的破壊活動を行う明らかなおそれがある」とまでは言えないとして、見送った。

「日本国憲法改正草案」

なるほど歴史は連綿と続いているのだと、私は思った。自分の足場がどこにつながっているのか、いままでよりは少しだけ、遠くが、見えるようになった気がした。

なぜいま石川達三なの？　と聞かれるたびに困り、出会いとしか言いようがないとか、時が来たからとか、答えてきた。

二〇一二年、野党だった自民党が公表した「日本国憲法改正草案」で、表現の自由について定めた第二十一条に、条件が付け加えられていて、私は「Q＆A」を読んで腑《ふ》に落ちなくて、ひっかかっていた。そのころ、達三長男であり、ジャーナリズムの研究者である石川旺さんと、あれこれ話す機会があった。

自民党の「改正草案」は、次のようになっている。傍線が自民党による加筆部分である。囲みは自民党が削除した文言である。

第二十一条　集会、結社及び言論、出版その他一切の表現の自由は、これを保障する。
2　前項の規定にかかわらず、公益及び公の秩序を害することを目的とした活動を行い、並びにそれを目的として結社をすることは、認められない。
3　検閲は、これをしてはならない。通信の秘密は、これを侵してはならない。

Q&Aによると、オウム真理教に破防法が適用できなかった反省などを踏まえて、第二項を追加したという。破防法の規定よりも、〈公益及び公の秩序を害することを目的とした活動〉は、はるかに広い。

「秩序」を問いなおす

秩序とはなんぞや、というのが、私の関心になった。

秩序は、「魔法の言葉」の一つだ。反対は、しにくい。考えの違う人たちが集まって社会をつくるとき、やはり何らかの秩序は必要だろう。ただ、それは絶対のものなのか。

「安寧秩序紊乱」に問われた石川達三に心ひかれて、ついつい深入りしたのも、そんな躓《つまず》きの石がきっかけだった。

「安寧秩序」がいかに広く、融通無碍に適用されてきたかは、自分で調べてみて、得心できた。まるで何でも入る袋のようである。この歴史的事実は肝に銘じておかねばならないと思う。

秩序とは何か。

いくつかの国語辞典を引いてみたが、「正しい」といった説明がついたものがほとんどで、これには納得できなかった。正しいって？

たとえば、わが愛用の『学研 現代新国語辞典 改訂第四版』には、「①物事の正しい順序・筋道。②社会生活が整然と行われるための条理」とある。そうだなあ、と思いつつ、また別の辞書を引く……。

白川静『常用字解 第二版』にたどりついて、やっと腑に落ちた。

秩とは、〈つむ、順序よくつみあげる、ついず（順序をつける）〉の意味であり、〈順序をつけてつみあげることから、秩序（物事の正しい順序。きまり）のように用いる〉とあった。

なるほど、つみあげる人によっても変わるのだ。なるほどそうであるならば、魔法の言葉にうっとりしたり、ぼんやりしたりするのではなく、自分の頭で考えていかなければならない。

おわりに

原稿を書きながら、高校時代の日本史の授業のことを思い出した。週に四コマのうち一コマだけ、明治以降の歴史を教わった。「教科書裁判で知られる家永三郎先生の教え子である自分が、なぜ、家永先生の書いた教科書ではなく、山川出版社の教科書を使うのか。山川の教科書とはどのような本か」という話から授業は始まり、しかしながら、その教科書を教えるわけではなく、教科書で教えるのでもなく、ありとあらゆる資料を駆使して教科書の行間を読むような先生の話が続いた。近現代史を一コマ別枠にしても、先生の専門である、満州事変以降の〝十五年戦争〟のころには時間切れになりそうで、冬休みに補講が行われた。そのときは、本来は先生の授業をとっていない他のクラスからも生徒が来て、教室の後ろに鈴なりになって「立ち見」で授業を聴いた。あんな授業は、そうそうなかった。

その先生、黒羽清隆先生は、私たちの高校から静岡大学に転出し、十年も経たないうちに、がんのために逝去された。

ただ、教室でぼんやり聴いていた私は、習ったはずの大半をとうに忘れた。歳月に洗い流されて、それでも記憶に残っている断片はいくつかあって、それは歴史の本筋とはかかわりない、受験にも役立たない、ふともらされた先生の本音のような言葉である。

冬休みの補講のときだったか、先生はおよそこんな話をした。

戦後、ある雑誌に、若い女性の投稿が載った。その女性は、終戦の詔勅《しょうちょく》を聞いたとき、自分は、戦争もやめられるものであったのかという「発見」をした、戦争とは永遠に続く冬のようなもので人間の力ではやめられないものかと思っていた、と書いていた。

皆さんは意外に思うかもしれないが、私も戦中派であり、子どものころから戦争が日常だったので、その女性と、まったく同じ気持ちだった。

高校生だった私は虚を衝《つ》かれたような思いがした。敗戦で、悲しい、悔しい、うれしい、という反応しか想像できなかった。はかりしれないものがあるのだ、ということを、そのとき教わったように思う。

ちなみに、黒羽先生の著書を手がかりにその投稿を探してみると、それは、岩波書店の『世界』一九五五年八月号に載った「私の八月十五日」の入選作だった。北山みね「人間の魂は滅びない」。北山さんは、敗戦当時は二十二歳で、勤めていた銀行で敗戦の放送を聞いたという。

戦争と検閲の時代を探るにあたり、はかりしれないことも目に入れられるように願ってきた。どこまで実現できたかは、わからないけれど。

「検閲」「発禁」というとき、いま私に思い浮かぶのは、びりびり破られた『中央公論』であり、百六頁切り取られた雑誌の、触るとへこむ手の感触である。

「フリージア」石川達三・画

多くの人の支えがあって、本書を書き上げることができた。話を聞かせて下さった皆さん、検閲についてご教示いただいた堀場清子さん、山本武利さんに、感謝を申し上げたい。中国語の翻訳は、文化人類学者の丹羽朋子さんにお願いした。資料探しでは、秋田市立中央図書館明徳館をはじめ、図書館や文学館の皆さんに助けられた。

とりわけ、日記や写真など大切なものを見せて下さり、全面的なご協力をいただいた、石川旺さん、竹内希衣子さんに、心からの感謝を申し上げたい。お父上の達三さんは、こんな勝手な読み方をした私に怒っているかもしれない。へそまがり同士ゆえ、ゆるしていただきたい。

「世の中にはいろいろな受け取り方をされましたが、豊かで優しい感性を持った男でもありました」と旺さんは言い、達三さんが色紙に書いたこんな歌を教えてくれた。


湯ぶねより雨よと妻に呼ばわりて　板びさし打つ音に聞き入る

達三さんが描いたさまざまな絵とともに、心に残っている。

最後に、岩波新書編集部の上田麻里さんの、どうしても今の時代に問いたいという熱い思いがなかったら、本書は生まれなかったことを、ここに記したい。

私たちは、やはり、過去を知り、そこから学ぶしかないのだと思う。簡単に転ばないために。

二〇一五年「戦後七十年」を迎える初夏に

河原理子

巻末資料

新聞紙法（明治四十二〔一九〇九〕年五月六日）

第一条　本法ニ於テ新聞紙ト称スルハ一定ノ題号ヲ用ヰ時期ヲ定メ又ハ六箇月以内ノ期間ニ於テ時期ヲ定メスシテ発行スル著作物及定時期以外ニ本著作物ト同一題号ヲ用ヰテ臨時発行スル著作物ヲ謂フ
同一題号ノ新聞紙ヲ他ノ地方ニ於テ発行スルトキハ各別種ノ新聞紙ト看做ス

第二条　左ニ掲クル者ハ新聞紙ノ発行人又ハ編輯人タルコトヲ得ス
一、本法ヲ施行スル帝国領土内ニ居住セサル者
二、陸海軍軍人ニシテ現役若ハ召集中ノ者
三、未成年者、禁治産者及準禁治産者
四、懲役又ハ禁錮ノ刑ノ執行中又ハ執行猶予中ノ者

第三条　印刷所ハ本法ヲ施行スル帝国領土外ニ之ヲ設クルコトヲ得ス

第四条　新聞紙ノ発行人ハ左ノ事項ヲ内務大臣ニ届出ツヘシ
一、題号
二、掲載事項ノ種類
三、時事ニ関スル事項ノ掲載ノ有無
四、発行ノ時期、若時期ヲ定メサルトキハ其ノ旨
五、第一回発行ノ年月日
六、発行所及印刷所
七、持主ノ氏名若法人ナルトキハ其ノ名称及代表者ノ氏名
八、発行人編輯人及印刷人ノ氏名年齢但シ編輯人二人以上アルトキハ其ノ主トシテ編輯事務ヲ担当スル者ノ氏名年齢
前項ノ届出ハ持主又ハ其ノ法定代理人ノ連署シタル書面ヲ以テシ第一回発行ノ日ヨリ十日以前ニ管轄地方官庁ニ

差出スヘシ
第五条　前条第一項第一号乃至第三号ノ事項変更ハ変更ノ日ヨリ十日以前ニ第四号若ハ第六号ノ事項又ハ持主、編輯人、印刷人ノ変更ハ変更前又ハ変更後七日以内ニ前条ノ手続ニ依リ発行人ヨリ之ヲ内務大臣ニ届出ツヘシ但シ持主変更ノ届出ニハ死亡ニ因ル場合ノ外新旧持主又ハ其ノ法定代理人ノ連署ヲ要ス
第六条　死亡シ又ハ第二条ニ該当スルニ至リタル発行人ノ権利及義務ヲ承継シタル発行人ハ其ノ発行人ト為リタル日ヨリ七日以内ニ前条ノ手続ヲ為スヘシ
前項ノ場合ノ外発行人ノ変更ハ変更ノ日ヨリ十日以前ニ前条ノ手続ヲ為スヘシ
第七条　新聞紙ハ届出ヲ為シタル発行時期又ハ発行休止ノ日ヨリ起算シテ百日間、三回発行ノ期間ヲ通シテ百日ヲ超ユル新聞紙ニ在リテハ三回発行ノ期間之ヲ発行セサルトキハ其発行ヲ廃止シタルモノト看做ス
第八条　発行人若ハ編輯人死亡シ又ハ第二条ニ該当スルニ至リ後任ノ発行人若ハ編輯人ヲ定メサル間又ハ発行人若ハ編輯人一箇月以上本法ヲ施行スル帝国領土外ニ旅行スル場合ニ於テハ仮発行人若クハ仮編輯人ヲ設クルニ非レハ新聞紙ノ発行ヲ為スコトヲ得ス
発行人及編輯人ニ関スル本法ノ規定ハ仮発行人及仮編輯人ニ之ヲ準用ス
第九条　編輯人ノ責任ニ関スル本法ノ規定ハ左ニ掲クル者ニ之ヲ準用ス
一、編輯人以外ニ於テ実際編輯ヲ担当シタル者
二、掲載ノ事項ニ署名シタル者
三、正誤書、弁駁書ノ事項ニ付テハ其ノ掲載ヲ請求シタル者
第十条　新聞紙ニハ発行人、編輯人、印刷人ノ氏名及発行所ヲ掲載スヘシ
第十一条　新聞紙ハ発行ト同時ニ内務省ニ二部、管轄地方官庁、地方裁判所検事局及区裁判所検事局ニ各一部ヲ納ムヘシ
第十二条　時事ニ関スル事項ヲ掲載スル新聞紙ハ管轄地方官庁ニ保証トシテ左ノ金額ヲ納ムルニ非レハ之ヲ発行スルコトヲ得ス
一、東京市、大阪市及其ノ市外三里以内ノ地ニ於テハ二千円
二、人口七万以上ノ市又ハ区及其ノ市又ハ区外一里以

内ノ地ニ於テハ千円

三、其他ノ地方ニ於テハ五百円

前項ノ金額ハ一箇月三回以下発行スルモノニ在リテハ其ノ半額トス

保証金ハ命令ヲ以テ定ムル種類ノ有価証券ヲ以テ之ニ充ツルコトヲ得

第十三条　保証金ニ対スル権利及義務ハ発行人変更ノ場合ニ於テ後任発行人之ヲ承継スルモノトス

第十四条　保証金ハ発行ヲ廃止シタルトキニ非サレハ其ノ還附ヲ請求シ又ハ其債権ヲ譲渡スルコトヲ得ス但シ国税徴収法及之ヲ準用スル法令ヲ適用シ又ハ名誉ニ対スル罪ニ因ル損害賠償ノ判決ヲ執行スルハ此ノ限リニ非ス

第十五条　保証金ヲ納ムル新聞紙ニ関シ発行人又ハ編輯人罰金又ハ刑事訴訟費用ノ言渡確定ノ日ヨリ十日以内ニ之ヲ完納セサルトキハ検事ハ保証金ノ全部又ハ一部ヲ之ニ充ツルコトヲ得

第十六条　保証金ハ其闕額ヲ生シタル場合ニ於テ之ヲ塡補スルニ非レハ其ノ新聞紙ヲ発行スルコトヲ得ス但シ闕額ヲ生シタル日ヨリ七日以内ハ此ノ限ニ在ラス

第十七条　新聞紙ニ掲載シタル事項ノ錯誤ニ付其ノ事項ニ関スル本人又ハ直接関係者ヨリ正誤又ハ正誤書、弁駁書ノ掲載ヲ請求シタルトキハ其請求ヲ受ケタル後次回又ハ第三回ノ発行ニ於テ正誤ヲ為シ又ハ正誤書、弁駁書ノ全文ヲ掲載スヘシ

正誤、弁駁ハ原文ト同号ノ活字ヲ用ウヘシ

正誤、弁駁ノ趣旨法令ニ違反スルトキ又ハ請求者ノ氏名住所ヲ明記セサルトキハ之ヲ掲載スルコトヲ要セス

正誤書、弁駁書ノ字数、原文ノ字数ヲ超過シタルトキハ其ノ超過ノ字数ニ付発行人ノ定メタル普通広告料ト同一ノ料金ヲ要求スルコトヲ得

第十八条　官報又ハ他ノ新聞紙ヨリ抄録セシ事項ニシテ官報又ハ新聞紙ニ於テ正誤シ又ハ正誤書、弁駁書ヲ掲載シタルトキハ本人又ハ直接関係者ノ請求ナシト雖其ノ官報又ハ新聞紙ヲ得タル後前条ノ例ニ依リ正誤シ又ハ正誤書、弁駁書ヲ掲載スヘシ但シ料金ヲ要求スルコトヲ得ス

第十九条　新聞紙ハ公判ニ付スル以前ニ於テ予審ノ内容其ノ他検事ノ差止メタル捜査又ハ予審中ノ被告事件ニ関スル事項又ハ公開ヲ停メタル訴訟ノ弁論ヲ掲載スルコトヲ得ス

第二十条　新聞紙ハ官署、公署又ハ法令ヲ以テ組織シタル

議会ニ於テ公ニセサル文書又ハ公開セサル会議ノ議事ヲ許可ヲ受ケスシテ掲載スルコトヲ得ス請願書又ハ訴願書ニシテ公ニセラレサルモノ亦同シ

第二十一条　新聞紙ハ犯罪ヲ煽動若ハ曲庇シ又ハ犯罪人若ハ刑事被告人ヲ賞恤若ハ救護シ又ハ刑事被告人ヲ陥害スルノ事項ヲ掲載スルコトヲ得ス

第二十二条　第四条乃至第六条ノ届出ヲ為サス若ハ届出ヲ為スモ実ヲ以テセス又ハ保証金ヲ納メ若ハ之ヲ塡補スヘキ場合ニ於テ之ヲ納メ若ハ之ヲ塡補セスシテ発行シタルトキハ正当ノ届出ヲ為シ又ハ保証金ヲ納メ若ハ之ヲ塡補スル迄管轄地方官庁ニ於テ新聞紙ノ発行ヲ差止ムヘシ

第二十三条　内務大臣ハ新聞紙掲載ノ事項ニシテ安寧秩序ヲ紊シ又ハ風俗ヲ害スルモノト認ムルトキハ其ノ発売及頒布ヲ禁止シ必要ノ場合ニ於テハ之ヲ差押フルコトヲ得

前項ノ場合ニ於テ内務大臣ハ同一主旨ノ事項ノ掲載ヲ差止ムルコトヲ得

第二十四条　内務大臣ハ外国若クハ本法ヲ施行セサル帝国領土ニ於テ発行シタル新聞紙掲載ノ事項ニシテ安寧秩序ヲ紊シ又ハ風俗ヲ害スルモノト認ムルトキハ其ノ本法施行ノ地域内ニ於ケル発売及頒布ヲ禁止シ必要ナル場合ニ於テハ之ヲ差押フルコトヲ得

新聞紙ニ対シ一年以内ニ二回以上前項ノ処分ヲ為シタルトキハ内務大臣ハ其ノ新聞紙ヲ本法施行ノ地域内ニ輸入又ハ移入スルヲ禁スルコトヲ得

第二十五条　前条第二項ニ依ル禁止ノ命令ニ違反シテ輸入又ハ移入シタル新聞紙及第四十三条ニ依ル禁止ノ裁判ニ違反シテ発売又ハ頒布スルノ目的ヲ以テ印刷シタル新聞紙ハ管轄地方官庁ニ於テ之ヲ差押フルコトヲ得

第二十六条　本法ニ依リ差押ヘタル新聞紙ニシテ二年以上其ノ差押ヲ解除セラレサルトキハ差押ヲ執行シタル行政官庁ニ於テ之ヲ処分スルコトヲ得

第二十七条　陸軍大臣、海軍大臣及外務大臣ハ新聞紙ニ対シ命令ヲ以テ軍事若ハ外交ニ関スル事項ノ掲載ヲ禁止シ又ハ制限スルコトヲ得

第二十八条　第二条ニ該当スル者ニシテ事実ヲ詐リ発行人又ハ編輯人ト為リタルトキハ三月以下ノ懲役又ハ五十円以下ノ罰金ニ処ス

第二十九条　第三条ニ違反シタルモノハ三百円以下ノ罰金ニ処ス

第三十条　第四条乃至第六条ノ届出ヲ為サス若ハ届出ヲ為

スモ実ヲ以テセス又ハ第四条第一項第一号、第四号乃至第六号ニ関シ届出ノ事項ニ違反シタル行為ヲ為シ又ハ第十一条ニ違反シタルトキハ発行人ヲ百円以下ノ罰金又ハ科料ニ処ス

第三十一条　第四条第一項第二号又ハ第三号ニ関シ届出ノ事項ニ違反シタル行為ヲ為シタルトキハ発行人及編輯人ヲ百円以下ノ罰金又ハ科料ニ処ス

第三十二条　第八条第一項ニ違反シタルトキハ発行人死亡シ又ハ第二条ニ該当スルニ至リタル場合ニ於テハ実際発行ヲ為シタル者、其ノ他ノ場合ニ於テハ発行人ヲ百円以下ノ罰金又ハ科料ニ処ス

第三十三条　第十条ニ違反シ又ハ掲載ニ実ヲ以テセサルトキハ発行人及編輯人ヲ百円以下ノ罰金又ハ科料ニ処ス

第三十四条　第十二条第一項、第二項、第十六条ニ違反シ又ハ第二十二条ニ依ル差止ノ命令ニ違反シタルトキハ発行人ヲ三百円以下ノ罰金ニ処ス

第三十五条　第十七条第一項、第二項又ハ第十八条ニ違反シタルトキハ編輯人ヲ五十円以下ノ罰金又ハ科料ニ処ス

前項ノ罪ハ私事ニ係ル場合ニ於テ告訴ヲ待テ之ヲ論ス

第三十六条　第十九条、第二十条ニ違反シタルトキハ編輯人ヲ五百円以下ノ罰金ニ処ス

第三十七条　第二十一条ニ違反シタルトキハ編輯人ヲ三月以下ノ禁錮又ハ二百円以下ノ罰金ニ処ス

第三十八条　第二十三条ニ依ル禁止若ハ差止ノ命令、第二十四条ニ依ル禁止ノ命令、第四十三条ニ依ル禁止ノ裁判ニ違反シタルトキハ発行人、編輯人ヲ六月以下ノ禁錮又ハ三百円以下ノ罰金ニ処ス情ヲ知リテ其ノ新聞紙ヲ発売又ハ頒布シタル者ハ二百円以下ノ罰金ニ処ス

第三十九条　第二十三条第一項、第二十四条第一項、第二十五条ニ依ル差押処分ノ執行ヲ妨害シタル者ハ六月以下ノ禁錮又ハ三百円以下ノ罰金ニ処ス

第四十条　第二十七条ニ依ル禁止又ハ制限ノ命令ニ違反シタルトキハ発行人、編輯人ヲ二年以下ノ禁錮又ハ三百円以下ノ罰金ニ処ス

第四十一条　安寧秩序ヲ紊シ又ハ風俗ヲ害スル事項ヲ新聞紙ニ記載シタルトキハ発行人、編輯人ヲ六月以下ノ禁錮又ハ二百円以下ノ罰金ニ処ス

第四十二条　皇室ノ尊厳ヲ冒瀆シ政体ヲ変改シ又ハ朝憲ヲ紊乱セムトスルノ事項ヲ新聞紙ニ記載シタルトキハ発行人、編輯人、印刷人ヲ二年以下ノ禁錮及三百円以下ノ罰

金ニ処ス
第四十三条　第四十条乃至第四十二条ニ依リ処罰スル場合ニ於テ裁判所ハ其新聞紙ノ発行ヲ禁止スルコトヲ得
第四十四条　本法ニ定メタル犯罪ニハ刑法併合罪ノ規定ヲ適用セス
第四十五条　新聞紙ニ掲載シタル事項ニ付名誉ニ対スル罪ノ公訴ヲ提起シタル場合ニ於テ其ノ私行ニ渉ルモノヲ除クノ外裁判所ニ於テ悪意ニ出テス専ラ公益ノ為メニスルモノト認ムルトキハ被告人ニ事実ヲ証明スルコトヲ許スコトヲ得若其ノ証明ノ確立ヲ得タルトキハ其ノ行為ハ之ヲ罰セス公訴ニ関聯スル損害賠償ノ訴ニ対シテハ其ノ義務ヲ免ル

附　則

新聞紙条例ハ之ヲ廃止ス
本法施行前ヨリ発行スル新聞紙ニシテ本法ノ規定ニ依リ保証金ニ闕額ヲ生スルニ至リタルトキハ本法施行ノ日ヨリ三年間其ノ塡補ヲ猶予ス
第二十六条ノ規定ハ本法施行前ノ差押ニ係ル新聞紙ニ之ヲ準用ス

陸軍省令第二十四号
（昭和十二〔一九三七〕年七月三十一日）

新聞紙法第二十七条ニ依リ当分ノ内軍隊ノ行動其ノ他軍機軍略ニ関スル事項ヲ新聞紙ニ掲載スルコトヲ禁ズ但シ予メ陸軍大臣ノ許可ヲ得タルモノハ此ノ限ニ在ラズ

附則

本令ハ公布ノ日ヨリ之ヲ施行ス

新聞掲載禁止事項ノ標準

一、動員及編制
1、軍動員ニ関スル計画及之ニ伴フ準備ノ内容
2、軍動員実施状況
3、軍需動員ニ関スル事項
二、作戦又ハ用兵ニ関スル事項
1、国防及作戦ニ関スル諸計画ノ内容
2、国防、作戦若ハ用兵ノ準備又ハ実施ニ関スル命令ノ内容、発、受令者又ハ下達ノ時期若ハ地点

3、支那及満洲ニ駐屯出征若ハ派遣スル軍隊、軍需品ニ関スル左記事項

イ、戦闘序列又ハ軍隊区分ニ基ク隷属系統、部隊号、部隊数、人馬数装備又ハ軍需品ノ種類及数量

ロ、現在及将来ニ亘ル任務又ハ企図

ハ、現在及将来ニ亘ル部署、配備、又ハ行動

ニ、現在及将来ニ亘ル陣地ノ位置、構成、設備、又ハ強度

ホ、軍隊指揮官ノ官職氏名

三、運輸通信ニ関スル事項〔略〕

四、国土防衛ニ関スル事項〔略〕

五、諜報、防諜又ハ調査ニ関スル事項〔略〕

六、其ノ他ノ前諸号ノ内容ヲ推知セシムル事項又ハ満洲ニ於ケル前諸項ニ準スル事項

新聞掲載事項許否判定要領

（昭和十二年七月二十八日　新聞班）

一、作戦ノ顧慮上動員部隊ニ関シテハ仮令之ヲ推知シ得ルカ如キ記事例ヘハ将兵ト家族トノ面会、送別会、見送等ニ至ル迄一切ノ記事写真ノ掲載ヲ禁ス

二、陸軍省及支那駐屯軍司令部ノ発表事項ハ更メテ許可ヲ要セサルコト勿論ナリ

三、左記ニ該当スルモノハ掲載ヲ許可ス

1、支那駐屯軍司令官、同参謀長ノ官職氏名及写真（大写モ差支ナシ）

2、通常ノ歩兵、騎兵、野山砲兵及工兵部隊ノ現地ニ於ケル過去ノ行動中現在及将来ノ企図ヲ暴露スル惧ナキ記事及局部的ノ写真

3、時刻ヲ明記シタル「激戦中」「攻撃中」等ノ記事

4、飛行中ノ飛行機ノ写真及飛行機ノ戦闘ニ関スル記事但シ一律ニ飛行機ナル名称ヲ用ヒ偵察、戦闘、爆撃等ノ機種ヲ示スコトヲ得ス
又飛行場ニ関スル写真及記事ヲ禁止ス

5、部隊長ハ「某部隊長」部隊ハ「某部隊」トスルコト
将校ハ可成部隊長トシテ取扱ハシム
以上ノ場合「某部隊」ノ「某部隊長」ノ如キ指揮系統ヲ示スコトヲ得ス　単ニ「某部隊長」又ハ「某部隊」トスルコト

6、地名ハ之ヲ伏字トスルコト　但シ当局ノ発表シタルモノ又過去ノ戦跡等ヲ記スル場合ハ差支ナシ

四、左記該当事項ハ掲載ヲ許可セス

1、軍旗ヲ有スル部隊ノ写真及軍旗ニ関スル記事

2、高級将校(大佐以上)ノ大写シ写真

(但シ肩章ノ明瞭ナラサルモノハ差支ナシ)

3、多数幕僚将校ノ集合シアル写真

4、司令部、本部等ノ名称

5、三ノ2以外ノ特種部隊ノ記事写真〔略〕

6、支那兵又ハ支那人逮捕尋問等ノ記事写真中虐待ノ感ヲ与フル惧アルモノ

7、惨虐ナル写真、但シ支那兵ノ惨虐ナル行為ニ関スル記事ハ差支ナシ

五、映画ハ右ニ準シテ検閲ヲ実施スルモノトス

六、本要領ハ必要ニ応シ加除訂正ス

新聞掲載事項許否判定要領

(昭和十二年九月九日　陸軍省報道検閲係)

一、昭和十二年七月二十八日作製(八月一日附増刷シタルモノアリ)ノ判定要領ニ代ウルニ本要領ヲ以テス

但シ防空ニ関スル事項ハ昭和十二年九月六日作製ノ国土防衛中防空ニ関スル新聞掲載許否判定要領ニヨル

二、陸軍省及出征軍最高司令部(当分ノ間〇〇報道部ヲ含ム)ノ発表ハ更メテ許可ヲ受クルヲ要セス

三、左ニ列記スル事項ハ掲載ヲ許可ス

(1) 軍隊ノ過去ノ行動中現在及将来ノ企図ヲ暴露スル虞ナキ局部的ノ記事及写真ニシテ次ニ示ス諸例ノ如キモノ

但シ兵器材料ノ性能ヲ窺知シ得サルモノニ限ル

イ、通常ノ歩兵、騎兵、野砲兵、山砲兵、工兵及輜重兵ノ活動〔略〕

(2) 旅団以上ノ部隊ニ関シテハ部隊長ノ姓ノ長短ニ拘ラス「〇〇部隊」「〇〇部隊長」トシタルモノ

聯隊以下ノ部隊ニ関シテハ其指揮官ノ姓ヲ冠シ「某部隊」「某部隊長」トシタルモノ

以上ノ場合「〇〇部隊」ノ「某部隊」等指揮系統ヲ示スコトヲ得ス

(3) 聯隊長(大佐)以下ノ写真但シ聯隊長ノ写真ハ肩章ノ明瞭ナラサルモノニ限ル

(4) 明朗ナル召集美談

部隊号、部隊所在地、召集応召ノ日時、召集ノ種類役種年齢ヲ記載セサルモノニ限ル

但シ召集、応召、出征等ノ字句ヲ用フルハ差支ナシ
(5) 銃後ノ美談
右ニ準ス
(6) 応召者ノ面会、出発、見送等ノ情況
(5) ニ準ス
(7) 部隊ノ出発、通過、見送等ノ情況
部隊号、出発、通過、見送ノ場所及其日時、部隊ノ行先等ヲ示サヽル抽象的ノモノニ限ル
但シ艦船ニヨリ輸送スル部隊ノ出発通過見送ノ情況ニ関スル記事写真ヲ除ク
(8) 右ニ関聯スル各種団体ノ活動
右ニ準ス

四、左ニ列記スルモノハ掲載ヲ許可セス
(1) 飛行場及飛行機事故ニ関スル記事写真
搭乗者戦死ノ場合単ニ戦死トシテ掲載スルハ差支ナキモ「某地上空ニ於テ」等ノ記事ヲ禁ス
(2) 旅団長(少将)以上ノ写真
(3) 軍旗ヲ有スル部隊ノ写真及軍旗ニ関スル記事
(4) 多数幕僚ノ集合シアル写真
(5) 司令部、本部ノ名称ヲ記載セル記事写真
(6) 装甲軌道車ノ名称及之ニ関スル記事写真
(7) 機械化兵団、機械化部隊ノ名称及之ニ関スル記事写真
(8) 給水自動車其他給水器材ニ関スル記事写真
(9) 部隊ノ移動、交代、通過、進出等ノ事実ニシテ爾後ノ企図ヲ暴露スル虞アル記事写真
(10) 水陸両用戦車ノ名称及之ニ関スル記事写真
(11) 以上ノ外特殊部隊ニ関スル記事写真
(12) 我軍ニ不利ナル記事写真
(13) 支那兵又ハ支那人逮捕訊問等ノ記事写真中虐待ノ感ヲ与フル虞アルモノ
(14) 惨虐ナル写真但シ支那兵又ハ支那人ノ惨虐性ニ関スル記事ハ差支ナシ

五、映画ハ本要領ニ準シテ検閲スルモノトス
六、本要領ハ必要ニ応シ加除訂正ス

海軍省令第二十二号（昭和十二年八月十六日）

新聞紙法第二十七条ノ規定ニ依リ当分ノ内艦隊、艦船、航空機、部隊ノ行動其ノ他軍機軍略ニ関スル事項ヲ新聞紙ニ掲載スルコトヲ禁ズ但シ予メ海軍大臣ノ許可ヲ得タルモノハ此ノ限ニ在ラズ

附則

本令ハ公布ノ日ヨリ之ヲ施行ス

新聞掲載禁止事項ノ標準（海軍省）

一　聯合艦隊又ハ今次事変ニ関スル艦船部隊、航空機ノ編制、役務、行動又ハ所在ニ関スル事項

二　徴傭船舶ノ傭入、隻数、船名、任務、行動又ハ所在ニ関スル事項

三　召集ニ関スル計画準備又ハ実施ニ関スル事項

四　軍需工業動員ニ関スル事項

五　作戦又ハ用兵ニ関スル事項

（一）　国防及作戦ニ関スル諸計画ノ内容

（二）　国防、作戦若ハ用兵ノ準備又ハ実施ニ関スル事項

（三）　支那沿岸ニ在ル又ハ支那方面ニ派遣スル艦船、部隊若ハ航空機ニ関スル左ノ事項

（イ）　任務又ハ企図

（ロ）　配備又ハ行動

六　軍港要港其ノ他沿岸ニ於ケル海軍ノ設備又ハ守備ニ関スル事項

七　海軍工廠又ハ民間会社ニ於ケル海軍関係作業ノ状況又ハ工事ノ種類ニ関スル事項

八　軍用通信又ハ暗号ニ関スル事項

九　諜報又ハ防諜ニ関スル事項

十　艦船又ハ航空機ノ事故ニ関スル事項

十一　其ノ他前諸号ノ内容ヲ推知セシムル事項又ハ直接間接ニ軍事ノ機密ニ関係スル事項

新聞（雑誌）掲載事項許否判定要領（昭和十二年八月　海軍省）

今次事変ニ関聯シ海軍ニ関スル記事若ハ写真ヲ取扱フ場合ハ昭和十二年七月海軍省発布ノ新聞掲載禁止事項ノ標準ニ準拠シ之ニ抵触セザル事ヲ必要トスルハ勿論ナルモ左記諸

号ニ留意スルヲ要ス

記

一、海軍省、鎮守府、要港部又ハ艦隊司令部ノ発表ハ其ノ儘掲載差支ナシ然ラザルモノハ一応検閲ヲ受クル必要アリ

二、護送任務ニ従事中ノ艦船ハ其艦船名、発進地、到着地、輸送兵種、兵力、物件、航行陣形等ヲ察知セラレザル様注意スルコト

三、艦船内ノ戦闘記事並ニ写真ハ特別ノモノニ限リ掲載ヲ許可ス、但シ此ノ場合ト雖モ隊名、艦名ノ記載ヲ禁ズ

四、艦船ヨリ揚陸ノ陸戦隊ハ其ノペンデント等ニヨリ艦名ヲ明示セザル様修整ヲ要ス(写真)

五、特別陸戦隊ニ於テ特種兵器ヲ使用スル部隊ノ記事並ニ写真ハ禁止スルヲ立前トスルモ記事取扱上止ムヲ得ザル場合ハ左例ニ拠ルコトトス

装甲自動車｝
戦車｝　○○車〔略〕

六、山田部隊、鈴木部隊ト呼称スルハ可ナルモ、鈴木小隊、山田中隊、高橋大隊等ト記載シ兵力察知ノ資ヲ与ヘザル様注意スルコト

七、我兵力集結地点ヲ記述スル場合ハ凡テ○○(二個)ヲ使用ス

八、飛行中ノ飛行機写真並ニ飛行機戦闘ニ関スル記事ハ差支ナキモ、偵察、戦闘、攻撃機等ノ機種並ニ機数ヲ記載セザルコト

九、艦船、航空機ノ被害状況、戦病死者、負傷者ノ統計的数字ハ海軍省ニテ公表スルモノヲ除ク外掲載ヲ禁止ス

一〇、艦船、部隊移動ノ記事ハ将来ノ企図ヲ推知セラル、処アルモノヲ除クノ外左例程度ノモノハ差支ナシ

(例)「○○」艦隊ハ「○○」ニ向ケ出港セリ〔略〕

一一、我軍ニ不利トル記事、写真ハ掲載セザルコト

一二、惨虐ナル写真ハ掲載セザルコト

(註)本要領ハ国需ニ応ジ加除訂正スルコトアリ

新聞(雑誌)掲載事項許否判定要領

(昭和十二年九月改定　海軍省)

今次事変ニ関連シ海軍ニ関スル記事若ハ写真ヲ取扱フ場合ハ昭和十二年七月海軍省発布ノ新聞掲載禁止事項ノ標準ニ準拠シ之レニ抵触セザル事ヲ必要トスルハ勿論ナルモ左記諸号ニ留意スルヲ要ス

記

一、海軍省、鎮守府、要港部又ハ艦隊司令部ノ発表ハ其ノ儘掲載差支ナシ然ラザルモノハ一応検閲ヲ受クル必要アリ

二、護送任務ニ従事中ノ艦船ハ其ノ艦船名、発進地、到着地、輸送兵種、兵力、物件、航行陣形等ヲ察知セラレザル様注意スルコト

三、艦船ニ便乗中作製シタル当該艦ノ行動記事若クハ海上部隊ノ作戦記事(写真ヲ含ム)ノ如キハ一応司令部、鎮守府、要港部、或ハ海軍省当局ノ査閲ヲ受ケタル後海軍省令ニヨル検閲機関ヲ経由スル必要アリ

四、黄浦口内ニ在泊行動スル巡洋艦、駆逐艦、水雷艇、砲艦ニ限リ艦船名ノ記載差支ナシ(註)呉淞沖ハ黄浦口ニ非ズ

五、上海陸上戦線ニ於テ使用シツ、アル兵器類ハ陸軍省許可範囲ニ準ズ

但シ海軍ニ於テ使用スル特種兵器ト認メラル、モノ及ビ味方陣地ノ内状ヲ暴露スルガ如キモノハ当局ノ査閲ヲ受クル必要アリ

六、山田部隊、鈴木部隊等呼称スルハ可ナルモ、鈴木小隊、山田中隊、高橋大隊等ト記載シ兵力察知ノ資ヲ与ヘザル様注意スルコト

七、我兵力集結地点ヲ記述スル場合ハ凡テ〇〇(二個)ヲ使用ス

八、飛行中ノ飛行機写真並ニ飛行機戦闘ニ関スル記事ハ差支ナキモ、偵察、戦闘、攻撃機等ノ機種並ニ機数ヲ記載セザルコト

九、艦船、航空機ノ被害状況、戦病死者、負傷者ノ統計的数字ハ海軍省ニテ公表スルモノヲ除ク外掲載ヲ禁止ス

一〇、艦船、部隊移動ノ記事ハ将来ノ企図ヲ推知セラルル虞アルヲ以テ取扱慎重ヲ要ス但シ〇〇(二個)ヲ用ヒ左例程度ノモノハ差支ナシ

(例)「〇〇」艦隊ハ「〇〇」ニ向ケ出港セリ〔略〕

尚上海方面ニ行動スル第三艦隊ニ限リ艦隊名ヲ明記シ差支ナシ

(例)第三艦隊司令長官〔略〕

等ニ使用スル第三艦隊名

一一、我軍ニ不利ナル記事、写真ハ掲載セザルコト

一二、惨虐ナル写真ハ掲載セザルコト

一三、軍艦並ニ搭載兵器類ノ写真撮影ハ左記禁止事項ニ抵

触セザルモノニ限ル
但シ専門的見地ヨリスル発表ノ可否ハ広汎ニ渉リ列挙スルコト能ハザルヲ以テ当局ノ指示ヲ受クル必要アリ
（一般的禁止事項原則左ノ如シ）〔略〕
一四、応召者美談等ハ配属部隊（軍艦、陸戦隊ノ如キ）派遣先等ヲ明示セザルモノニ限リ掲載差支ナシ
（備考）本要領ハ必要ニ応ジ加除訂正スルコトアリ

外務省令第二十一号（昭和十二年十二月十三日）

新聞紙法第二十七条ニ依リ当分ノ内国交ニ影響ヲ及ボスコトアルベキ事項ニシテ外務大臣ヨリ示達セラレタルモノハ之ヲ新聞紙ニ掲載スルコトヲ禁ズ

附則
本令ハ公布ノ日ヨリ之ヲ施行ス

＊「新聞紙法」は『法令全書』、省令は官報、その他は『出版警察報』第百七号、第百八号、第百九号の表記によりました。

主な参考文献

＊新聞は，東京本社発行の最終版です．このほか，朝日新聞，読売新聞，毎日新聞の記事，官報，帝国議会や国会の会議録などを参照しました．

石川達三関係

石川達三「生きてゐる兵隊」『中央公論』1938年3月号(石川旺氏所蔵本)

──『生きてゐる兵隊』河出書房，1945年

──『生きている兵隊(伏字復元版)』中公文庫，1999年

──『生きるための自由』新潮社，1976年

──「遺書」「成瀬南平の行状」『不信と不安の季節に──自由への道程』文春文庫，1977年

──『風にそよぐ葦』上・下，毎日新聞社，1999年

──『風にそよぐ葦 戦後編』上・下，毎日新聞社，1999年

──「空襲奇談」「作家は直言すべし」『復刻版 文學報國』不二出版，1990年

──『経験的小説論』文藝春秋，1970年

──『結婚の生態』新潮社，1938年

──「出世作のころ」「心に残る人々」『心に残る人々』文春ウェブ文庫，2001年

──「新嘉坡への道」「昭南港へ軍艦で乗込むの記」『進撃 海軍報道班作家前線記録1』くろがね会編，博文館，1942年

──『青春の蹉跌』新潮文庫，1971年

──「蒼氓」『星座』第1号，1935年4月

──「蒼氓」『文藝春秋』1935年9月号

──『蒼氓』改造社，1935年

──『蒼氓』新潮文庫，1951年

──『蒼氓』秋田魁新報社，2014年

──「草莽の言葉」『週刊毎日』1945年5月6日号，13日号，20日号，27日号

──「戦ひの権化」「検閲文書(CENSORSHIP DOCUMENTS)」『社会』1巻1号(1946年9月)，鎌倉文庫刊，国立国会図書館憲政資料室蔵．原資料は，メリーランド大学図書館ゴードン・W・プランゲ文庫蔵

──「戦ひの権化」『思ひ出の人』北辰堂，1954年

──「戦ひの権化」『考える人』2014年冬号，新潮社，検閲ゲラからの再録

主な参考文献

――「成瀬南平の行状」毎日新聞，1944 年 7 月 14 日付～28 日付
――『人間の壁』上・中・下，岩波現代文庫，2001 年
――「武漢作戦」「上海の花束」『武漢作戦』文春ウェブ文庫，2001 年
――『夜の鶴』講談社文庫，1972 年
――『ろまんの残党』中公文庫，1973 年

「私の青春 人物登場 作家 石川達三 その一」「その二」「その三」『あきた青年広論』1988 年第 42～44 号，秋田県青年会館
石川達三「言論の自由について」(講演録)『人権新聞』1952 年 3 月 30 日付，自由人権協会
石川達三，脇村義太郎，久野収「無力だった知識人――戦時体制への屈服」『久野収対話集・戦後の渦の中で 4 戦争からの教訓』人文書院，1973 年
石川代志子，聞き手・岡崎満義「回想の石川達三」『オール読物』1992 年 2 月号
片山哲，石川達三，中島健蔵「鼎談 戦火のかなた」『日本評論』1949 年 11 月号

石川達三『活着的兵隊』張十方訳，上海文摘社，1938 年
――『未死的兵』白木訳，雑誌社(上海)，1938 年(初版)
――『未死的兵』白木訳，雑誌社(上海)，1939 年
――「未死的兵」夏衍訳，『夏衍全集』第 14 巻，2005 年
夏衍『ペンと戦争 夏衍自伝』阿部幸夫訳，東方書店，1988 年
「夏衍年表」『夏衍全集』第 16 巻，浙江文艺出版社，2005 年
康東元・著，黒古一夫監修『日本近・現代文学の中国語訳総覧』勉誠出版，2006 年
鈴木正夫『日中間戦争と中国人文学者：郁達夫，柯霊，陸蠡らをめぐって(横浜市立大学新叢書)』春風社，2014 年
山田敬三「近代文学」『日中文化交流史叢書』第 6 巻，中西進，厳紹璗編，大修館書店，1995 年
呂元明『中国語で残された日本文学――日中戦争のなかで』西田勝，訳，法政大学出版局，2001 年

〈「生きてゐる兵隊」事件の裁判の記録〉
いずれも秋田市立中央図書館明徳館「石川達三記念室」所蔵
「刑事記録」
・「聴取書」1938 年 3 月 16 日付，警視庁検閲課，清水文二作成
　＊石川達三に対する事情聴取の内容をまとめたもの

・「意見書」1938年4月23日付，警視庁検閲課，清水文二作成
＊石川達三，雨宮庸蔵，牧野武夫，松下英麿，佐藤観次郎の五人に対する意見
「東京地方第五刑事部 刑事記録 第一審公判調書」
・「公判調書」＊1938年8月31日の初公判の記録
・「第二回公判調書」＊1938年9月5日の判決公判の記録
・「判決謄本」1938年9月5日，東京区裁判所判事八田卯一郎

秋田市立中央図書館明徳館「石川達三著作目録 生誕百年記念」秋田市立中央図書館明徳館，2005年
秋田県青年会館『あきた青年広論』1985年第29・30合併号，三十号記念「石川達三記念室」開設特集，秋田県青年会館
──『あきた青年広論』2006年第89・90合併号，石川達三生誕百年記念特集号，秋田県青年会館
朝日新聞「素描」(『人間の壁』の出版記念会についてのコラム)，1959年7月3日付朝刊
石川達三「年譜」『石川達三作品集』第十二巻，新潮社，1957年
川本三郎「結婚の生態」『銀幕の銀座』中公新書，2011年
久保田正文『新・石川達三論』永田書房，1979年
──「『文学報国』をよむ──ANNUS MIRABILISのこと」『文学』1961年12月号
白石喜彦『石川達三の戦争小説』翰林書房，2003年
浜野健三郎『評伝 石川達三の世界』文藝春秋，1976年
牧義之「石川達三『生きてゐる兵隊』誌面の削除に見るテキストのヴァリアント」『中京国文学』第28号2009年
宮本百合子「結婚の生態」(書評)青空文庫，2003年作製(親本は『宮本百合子全集』第八巻，河出書房，1952年)
安永武人『戦時下の作家と作品』未来社，1983年
山形雄策「シナリオ 結婚の生態」「『結婚の生態』脚色に就て」『日本映画』1941年6月号(『資料・〈戦時下〉のメディア──第I期 統制下の映画雑誌「日本映画」第21巻 昭和16年6月号〜8月号』牧野守・監修，ゆまに書房，2003年所収)

戦前の言論統制，思想取り締まり
内川芳美編『現代史資料41 マス・メディア統制2』みすず書房，1975年
絲屋寿雄『管野すが──平民社の婦人革命家像』岩波新書，1970年
宇野千代『生きて行く私』上，毎日新聞社，1983年

主な参考文献

太田博太郎「新聞と其取締に関する研究」『司法研究　報告書第 20 輯 5』司法省調査課，1936 年 2 月
大森映『労農派の昭和史 大森義太郎の生涯』三樹書房，1989 年
荻野富士夫『思想検事』岩波新書，2000 年
──『特高警察』岩波新書，2012 年
荻野富士夫編『治安維持法関係資料集』第四巻，新日本出版社，1996 年
奥平康弘『治安維持法小史』岩波現代文庫，2006 年
海軍軍令部「第一編　中央の施設／第十章 新聞検閲」『極秘　明治三十七八年海戦史 第五部 施設 巻一』防衛省防衛研究所蔵，JACAR（アジア歴史資料センター）Ref. C05110111400
香内三郎，上野征洋『抵抗と沈黙のはざまで 雑誌『自由』(1936–1938)の軌跡』新時代社，1985 年
黒岩久子『パンとペン 社会主義者・堺利彦と「売文社」の闘い』講談社，2010 年
佐々木隆『日本の近代 14　メディアと権力』中央公論新社，1999 年
司法省「〔布施辰治に対する〕弁護士懲戒判決」『官報 第一七九六号 昭和七年十二月二十三日』
司法省刑事局思想部編「思想月報 第五十号」1938 年 8 月（『昭和前期思想資料』第 1 期，文生書院，1974 年）
棟村専一「新聞紙法(一・完)」『現代法学全集』第三十四巻，日本評論社，1930 年
──「新聞紙法(二・完)」『現代法学全集』第三十五巻，日本評論社，1930 年
関口すみ子『管野スガ再考──婦人矯風会から大逆事件へ』白澤社，2014 年
田中伸尚「屈せざる人 細川嘉六」『未完の戦時下抵抗 屈せざる人びとの軌跡』岩波書店，2014 年
内務省警保局『出版警察報』第 79〜80 号，第 107 号〜111 号，内務省警保局
新延修三「新聞記事差止指令集──戦争を導いた昭和七年─十六年の報道統制の実態」『歴史と人物』中央公論社，1973 年 8 月特大号
西ヶ谷徹「支那事変に関する造言飛語に就いて 昭和十三年度思想特別研究員 検事西ヶ谷徹報告書」(思想研究資料特輯第 55 号)(『社会問題資料叢書 第 1 輯 第 79 回配本』社会問題資料研究会編，東洋文化社，1978 年所収)
日本検察学会編『不穏文書臨時取締法解説と出版法・新聞紙法判例』立興社，1936 年

布施柑治『ある弁護士の生涯――布施辰治』岩波新書，1963 年
美濃部亮吉『苦悶するデモクラシー』角川文庫，1973 年
宮本百合子「一九三七年十二月二十七日の警保局図書課のジャーナリストとの懇談会の結果」『宮本百合子全集』第十三巻，新日本出版社，2001 年
森長英三郎「「法律戦線」事件」『続史談裁判』日本評論社，1969 年
山泉進，村上一博編『布施辰治研究』明治大学史資料センター監修，日本経済評論社，2010 年
我妻栄「人民戦線事件――反戦・反ファシズム勢力への弾圧」『日本政治裁判史録』代表編集者・我妻栄，第一法規出版，1970 年

中央公論社関係

芦屋市谷崎潤一郎記念館『芦屋市谷崎潤一郎記念館資料集(2) 雨宮庸蔵宛谷崎潤一郎書簡』(財)芦屋市文化振興財団，1996 年
雨宮広和『父庸蔵の語り草』2001 年
雨宮庸蔵『偲ぶ草』中央公論社，1988 年
――「『中央公論』と『改造』」『中央公論』1975 年 11 月号
雨宮庸蔵宛書簡(細川嘉六，林芙美子，野上彌生子，正宗白鳥，松下英麿，小森田一記，片山哲，尾崎秀実，石川達三，美濃部達吉)，山梨県立文学館所蔵
雨宮庸蔵，松下英麿，小森田一記，畑中繁雄ほか「歴代編集長の回想」『中央公論』1955 年 12 月号
風間道太郎『尾崎秀実伝』法政大学出版局，1995 年改装版
片山哲『回顧と展望』福村出版，1967 年
佐藤観次郎『文壇えんま帖』学風書院，1952 年
――「あのころ 生きている兵隊事件」①～④，社会新報，1960 年 3 月 13 日付，20 日付，27 日付，4 月 3 日付
『中央公論社の八十年』中央公論社，1965 年
『中央公論新社 120 年史』中央公論新社，2010 年
戸川猪佐武「目撃者が語る昭和事件史 21 生きてゐる兵隊事件から横浜事件まで」『週刊現代』1961 年 9 月 24 日号
畑中繁雄『覚書 昭和出版弾圧小史』図書新聞社，1965 年
福田耕太郎「あの日あのころ／軍の発表以外は造言／石川達三“生きてゐる兵隊”筆禍事件／語る人・福田耕太郎」『週刊東京』1957 年 3 月 16 日号
牧野武夫『雲か山か 出版うらばなし』中公文庫，1976 年
読売新聞「追悼抄 元中央公論編集長 雨宮庸蔵さん(2 日死去，96 歳)発禁処分受け退社」1999 年 12 月 26 日付朝刊

主な参考文献

芥川賞，文藝春秋関係

池島信平『雑誌記者』中央公論社，1958 年
菊池寛『話の屑籠と半自叙伝』文藝春秋，1988 年
杉森久英『小説菊池寛』中央公論社，1987 年
永井龍男『回想の芥川・直木賞』文春文庫，1982 年
矢崎泰久『口きかん わが心の菊池寛』飛鳥新社，2003 年

GHQ の検閲

江藤淳『閉ざされた言語空間 占領軍の検閲と戦後日本』文春文庫，1994 年
繁沢敦子『原爆と検閲 アメリカ人記者たちから見た広島・長崎』中公新書，2010 年
高桑幸吉「占領下における新聞の事前検閲」(1)～(6)『新聞研究』1981 年 6 月号～11 月号，日本新聞協会
堀場清子『いしゅたる』13 号(1992 年)，14 号(1993 年)
山本武利『GHQ の検閲・諜報・宣伝工作』岩波現代全書，2013 年

日記，社史

朝日新聞百年史編修委員会『朝日新聞社史 昭和戦後編』朝日新聞社，1994 年
──『朝日新聞社史 明治編』朝日新聞社，1990 年
──『朝日新聞社史 大正・昭和戦前編』朝日新聞社，1991 年
伊藤整『太平洋戦争日記』(1)～(3)，新潮社，1983 年
木佐木勝『木佐木日記』第四巻，現代史出版会，1975 年
関忠果，小林英三郎，松浦総三，大悟法進編著『雑誌「改造」の四十年』光和堂，1977 年
高見順『敗戦日記 新装版』文春文庫，1991 年
高見順『終戦日記』文春文庫，1992 年
文藝春秋『文藝春秋七十年史』文藝春秋，1991 年
──『文藝春秋の八十五年』文藝春秋，2006 年
文藝春秋新社『文藝春秋三十五年史稿』文藝春秋新社，1959 年
毎日新聞 130 年史刊行委員会『「毎日」の 3 世紀──新聞が見つめた激流 130 年』上巻，毎日新聞社，2002 年
毎日新聞社『毎日新聞七十年』1952 年
読売新聞社『読売新聞百二十年史』1994 年

その他

河原理子 「50 年の物語 第 10 話 戦時下の記者たち」1～5，朝日新

聞，1994 年 10 月 10 日付，12〜15 日付朝刊
──「ジャーナリズム列伝 原寿雄」1〜22，朝日新聞，2011 年 7 月 28 日付〜8 月 5 日付，8 日付〜12 日付，15 日付〜19 日付，22 日付〜26 日付夕刊
──「筆禍をたどって」1〜9，朝日新聞，2013 年 8 月 27 日付〜30 日付，9 月 2 日付〜6 日付夕刊
──「石川達三『戦ひの権化』差し替えられた一文字の『謎』」『考える人』2014 年冬号，新潮社
北山みね「人間の魂はほろびない」『世界』1955 年 8 月号
久米旺生，庭隼兵，竹内良雄編『司馬遷史記 8『史記』小事典』徳間文庫，2006 年
黒羽清隆『太平洋戦争の歴史[下]』講談社，1985 年
警視庁『警視庁職員録 昭和十二年十二月一日現在』警視庁

関連年表

＊単行本の発行日は奥付の月日としました．巻末の「主な参考文献」や本文に引用した資料，また『もういちど読む　山川日本近代史』などを参照しました．

1868　明治維新
1869　明治政府が新聞の発行を許可制で解禁，新聞紙印行条例を制定
1873　新聞紙発行条目を制定
1875　新聞紙条例と讒謗律を制定
1876　新聞紙条例改定．「国安ヲ妨害」するときは内務省が発行を禁止または停止できる
1880　新聞紙条例改定．「風俗壊乱」でも発行禁停止が可能に
1883　新聞紙条例改定．新聞紙発行に保証金制度導入．新聞の廃刊続出
1887　新聞紙条例改定．許可制から届け出制に．一部の刑を軽減．被告人を救護する文書の掲載を禁止
1889　大日本帝国憲法，発布
1891　5月11日　大津事件．訪日中のロシア皇太子が巡査に襲われて負傷．5月16日　外交にかかわる記事の事前検閲や記載禁止を可能にする緊急勅令，公布
1893　出版法，公布
1894～95　日清戦争．1894年6月7日　陸軍省令第9号，海軍省令第3号(軍機軍略等の新聞雑誌記載禁止)～同年8月3日廃止．1894年8月1日　外交または軍事に関する事項の事前検閲を定めた緊急勅令，公布．1894年9月13日　陸軍省令第20号，海軍省令第13号(軍機軍略等は，あらかじめ大臣の許可を得たもの以外，記載禁止)～同年11月29日廃止
1897　新聞紙条例改定　発行禁停止を削除，告発があった場合のみ内務大臣・拓務大臣はその日の新聞紙の発売頒布停止や仮差押が可能で，その後，裁判所が判決により発行を禁止することができる．外交上の記事掲載禁止も可能に
1904～05　日露戦争．1904年1月5日　陸軍省令第1号，海軍省令第1号(掲載禁止)～1905年12月20日廃止
1905　7月2日　石川達三，秋田県平鹿郡横手町(今の横手市)で誕生．早くに生母を亡くす．父親は中学の英語教師．のちに一家で岡山県に転居．9月5日　日比谷焼き打ち事件．9月6日　緊急勅令，公布

1909　5月6日　新聞紙法，公布．平民社の管野スガが発行兼編集人の「自由思想」第1号，第2号が発禁に(罰金判決)．さらに，発禁の同紙を仲間に配布したかどで家宅捜索を受け，連行される

1910　大逆事件．幸徳秋水，管野スガらが逮捕され，翌年，死刑に

1912　大正元年

1913　外務省局長刺殺事件，検事局の記事差し止め命令を約20社が無視して報じる．新聞紙法違反で起訴され，罰金を科される

1914〜18　第1次世界大戦

1914〜22　陸軍省令第12号，海軍省令第8号(掲載禁止)，外務省令第1号(大臣の許可を得たもの以外，国交に影響を及ぼすことがある事項の新聞掲載を禁止)が発令される．外務省記者たちの霞倶楽部などが，外務省令に反発し，撤回を求める

1918〜22　シベリア出兵．出兵に反対した大阪朝日新聞が発禁になるなど，発禁相次ぐ

1918　7〜9月　米騒動．8月14日　内務大臣が米騒動に関する一切の記事掲載を禁止．大阪朝日新聞，掲載禁止令の全文を報じる．各紙幹部が内相に撤回を求め，17日に譲歩を得る．大阪朝日新聞8月26日付夕刊の記事中「白虹日を貫けり」という表現が問題にされ，安寧秩序を紊乱するとして新聞紙法に問われる．12月4日　記者に禁錮2カ月，編集発行人が禁錮1カ月の実刑判決(白虹事件)

1920　森戸事件．東京帝大教授・森戸辰男が，経済学部の『経済学研究』に執筆した「クロポトキンの社会思想の研究」で私有財産制を否定したなどとして，新聞紙法違反に問われる．一審は，安寧秩序紊乱として，森戸に禁錮2カ月，発行人の大内兵衛・経済学部長に罰金20円の判決．二審は，より罪の重い朝憲紊乱の成立を認め，森戸に禁錮3カ月罰金70円，大内に禁錮1カ月罰金20円の判決

1923　関東大震災

1924　外来出版物取締について，内務省と大蔵省が協定，1925年実施．安寧または風俗の紊乱で輸入禁止処分にするときは内務省の検閲基準によることとする

1925　治安維持法，公布

1926　昭和元年

1927　金融恐慌始まる．達三，大阪朝日新聞の懸賞小説に入選し賞金200円を得る．早稲田大学文学部英文科に入学するが，1年で中退

1928　治安維持法改定．全県の警察に特高課を設け，各地裁に思想係検事を置く
1930　達三，移民船に乗りブラジルへ行く．弁護士の布施辰治が新聞紙法違反などで起訴される
1931　9月　柳条湖事件．「満州事変」始まる
1932　五・一五事件．大審院判決により布施辰治の弁護士資格が剥奪される
1933　布施辰治の新聞紙法違反事件，大審院で禁錮3カ月の実刑判決が確定．京大滝川事件
1935　元東京帝大教授で貴族院議員の美濃部達吉が長年教えてきた“天皇機関説”が，国会で問題にされ激しく批判される．『憲法撮要』など過去の著書3冊が発禁に．美濃部は貴族院議員を辞職．8月10日　第1回芥川賞，達三の「蒼氓」に．『文藝春秋』9月号に掲載される
1936　二・二六事件．ベルリン五輪．1940年五輪の東京開催が決定．達三，結婚
1937　7月7日夜〜8日　盧溝橋事件．これを機に日中全面戦争へ．7月31日　陸軍省令第24号(掲載禁止)〜1945年8月28日廃止．8月14日　軍機保護法，全面改定．8月16日　海軍省令(掲載禁止)〜1945年8月29日廃止．大森義太郎，『自由』9月号の「戦争と言論統制」が大幅削除処分に，『改造』9月号の「飢ゆる日本」も削除処分．『中央公論』9月号の矢内原忠雄「国家の理想」が削除処分に．矢内原は東京帝大経済学部教授会で，反戦的だと批判され，さらに講演中の発言が激しく非難されるに及んで，12月に東京帝大を辞職(矢内原事件)．12月13日　日本軍，南京占領．12月13日　外務省令(掲載禁止)〜1945年9月10日廃止．12月15日　第1次人民戦線事件．山川均，加藤勘十，大森義太郎ら約400人検挙．12月27日　内務省警保局図書課，雑誌関係者との懇談会で宮本百合子らの執筆禁止リストを示す．12月29日　達三，中央公論社特派員として上海，南京に向け出発
1938　1月　厚生省発足．2月　第2次人民戦線事件．大内兵衛，美濃部亮吉ら教授グループなど検挙．2月18日　国家総動員法案，修正のうえ閣議決定．達三の「生きてゐる兵隊」を掲載した『中央公論』3月号が発禁．2月21日　『中央公論』3月号，分割還付の許可．3月16日　達三，警視庁で取り調べ．3月29日付都新聞「奇怪！支那紙に『未死的兵(生きてゐる兵隊)』」．4月1日　国家総動員法，公布．4月28日　警視庁が

達三ら５人を陸軍刑法違反や新聞紙法違反で検事局に書類送致．６月　中国で「生きてゐる兵隊」の翻訳『活着的兵隊』(上海文摘社)出版される．７月　『未死的兵』(広州南方出版社)，『未死的兵』(雑誌社)刊．日本が 1940 年の東京五輪開催を返上．南京事件などへの批判から東京大会開催反対の声が他国からあがっていたが，国内には知らされなかった．８月４日　達三ら３人が新聞紙法違反の罪で起訴される．8 月 23 日　内閣情報部が，軍部と菊池寛ら作家たちとの懇談会を開催．“ペン部隊”の構想が決まる．９月５日　「生きてゐる兵隊」事件一審判決．達三と掲載当時の『中央公論』編集長・雨宮庸蔵に禁錮４カ月，執行猶予３年，発行人の牧野武夫に罰金 100 円．９月７日　達三と雨宮について検事が控訴．９月 14 日　達三，長崎港から中国へ出発．中央公論社特派員として再び従軍取材へ．11 月　達三『結婚の生態』(新潮社)出版．爆発的に売れる．12 月　達三「武漢作戦」を『中央公論』1939 年１月号に掲載

1939　３月 18 日　二審判決，一審と同じ．3 月 25 日　軍用資源秘密保護法，公布

1941　1 月　新聞紙等掲載制限令，公布．3 月　治安維持法全面改定，軍機保護法改定．７月　映画「結婚の生態」封切り，原節子主演．10 月　尾崎秀実，ゾルゲ事件で逮捕される．12 月　太平洋戦争始まる．言論・出版・集会・結社等臨時取締法，公布

1942　5 月　日本文学報国会，結成．7 月　細川嘉六が『植民史』出版記念を兼ね，郷里の富山県の旅館に改造社，中央公論社などの編集者らを招いた．このときの集合写真が「共産党再建準備会の証拠」とされ，43 年から関係者が無実の罪で次々と検挙されて，激しい拷問を受ける(横浜事件)．細川自身は 42 年に『改造』の論文で検挙される

1943　『中央公論』谷崎潤一郎の小説「細雪」の連載が中止させられる

1944　7 月　改造社，中央公論社，廃業させられる

1945　７月　達三，毎日新聞の連載小説「成瀬南平の行状」休載させられる．8 月 14 日　日本がポツダム宣言を受諾．第十項に「言論，宗教及思想ノ自由並ニ基本的人権ノ尊重ハ確立セラルベシ」とある．8 月 15 日　敗戦の“玉音放送”．9 月　GHQ／SCAP「言論および新聞の自由に関する覚書」，追加措置．10 月　「漸く物が言へる時代が来た」と達三，毎日新聞に．GHQ／SCAP「政治的・市民的及宗教的自由の制限除去に関する覚

書」．治安維持法などが廃止される．中央公論社再建，12 月　達三『生きてゐる兵隊』が河出書房から出版される．『中央公論』復刊

1946　9 月　達三の短篇「戦ひの権化」，GHQ 検閲で公表禁止にされる．『社会』創刊号に掲載予定だった．11 月　日本国憲法，公布

1947　達三「望みなきに非ず」読売新聞連載．

1949　4 月〜11 月　達三「風にそよぐ葦」毎日新聞に連載．4 月　団体等規正令，ポツダム政令として公布．5 月　新聞紙法廃止

1950　6 月　伊藤整が翻訳した『チャタレイ夫人の恋人』（小山書店）が，刑法の猥褻文書頒布の疑いで警視庁に摘発される．9 月に東京地検が伊藤と出版社社長小山久二郎を起訴

1951　7 月〜翌年 3 月　達三「風にそよぐ葦　続編」毎日新聞に連載．9 月　サンフランシスコ講和条約，日米安全保障条約締結

1952　5 月　衆院法務委員会の破壊活動防止法案公聴会で，達三，反対意見を公述．7 月　破壊活動防止法，公布

1954　達三，短篇集『思ひ出の人』（北辰堂）刊

1957　3 月　チャタレイ裁判．最高裁，伊藤整と小山久二郎を有罪（罰金刑）に．日本ペンクラブが抗議声明

1957〜59　達三「人間の壁」朝日新聞に連載．1958 年 7 月　東京・銀座のガスホールで愛読者による石川達三激励会．1959 年 7 月　読者を招き東京駅八重洲口の大丸の食堂で『人間の壁』下巻の出版記念会

1975〜77　達三，日本ペンクラブ会長

1984　10 月　秋田市立中央図書館明徳館に石川達三記念室できる

1985　1 月 31 日　石川達三，都内で死去．79 歳

河原理子

1961年東京生まれ.
1983年東京大学文学部社会心理学科を卒業して朝日新聞記者になる. 社会部などで働き, 雑誌『AERA』の副編集長, 文化部次長, 編集委員, 甲府総局長などをする.
著書—『フランクル『夜と霧』への旅』(平凡社)
『犯罪被害者 いま人権を考える』(平凡社新書)
『〈犯罪被害者〉が報道を変える』(岩波書店, 高橋シズヱと共同編集), ほか.
『新聞と「昭和」』上・下(朝日文庫)などに参加.

戦争と検閲 石川達三を読み直す　岩波新書(新赤版)1552

2015年6月26日　第1刷発行

著　者　河原理子《かわはらみちこ》

発行者　岡本　厚

発行所　株式会社 岩波書店
〒101-8002 東京都千代田区一ツ橋2-5-5
案内 03-5210-4000　販売部 03-5210-4111
http://www.iwanami.co.jp/

新書編集部 03-5210-4054
http://www.iwanamishinsho.com/

印刷・理想社　カバー・半七印刷　製本・中永製本

ISBN 978-4-00-431552-0　Printed in Japan

岩波新書新赤版一〇〇〇点に際して

ひとつの時代が終わったと言われて久しい。だが、その先にいかなる時代を展望するのか、私たちはその輪郭すら描きえていない。二〇世紀から持ち越した課題の多くは、未だ解決の緒を見つけることのできないままであり、二一世紀が新たに招きよせた問題も少なくない。グローバル資本主義の浸透、憎悪の連鎖、暴力の応酬――世界は混沌として深い不安の只中にある。

現代社会においては変化が常態となり、速さと新しさに絶対的な価値が与えられた。消費社会の深化と情報技術の革命は、種々の境界を無くし、人々の生活やコミュニケーションの様式を根底から変容させてきた。ライフスタイルは多様化し、一面では個人の生き方をそれぞれが選びとる時代が始まっている。同時に、新たな格差が生まれ、様々な次元での亀裂や分断が深まっている。社会や歴史に対する意識が揺らぎ、普遍的な理念に対する根本的な懐疑や、現実を変えることへの無力感がひそかに根を張りつつある。そして生きることに誰もが困難を覚える時代が到来している。

しかし、日常生活のそれぞれの場で、自由と民主主義を獲得し実践することを通じて、私たち自身がそうした閉塞を乗り超え、希望の時代の幕開けを告げてゆくことは不可能ではあるまい。そのために、いま求められていること――それは、個と個の間で開かれた対話を積み重ねながら、人間らしく生きることの条件について一人ひとりが粘り強く思考することではないか。その営みの糧となるものが、教養に外ならないと私たちは考える。歴史とは何か、よく生きるとはいかなることか、世界そして人間はどこへ向かうべきなのか――こうした根源的な問いとの格闘が、文化と知の厚みを作り出し、個人と社会を支える基盤としての教養となった。まさにそのような教養への道案内こそ、岩波新書が創刊以来、追求してきたことである。

岩波新書は、日中戦争下の一九三八年一一月に赤版として創刊された。創刊の辞は、道義の精神に則らない日本の行動を憂慮し、批判的精神と良心的行動の欠如を戒めつつ、現代人の現代的教養を刊行の目的とする、と謳っている。以後、青版、黄版、新赤版と装いを改めながら、合計二五〇〇点余りを世に問うてきた。そして、いままた新赤版が一〇〇〇点を迎えたのを機に、人間の理性と良心への信頼を再確認し、それに裏打ちされた文化を培っていく決意を込めて、新しい装丁のもとに再出発したいと思う。一冊一冊から吹き出す新風が一人でも多くの読者の許に届くこと、そして希望ある時代への想像力を豊かにかき立てることを切に願う。

（二〇〇六年四月）

日本史

唐物の文化史　河添房江
小林一茶　時代を詠んだ俳諧師　青木美智男
信長の城　千田嘉博
出雲と大和　村井康彦
女帝の古代日本　吉村武彦
聖徳太子　吉村武彦
秀吉の朝鮮侵略と民衆　北島万次
歴史のなかの大地動乱　保立道久
コロニアリズムと文化財　荒井信一
特高警察　荻野富士夫
思想検事　荻野富士夫
中国侵略の証言者たち　岡部牧夫・荻野富士夫・吉田裕編
日本の軍隊　吉田裕
昭和天皇の終戦史　吉田裕
朝鮮人強制連行　外村大
勝海舟と西郷隆盛　松浦玲

坂本龍馬　松浦玲
新選組　松浦玲
古代国家はいつ成立したか　都出比呂志
王陵の考古学　都出比呂志
渋沢栄一　社会企業家の先駆者　島田昌和
前方後円墳の世界　広瀬和雄
木簡から古代がみえる　木簡学会編
中世民衆の世界　藤木久志
刀狩り　藤木久志
清水次郎長　高橋敏
国定忠治　高橋敏
江戸の訴訟　高橋敏
漆の文化史　四柳嘉章
法隆寺を歩く　上原和
鑑真　東野治之
正倉院　東野治之
木簡が語る日本の古代　東野治之
平家の群像　物語から史実へ　高橋昌明

シベリア抑留　栗原俊雄
戦艦大和　生還者たちの証言から　栗原俊雄
日本の中世を歩く　五味文彦
アマテラスの誕生　溝口睦子
中国残留邦人　井出孫六
証言　沖縄「集団自決」　謝花直美
幕末の大奥　天璋院と薩摩藩　畑尚子
金・銀・銅の日本史　村上隆
武田信玄と勝頼　鴨川達夫
邪馬台国論争　佐伯有清
歴史のなかの天皇　吉田孝
日本の誕生　吉田孝
沖縄現代史〔新版〕　新崎盛暉
山内一豊と千代　田端泰子
戦後史　中村政則
環境考古学への招待　松井章
日本人の歴史意識　阿部謹也
飛鳥　和田萃
奈良の寺　奈良文化財研究所編

岩波新書より

世界史

イギリス史10講	近藤和彦
植民地朝鮮と日本	趙景達
近代朝鮮と日本	趙景達
シルクロードの古代都市	加藤九祚
中華人民共和国史〔新版〕	天児慧
物語 朝鮮王朝の滅亡	金重明
マヤ文明	青木和夫
北朝鮮現代史	和田春樹
四字熟語の中国史	冨谷至
李鴻章	岡本隆司
新しい世界史へ	羽田正
パル判事	中里成章
グランドツアー 18世紀イタリアへの旅	岡田温司
玄奘三蔵、シルクロードを行く	前田耕作
マルコムX	荒このみ
パリ 都市統治の近代	喜安朗
ノモンハン戦争 モンゴルと満洲国	田中克彦
中国という世界	竹内実
毛沢東	竹内実
ウィーン 都市の近代	田口晃
好戦の共和国 アメリカ	油井大三郎
空爆の歴史	荒井信一
紫禁城	入江曜子
溥儀	入江曜子
ジャガイモのきた道	山本紀夫
北京	春名徹
朝鮮通信使	仲尾宏
フランス史10講	柴田三千雄
地中海	樺山紘一
韓国現代史	文京洙
多神教と一神教	本村凌二
奇人と異才の中国史	井波律子
古代オリンピック	桜井万里子・橋場弦 編
ドイツ史10講	坂井榮八郎
ナチ・ドイツと言語	宮田光雄
ニューヨーク	亀井俊介
ローマ散策	河島英昭
離散するユダヤ人	小岸昭
現代史を学ぶ	溪内謙
アメリカ黒人の歴史〔新版〕	本田創造
諸葛孔明	立間祥介
上海一九三〇年	尾崎秀樹
ゴマの来た道	小林貞作
文化大革命と現代中国	安藤正士・太田勝洪・辻康吾
中国近現代史	小島晋治・丸山松幸
ペスト大流行	村上陽一郎
中世ローマ帝国	渡辺金一
暗い夜の記録	許広平 安藤彦太郎 訳
陶磁の道	三上次男
インカ帝国	泉靖一
玄奘三蔵	前嶋信次
中国の隠者	富士正晴
漢の武帝	吉川幸次郎

社会

岩波新書より

道路をどうするか　五十嵐敬喜・小川明雄
建築紛争　五十嵐敬喜・小川明雄
「都市再生」を問う　五十嵐敬喜・小川明雄
ルポ 労働と戦争　島本慈子
戦争で死ぬ、ということ　島本慈子
ルポ 解雇　島本慈子
子どもへの性的虐待　森田ゆり
森の力　浜田久美子
テレワーク 「未来型労働」の現実　佐藤彰男
反貧困　湯浅誠
地域の力　大江正章
ベースボールの夢　内田隆三
グアムと日本人 戦争を埋立てた楽園　山口誠
少子社会日本　山田昌弘
「悩み」の正体　香山リカ
いまどきの「常識」　香山リカ
若者の法則　香山リカ
変えてゆく勇気　上川あや

定年後　加藤仁
労働ダンピング　中野麻美
誰のための会社にするか　ロナルド・ドーア
ルポ 改憲潮流　斎藤貴男
安心のファシズム　斎藤貴男
社会学入門　見田宗介
現代社会の理論　見田宗介
冠婚葬祭のひみつ　斎藤美奈子
少年事件に取り組む　藤原正範
まちづくりと景観　田村明
まちづくりの実践　田村明
悪役レスラーは笑う　森達也
大型店とまちづくり　矢作弘
桜が創った「日本」　佐藤俊樹
憲法九条の戦後史　田中伸尚
生きる意味　上田紀行
ルポ 戦争協力拒否　吉田敏浩
社会起業家　斎藤槙
逆システム学　金子勝・児玉龍彦

男女共同参画の時代　鹿嶋敬
日本の刑務所　菊田幸一
山が消えた 残土・産廃戦争　佐久間充
ああダンプ街道　佐久間充
少年犯罪と向きあう　石井小夜子
仕事が人をつくる　小関智弘
自白の心理学　浜田寿美男
原発事故はなぜくりかえすのか　高木仁三郎
プルトニウムの恐怖　高木仁三郎
女性労働と企業社会　熊沢誠
能力主義と企業社会　熊沢誠
証言 水俣病　栗原彬編
コンクリートが危ない　小林一輔
東京国税局査察部　立石勝規
バリアフリーをつくる　光野有次
ドキュメント 屠場　鎌田慧
現代社会と教育　堀尾輝久
原発事故を問う　七沢潔

(2014.5)　(D2)

現代世界

フォト・ドキュメンタリー 人間の尊厳　林　典子
女たちの韓流　山下英愛
(株)貧困大国アメリカ　堤　未果
ルポ 貧困大国アメリカII　堤　未果
ルポ 貧困大国アメリカ　堤　未果
新・現代アフリカ入門　勝俣　誠
中国の市民社会　李　妍焱
勝てないアメリカ　大治朋子
ブラジル 跳躍の軌跡　堀坂浩太郎
非アメリカを生きる　室　謙二
ネット大国中国　遠藤　誉
中国は、いま　国分良成編
ジプシーを訪ねて　関口義人
中国エネルギー事情　郭　四志
アメリカン・デモクラシーの逆説　渡辺　靖
ユーラシア胎動　堀江則雄
オバマ演説集　三浦俊章編訳
オバマは何を変えるか　砂田一郎
タイ 中進国の模索　末廣　昭
平和構築　東　大作
イスラエル　臼杵　陽
ネイティブ・アメリカン　鎌田　遵
アフリカ・レポート　松本仁一
ヴェトナム新時代　坪井善明
イラクは食べる　酒井啓子
エビと日本人II　村井吉敬
エビと日本人　村井吉敬
北朝鮮は、いま　北朝鮮研究学会編　石坂浩一監訳
欧州連合 統治の論理とゆくえ　庄司克宏
バチカン　郷富佐子
国際連合 軌跡と展望　明石　康
アメリカよ、美しく年をとれ　猿谷　要
日中関係 戦後から新時代へ　毛里和子
いま平和とは　最上敏樹
国連とアメリカ　最上敏樹
人道的介入　最上敏樹
大欧州の時代　脇阪紀行
現代ドイツ　三島憲一
「民族浄化」を裁く　多谷千香子
サウジアラビア　保坂修司
中国激流 13億のゆくえ　興梠一郎
多民族国家 中国　王　柯
ヨーロッパ市民の誕生　宮島　喬
東アジア共同体　谷口　誠
ヨーロッパとイスラーム　内藤正典
現代の戦争被害　小池政行
アメリカ外交とは何か　西崎文子
帝国を壊すために　アルンダティ・ロイ　本橋哲也訳
多文化世界　青木　保
異文化理解　青木　保
デモクラシーの帝国　藤原帰一
パレスチナ〔新版〕　広河隆一
チェルノブイリ報告　広河隆一